新潮文庫

百万ドルをとり返せ！

ジェフリー・アーチャー
永井　淳訳

新潮社版

2421

百万ドルをとり返せ！

主要登場人物

ハーヴェイ・メトカーフ…………一代で身代を築いた億万長者
デイヴィッド・ケスラー…………プロスペクタ・オイルの新入社員
スティーヴン・ブラッドリー……オクスフォード大学の客員フェロー
ロビン・オークリー………………上流階級専門の医師
ジャン＝ピエール・ラマン………フランス人の画廊経営者
ジェイムズ・ブリグズリー………イギリス貴族の御曹子
アン・サマートン…………………美人モデル
クリフォード・スミス……………スコットランド・ヤード詐欺捜査課警部

感謝のことば

本書の執筆に当ってさまざまな援助を受けた左記の方々に感謝の意を表したい。サー・ノエル・ホール、それにエイドリアン・メトカーフ、執筆を可能にしたサー・レント執筆をすすめたデイヴィッド・ニーヴン・ジュニア、アンソニー・ニー・レントウール、コリン・エムスン、テッド・フランシス、ゴドフリー・バーカー、ウィリー・ウェスト、マダム・テレゲン、デイヴィッド・スタイン、クリスチャン・ネッフェ、ドクター・ジョン・ヴァンス、ドクター・デイヴィッド・ウィーデン、レズリー・スタイラー師、ロバート・ガッサー、ジム・ボルトン教授、ジェイミー・クラーク、まとめを手伝ってくれたゲイルとジョー、そして原稿の訂正と編集に多くの時間を費やした妻のメアリに。

メアリと
太った男たちに

この作品は創作である。人名、登場人物、場所、事件などは、すべて作者の想像力の産物か、フィクションとして利用されたもので、実在の人物や場所や事件に似ているとしてもまったくの偶然である。

プロローグ

「イェルク、今夜中部ヨーロッパ標準時の六時までに、クレディ・パリジアンからナンバー・ツーの口座に七百万ドル払いこまれる。その金をあすの朝までトリプルAクラスの一流銀行に預けるか、ユーロ・ダラー・マーケットに一晩投資してくれ。わかったか？」

「わかったよ、ハーヴェイ」

「リオ・デ・ジャネイロのバンコ・ド・ミナス・ジェライスに、シルヴァーマンとエリオット名義で百万ドル預け、ロンバード・ストリートのバークレイズ・バンクのコール・ローンをキャンセルするんだ。わかったか？」

「わかったよ、ハーヴェイ」

「わしの商品口座で一千万ドルに達するまで金《きん》を買い、つぎの指示があるまで待て。なるべく底値で買うのだ。絶対に買い急ぐなよ——辛抱強くやれ。わかったか？」

「わかったよ、ハーヴェイ」

ハーヴェイ・メトカーフはこの最後の指示が余計だったことに気がついた。イェルク・ビルラーはチューリヒでも最も慎重な銀行家の一人だったし、ハーヴェイにとってはそのほうがより肝心だが、過去二十五年間の実績が最も抜目のない銀行家の一人であることを証明していた。

「六月二十五日、火曜日の二時に、ウィンブルドンのセンター・コートにあるいつものわしの株主席にこられるか？」

「行けるとも、ハーヴェイ」

いきなり電話が切れた。ハーヴェイはさよならをいわない男だった。人生の機微というものをまるで解さない人間で、いまさら人並みにやろうとしても手遅れだった。彼はふたたび電話を取りあげて、ボストンのリンカーン・トラストにつながるはずの七桁《けた》の数字を回し、秘書を呼びだした。

「ミス・フィッシュか？」

「はい、そうです」

「プロスペクタ・オイル関係のファイルを抜きだして処分してくれ。その関係の通信はすべて処分し、いかなる痕跡《こんせき》も残すな。わかったな？」

「はい、わかりました」

ふたたび電話がぷつんと切れた。ハーヴェイ・メトカーフが同じような命令をくだすのは、過去二十五年間でこれが三度目だったので、いまではミス・フィッシュも万事心得ていて余計な質問をしなかった。

ハーヴェイは深々と、ほとんど溜息《ためいき》に近い深呼吸をした。静かな勝利の吐息である。いまや彼は少なく見積っても二千五百万ドルの資産家で、もはや何物も彼を引きとめることはできなかった。ロンドンのヘッジズ・アンド・バトラーから輸入された一九六四年もののクリュ－グ・シャンペンをあけてゆっくり味わいながら、一カ月に一度の割で、あるイタリア移民の手をへて、二百五十本入りの箱でキューバから密輸されるロメオ・イ・フリエッタ・チャーチルに火をつけた。それから椅子《いす》の背にもたれて、ひとりささやかに祝った。マサチューセッツ州ボストンでは、いま午後十二時二十分——ほぼ昼食の時間だった。

ハーレー・ストリート、ボンド・ストリート、キングズ・ロード、それにオクスフォードのモードリン・カレッジでは、いま午後六時二十分だった。たがいに縁もゆかりもない四人の男たちが、《ロンドン・イヴニング・スタンダード》の最終版でプロスペクタ・オイルの株価をチェックした。株価は三ポンド七十シリングだった。四人が四人とも金持で、それまでに築きあげた輝かしい経歴をいっそう確かなものにすることを夢見ていた。あすは文無しの身だとも知らずに。

1

百万ドルを合法的に稼《かせ》ぐのは常にむずかしい。法の裏側で百万ドルを稼ぐのはそれより少しやさしい。稼いだ百万ドルを持ちつづけることが、おそらくはいちばんむずかしい。ヘンリク・メテルスキはこの三つともやってのけたまれな人間の一人だった。合法的に稼いだ百万が、法の網の目をくぐって稼いだ百万よりあとからきたものだったとしても、メテルスキは依然としてほかの人間を一歩リードしていた。どちらの百万も持ちつづけていたからである。

ヘンリク・メテルスキは一九〇九年五月十七日に、ニューヨークのローワー・イースト・サイドの、すでに四人の子供が寝ている狭い部屋で生れた。彼は神を信じ、一日一食で満足しながら、大恐慌《だいきょうこう》の時代に成長した。両親はワルシャワ出身のポーランド人で、世紀の変り目にアメリカに移住した。父親はパン職人だったので、ポーランド移民が同胞相手の黒いライ麦パンの製造と小さなレストラン経営を独占しているニューヨークで、間もなく職にありついた。両親ともにヘンリクが学問で身を立てることを望んだが、ハイスクールでは目立たない生徒だった。彼は狡賢《ずるがしこ》い少年で、独立戦争や自由の鐘の感動的な逸話よりは、校内の煙草《たばこ》や酒の闇《やみ》マーケットにより大きな関心を示した。ヘンリク少年は人生における最上のものが無料《ただ》で手に入るとは思っていなかったから、彼にしてみれば金と権力の追求は猫《ねこ》が鼠《ねずみ》を追うように自然なことだった。

ヘンリクがニキビだらけ、生意気ざかりの十四歳になったとき、父親がいまでいう癌《がん》で死んだ。母親もその数カ月後にあとを追い、五人の子供たちは自活の道を講じなければならなくなった。ヘンリクもほかの四人と同じように、当然その地区の孤児院に収容されるはずだったが、一九二〇年代なかばのニューヨークで一人の少年が行方をくらますのはさしてむずかしいことではなく——むしろ問題はどうやって生きのびるかということだった。ヘンリクは生存競争の達人になったが、この実地教育はのちに大いに役立つことになる。ヘンリクは空《す》きっ腹を抱え、目をぎらぎらさせてローワー・イースト・サイドをうろつきまわり、あちらで靴《くつ》を磨《みが》いたり、こちらで皿を洗ったりしながら、その中心に富と威信が隠されている迷路の入口を捜しまわった。彼の最初のチャンスは、ニューヨーク株式取引所のメッセンジャー・ボーイ、ヤン・ペルニクが、サルモネラ菌のたかったソーセージを食ってしばらく働けなくなったときに訪れた。ヘンリクは友人のこの災難を本人にかわってチーフ・メッセンジャーに報告し、ついでに食中毒を結核に昇格させて、まんまとペルニクの後釜《あとがま》にすわった。それから下宿をかわり、新しい制服を着て、友人を一人失ったかわりに職を得た。

二〇年代はじめに彼が届けたメッセージの大部分は〝買い〟だった。株価急騰《きゅうとう》の時期だったこともあって、それらの指示に対する反応も速やかだった。ヘンリクはろくな才能もない人間が一財産作るのをしばしば目のあたりにした。だが彼自身はあくまで傍観者でしかなかった。自分のサラリーでは一生かかっても稼げない金額を、取引所でわずか一週間のうちに稼ぎだす連中のほうへ、彼は本能的に惹《ひ》きつけられていった。

彼は株式取引所のしくみを勉強しはじめた。人の話に耳をそばだて、メッセージを盗み読み、どの会社の報告書を研究すればよいかを知った。十八歳までにウォール・ストリートで四年間の経験を積んでいた。大部分のメッセンジャー・ボーイにとっては、混雑するフロアからフロアへと歩きまわって、ピンクのメモ用紙を届けるだけの四年間が、ヘンリク・メテルスキにはハーヴァード・ビジネス・スクールの修士号にも匹敵した。かといって、将来この権威ある大学で講演する日がくることを、当時の彼が知っていたわけではない。

一九二七年七月のある朝、彼は老舗《しにせ》の株式ブローカー、ハルガーテン・アンド・カンパニーからのメッセージを届ける途中、いつものように回り道をしてトイレに寄った。トイレの仕切りに閉じこもって渡されたメッセージを盗み読み、その内容が自分にとっていくらかでも価値あるものかどうかを判断し、価値ありと判断したときは、同胞相手に小さな保険代理店をやっている年老いたポーランド人ヴィトルド・グロノヴィッチに、電話でその内容を伝えるというシステムを作りあげていたのである。ヘンリクはこの内部情報提供によって週二十ドルから二十五ドルの余禄《よろく》を見込んでいた。グロノヴィッチは市場に大金を投じるほど懐《ふところ》が暖かくなかったので、若い情報提供者が情報リークを疑われる気づかいはなかった。

便器に腰かけながら、ヘンリクは自分がかなり重要なメッセージを読んでいることを認識しはじめた。テキサス州知事が、スタンダード・オイル・カンパニーにシカゴからメキシコにいたるパイプラインの敷設《ふせつ》を認可する予定で、すでにほかの関係公共団体はすべてこの申入れに同意している、という内容だった。株式市場では、スタンダード・オイルがほぼ一年前からこの最終認可を得るために努力していることは周知の事実だったが、知事は申請を却下するだろうというのが大方の観測だった。メッセージはジョン・D・ロックフェラー二世の株式ブローカー、タッカー・アンソニーに、直接至急に手渡されるべきものだった。このパイプラインの認可は北部全域における石油の入手をいちじるしく容易にし、当然のことながら利益も増大する。つまりこのニュースが公表されれば、スタンダード・オイルの株価が市場でじりじり上昇することが、ヘンリクの目にも明らかだった。ましてやスタンダード・オイルはすでにアメリカの石油精製所の九〇パーセントを支配していたのだからなおさらだった。

ふだんならヘンリクはすぐにこの情報をミスター・グロノヴィッチのもとへ送っていただろうし、現にそのつもりで外へ出ようとしたとき、ふと、やや肥満気味の男が、トイレから出て行きがけに、一枚の紙きれを落したのに気がついた。ほかに人がいなかったので、ヘンリクはその紙きれを拾ってもう一度仕切りのなかに戻った。せいぜいこれも新しい情報の一つだろうぐらいに思いながら。ところがそれはミセス・ローズ・レンニックなる婦人が振出した額面五万ドルの小切手だった。

ヘンリクの頭脳はめまぐるしく回転した。足が地につかなかった。大急ぎでトイレからとびだし、間もなくウォール・ストリートに立っていた。それからレクター・ストリートにある小さなコーヒー・ショップに入り、腰をおろしてコカコーラを飲むふりをしながら、慎重に計画を練った。続いて行動に移った。

まずウォール・ストリートの南西側にあるモーガン・バンクの支店で小切手を現金化した。取引所のメッセンジャーのスマートな制服を着ているから、相手はどこかのれっきとした会社の使い走りと見てくれるだろうという計算があった。それから取引所へ戻って、場内ブローカーからスタンダード・オイル二千五百株を一株十九・七/八ドルで買い、手数料を差引いて百二十六ドル六十一セントを手もとに残した。残額はモーガン・バンクの当座に預けた。やがて、脂汗《あぶらあせ》がにじむほどの緊張のなかで知事の発表をいまかいまかと待ちながら、ふだんの日と同じように夕方まで働いた。スタンダード・オイルのことが気になって、トイレに寄り道してメッセージを盗み読むことも忘れるほどだった。

発表はなかった。知事自身がいたるところでその汚れた手の届くかぎりの株を買いまくるために、午後三時の取引所の閉場まで発表を押えていたことを、ヘンリクは知るよしもなかった。ヘンリクはその夜とりかえしのつかない過ちをおかしたことに茫然自失《ぼうぜんじしつ》しながら帰宅した。仕事はおろか、過去四年間に築きあげてきたすべてを失う自分の姿が目の前にちらついた。下手をすると刑務所入りさえ免《まぬか》れないかもしれなかった。

その夜は一睡もできず、窓を開けても風の通らない小さな部屋でますます落ちつきをなくしていった。午前一時にはとうとう我慢ができなくなって、ベッドからとびだし、ひげを剃《そ》り、着替えして、地下鉄でグランド・セントラル・ステーションへ向った。そこからタイムズ・スクエアまで歩いて、震える手で《ウォール・ストリート・ジャーナル》の第一版を買った。紙面から全段抜きの大見出しが声を大にして呼びかけていたにもかかわらず、そのニュースがよく呑《の》みこめなかった。

知事、石油パイプライン敷設権を
ロックフェラーに認可

そして小見出しは、

スタンダード・オイル株
大商いの見込み

とあった。
ヘンリクはいちばん近い西四十二丁目の終夜営業のカフェまで歩き、大きなハンバーガーとフレンチ・フライを注文して、電気椅子に送られる囚人が最後の朝食をとるように貪《むさぼ》り食った。ただしこの場合は、大金持への道を前にした最初の朝食だった。彼は第一面のロックフェラーの成功に関する詳細な記事を貪り読んだ。記事は第十四面にまで及んでいた。それから午前四時までに《ニューヨーク・タイムズ》の第三版までと《ヘラルド・トリビューン》の第二版までを買いこんでいた。トップ記事はどの版もみな同じだった。ヘンリクは目くるめくような高揚した気分で大急ぎで下宿にとってかえし、メッセンジャーの制服に着替えた。午前八時ちょうどに株式取引所に到着して、一日の仕事にとりかかったが、もう計画の第二段階のことしか頭になかった。

取引所が開かれると、ヘンリクはモーガン・バンクへ行って、その朝二十一・一/四ドルで口をあけたスタンダード・オイル二千五百株を担保に五万ドル借りた。その五万ドルを自分の当座に入れて、ミセス・ローズ・レンニックを受取人とする五万ドルの小切手を切らせた。それから銀行を出て、何も知らない恩人の住所と電話番号を調べた。

死んだ夫の投資のあがりで暮している未亡人のミセス・レンニックは、ニューヨークでも最上流に属する六十二丁目の小さなアパートに住んでいた。彼女はヘンリク・メテルスキなる人物から、内密の用件で至急お会いしたいという電話を受けて少なからず驚いたが、相手がハルガーテン・アンド・カンパニーの名前を持ちだしたので、やや安心して、四時にウォルドーフ＝アストリアでヘンリクと会う約束をした。

ヘンリクはまだウォルドーフ＝アストリアに一度も足を踏み入れたことがなかったが、株式取引所に四年間勤めるあいだに、他人の会話に出てくる一流ホテルやレストランの名前をあらかた耳にしていた。ミセス・レンニックは、ヘンリク・メテルスキなどという名前の男と自分の部屋で会うよりは、ウォルドーフ＝アストリアで会ってお茶でも飲むほうが安全だと考えたらしい。まして電話では面と向って話すときよりも彼のポーランド訛《なま》りがよけい耳につくので、そう考えたのも無理はなかった。

ウォルドーフ＝アストリアの分厚い絨毯《じゅうたん》を敷きつめたロビーに立ったとき、ヘンリクは自分の服装の野暮ったさに顔をあからめた。まわりの人間がみなじろじろ見ているような気がしていたたまれず、ずんぐり太った体を、ジェファソン・ルームの大きくてエレガントな椅子に沈めた。ウォルドーフ＝アストリアのほかの客のなかにも太った人間はいたが、彼らの肥満の原因はポテト・フライではなく、同じじゃがいもでも上品なポム・ド・テール・メートル・ドテルのほうだろう、とヘンリクは思った。黒い縮れ毛につけるポマードの量をもう少し減らせばよかったとか、靴の踵《かかと》がすりへっていることを後悔してみても、いまとなっては手遅れだった。彼は口の端にできたしつこいおできをぽりぽり掻《か》いた。仲間と一緒のときは自信満々で着ている服も、ここではてかてか光って安っぽく、いかにもけばけばしかった。要するに彼はホテルの装飾と釣合《つりあ》いがとれず、その常連客とはなおさらちぐはぐな存在だった。生れてはじめて居心地の悪さを感じて、《ニューヨーカー》を手にとって顔を隠しながら、ミセス・レンニックが一刻も早く到着することを祈った。ウェイターたちはごちそうの並んだテーブルの間をうやうやしく身軽に動きまわり、本能的な尊大さでヘンリクを無視した。なかの一人など、白手袋をはめた手に銀の砂糖ばさみを持って、優雅な手つきで角砂糖を差しだしながら、ただぐるぐるとティールームを回り歩いているだけだった。ヘンリクはその場の雰囲気《ふんいき》にただただ圧倒されるばかりだった。

ローズ・レンニックは、二匹の小さな犬を連れ、法外に大きな帽子をかぶって、四時数分すぎに到着した。ヘンリクの見るところ、年は六十をすぎていて、太りすぎ、化粧のしすぎ、着飾りすぎという感じだったが、笑顔は人なつこかったし、そのうえだれとでも顔なじみらしく、テーブルからテーブルへと歩きまわってウォルドーフ＝アストリアの常連と言葉を交わした。やがてここぞと当りをつけたヘンリクのテーブルまで辿《たど》りついたとき、彼女はいささかあっけにとられた。野暮ったい服装のせいばかりでなく、十八歳という年にしても若すぎたからである。

ミセス・レンニックがお茶を注文するあいだに、ヘンリクは彼女の小切手に関して不幸な手ちがいがあり、前日間違って株式取引所の彼の会社に振りこまれてしまったという作り話をした。会社は彼に至急小切手を返し、丁重にお詫《わ》びすることを命じたと。ヘンリクはそれから額面五万ドルの小切手を渡して、このミスは全面的に自分の責任なので、彼女がこのことを問題にして騒ぎたてると自分は失業するはめになると訴えた。実は、ミセス・レンニックはその朝小切手の紛失を知らされただけで、小切手が現金化されたことはまだ知らなかった。決済までには数日かかるからである。ヘンリクの見るからに心配そうな態度と、訥々《とつとつ》とした語り口には、おそらくミセス・レンニックより確かな人間観察眼を持った人間でもころりと騙《だま》されていただろう。彼女は金が戻ったことに満足して、一も二もなくこの一件を不問に付することを承知した。モーガン・バンクの小切手という確かな形で金が戻った以上、損害は皆無だったからである。ヘンリクは安堵《あんど》の溜息《ためいき》をもらし、この日はじめてくつろいだ、浮きうきした気分に浸った。砂糖ばさみを持ったウェイターを呼びつける余裕さえ生れた。失礼にならないくらいの時間がたったところで、ヘンリクは仕事に戻らなければならないと言い訳し、ミセス・レンニックに礼を述べてから、勘定を払って外へ出た。通りに出るとほっとして口笛を吹いた。新しいワイシャツは汗《スウエット》びっしょりだったが（ミセス・レンニックならばお上品ぶって発汗《パースピレーション》というところだろう）、とにかく外へ出るとまた呼吸が楽になった。最初の大仕事で大成功をおさめたのだ。

パーク・アヴェニューに佇《たたず》みながら、ミセス・レンニックとの対面の場所がウォルドーフ＝アストリアだったことを思うと笑いがこみあげてきた。スタンダード・オイル社長のジョン・D・ロックフェラー二世がスイートを持っているのが、ほかならぬこのホテルだったからである。ヘンリクはここまで歩いてきて正面玄関から入ったが、ミスター・ロックフェラーはそれより早く地下鉄でやってきて、専用エレベーターでウォルドーフ・タワーズにあがっていた。このことを知っているニューヨーカーは少ないのだが、ロックフェラーはグランド・セントラル・ステーションまで八ブロックも歩かずにすむように、ウォルドーフ＝アストリアの地下五十フィートに専用の駅を作らせていた。グランド・セントラルと百二十五丁目のあいだには駅がないからである。（この駅は今も存在しているが、ウォルドーフ＝アストリアにはロックフェラー一族が一人も住んでいないので、列車はもう停《とま》らない。）ヘンリクがミセス・レンニックと五万ドルについて話しあっているとき、ロックフェラーは彼の五十七階上で、クーリッジ大統領の財務長官アンドルー・W・メロンと五百万ドルの投資の件について話しあっていた。

　翌日ヘンリクは平常の勤務に戻った。彼は株を売ってモーガン・バンクと株式ブローカーからの借金を清算するのに、五日間しか余裕がないことを知っていた。ニューヨーク株式取引所の決済期限は営業日で五日間、カレンダーでは七日間だからである。最終日の株価は二十三・1/4ドルだった。彼は二十三・1/8ドルで売って、四万九千六百二十五ドルの当座貸越しを清算し、手数料を差引いた残りの純利益七千四百九十ドルをモーガン・バンクに預けた。

　それから三年にわたって、ヘンリクはミスター・グロノヴィッチに電話をかけるのをやめ、自分で株を買いはじめた。最初はわずかな金額から始めたが、経験と自信に比例して金額も大きくなっていった。まだ好景気が続いていたので、いつも儲《もう》かるというわけにはいかなかったが、一般的な強気筋だけでなく、ときおり訪れる弱気筋を利用することもおぼえた。弱気筋のときに彼がやったのはいわゆる空売りというやつで、この世界の商業倫理に照らしてなんら問題のないやり方だった。間もなく彼はその後の値下がりを見越して実際には持っていない株を売りにだすこの方法をマスターした。相場の動きに対する彼の勘は服装の趣味と同じように急速に磨きがかかり、ローワー・イースト・サイドの裏通りで身につけた悪知恵が大いに役に立った。ヘンリクは世の中全体がジャングルのようなもので――そこではときどきライオンや虎《とら》がスーツを着ている、ということを発見した。

一九二九年に株式市場が壊滅したとき、彼はハルガーテン・アンド・カンパニーの会長が株式取引所の窓から身を投げた翌日に手持ちの株を残らず売却して、例の七千四百九十ドルを五万一千ドルの流動資産に換えていた。会長の自殺は警戒信号だった。やがてブルックリンのこぎれいなアパートに引っ越して、人目を惹く赤いスタッツを乗りまわすようになった。ヘンリクは自分が三つの大きなハンディキャップを背負って人生に乗りだしたことに、早くから気づいていた——すなわち名前と、生立ちと、貧しさである。金の問題は解決しつつあったので、残る二つを抹消《まつしょう》する決心をした。まず裁判所命令によってハーヴェイ・デイヴィッド・メトカーフと改名するための申請をおこなった。この申請が認められると、つぎにポーランド移民社会の古い仲間とのあらゆるつながりを断ち、一九三〇年五月に新しい名前と経歴を得て成年に達した。

彼はこの年にフットボール試合でロジャー・シャープリーと出会い、金持は金持で悩みがあることを知った。ロジャーはウィスキーの輸入と毛皮の輸出を専門にしている父親の貿易会社を引き継いだボストン出身の青年だった。はじめチョート・カレッジで学び、その後ダートマス・カレッジに入りなおしたシャープリーは、しばしば他のアメリカ人の羨望《せんぼう》の的となるボストン上流社会の自信と魅力をそなえていた。長身と金髪の持主で、ヴァイキングの子孫のような風貌《ふうぼう》に加えて、才能に恵まれたアマチュアといった態度で、たいていのものを、とくに女を、苦もなく手に入れていた。彼はあらゆる点でハーヴェイと対照的だった。二人は月とスッポンほどかけはなれていたにもかかわらず、この対照が磁石のように作用して彼らを結びつけた。

ロジャーの唯一《ゆいいつ》の野心は海軍士官になることだったが、ダートマス卒業後、父親の病気のために一族の経営する会社に戻らなければならなかった。会社に戻ってわずか数カ月後に父親が死んだ。ロジャーはシャープリー・アンド・サンを最初に名乗りでた買手に売ってしまいたかったが、父親はロジャーが四十歳に達する前に（四十歳をすぎるとアメリカ海軍には入れない）会社を売ってしまった場合は、売却代金は親戚《しんせき》間で等分されるという補足条項を遺言状につけくわえていた。

ハーヴェイはこの問題を熟考し、ニューヨークの有能な弁護士と二度にわたって長時間話しあった末、ロジャーにつぎのような計画を進言した。すなわち、ハーヴェイは十万ドルの一時金と毎年の利益のうちから優先的にロジャーに渡す二万ドルで、シャープリー・アンド・サンの四九パーセントを買いとる。ロジャーが四十歳に達したら、残りの五一パーセントをふたたび十万ドルで放棄することができる。会社には三名の議決権を持つ役員――ハーヴェイ、ロジャー、それにハーヴェイによって指名された人間――をおき、全権をハーヴェイに一任する。ハーヴェイとしては、ロジャーが海軍に入り、年に一度の株主総会に出席することにはなんら異存がない。

ロジャーは自分の幸運が信じられなかった。話せば反対されることがわかりきっていたから、シャープリー・アンド・サンのだれにもこのことを相談しなかった。そのことはハーヴェイにも計算ずみで、獲物がどう反応するかを正確に見抜いていた。ロジャーはこの条件をほんの数日考慮しただけで、なにが行われているか会社に気づかれないように、ボストンから遠くはなれたニューヨークで、必要な法的書類を整えさせることに同意した。一方ハーヴェイは、いまや彼をひとかどの資産家とみなしているモーガン・バンクを訪れた。銀行は将来を見込んで取引をするところだから、支配人はハーヴェイの口座にある五万ドルに加えてさらに五万ドルを融資し、彼がシャープリー・アンド・サンの四九パーセントを取得して、その五代目社長に就任する新しい計画に協力することを承知した。書類の調印は一九三〇年十月二十八日にニューヨークで行われた。

ロジャーはアメリカ海軍の士官養成所に入るために、ロード・アイランド州ニューポートに向けてあたふたと出発した。ハーヴェイはボストン行きに乗るためにグランド・セントラル・ステーションへ向った。ニューヨーク株式取引所のメッセンジャー・ボーイの時代は終った。彼はいまや二十一歳の若さでオーナー社長だった。

たいていの人には災難と思えることも、ハーヴェイの手にかかるといつの間にか勝利に変ってしまう。アメリカ国民はいまだ禁酒法に縛られており、ハーヴェイは毛皮を輸出することはできてもウィスキーを輸入することはできなかった。会社の利益が過去数年間落ちこんでいた最大の理由がそれだった。しかしハーヴェイは、ボストン市長、警察署長、カナダ国境の税関吏などに少しばかり袖《そで》の下を使い、マフィアに金を払って商品が無事にレストランやもぐり酒場まで届くようにすれば、ウィスキーの輸入量は減るどころか逆にふえることを発見した。シャープリー・アンド・サンは永年勤続したりっぱな社員を失ったかわりに、ハーヴェイ・メトカーフのジャングルにふさわしい獣たちでその穴を埋めた。

一九三〇年から三三年にかけて、ハーヴェイはますます力をつけていったが、やがて国民の圧倒的な要望に応《こた》えてついにローズヴェルト大統領が禁酒法を廃止すると、世間の興奮も潮が引くようにさめていった。会社には引きつづきウィスキーと毛皮を扱わせる一方で、ハーヴェイは新しい分野に乗りだしていった。一九三三年に、シャープリー・アンド・サンは創業百周年を祝った。彼はたった三年間で九十七年かかって築いた会社の看板を台無しにしながらも、利益を倍増させていた。

それからさらに五年かかって、ハーヴェイは最初の百万ドルを貯《た》めこみ、さらに四年でその貯《たくわ》えを倍にしたところで、シャープリー・アンド・サンと縁を切る潮時だと判断した。彼は一九三〇年から四二年までの十二年間で会社の利益を三万ドルから九十一万ドルまで引きあげていた。一九四四年にこの会社を七百万ドルで売りはらい、アメリカ海軍のロジャー・シャープリー大尉《たいい》の未亡人にそのうちから十万ドル支払って、残りの六百九十万ドルを独り占めにした。

ハーヴェイは三十五歳の誕生日を祝って、ボストンのリンカーン・トラストという小さな経営不振の銀行を四百万ドルで買いとった。その時点でリンカーン・トラストは年間約五十万ドルの収益と、ボストンの中心にある堂々たる建物と、汚《けが》れはないがいささか退屈な名声を誇っていた。ハーヴェイはその評判とバランス・シートを両方とも変えるつもりだった。彼は銀行の頭取という地位を楽しんだが、べつに正直な人間に生れかわったわけではなかった。ボストン地区の怪しげな取引はすべてリンカーン・トラストを通しておこなわれるかに見え、ハーヴェイはそれから五年間で年間利益を二百万ドルに押しあげたにもかかわらず、彼個人の評判は一度も黒字にならなかった。

ハーヴェイは一九四九年の冬にアーリーン・ハンターと出会った。彼女はファースト・シティ・バンク・オヴ・ボストンの頭取の一人娘だった。ハーヴェイはそれまで本気で女に関心を持ったことがなかった。彼を動かしている力は金儲けであって、暇なときは女性もくつろぎの道具として結構役に立つとは思うものの、差引きすれば邪魔な存在でしかなかった。しかし、彼も大衆雑誌が中年と呼ぶ年代にさしかかり、財産を譲る跡とりもないところから、そろそろ身を固めて息子を作る潮時だと計算した。それまでの人生で望んだほかのすべてと同様に、この問題もたいそう慎重に考えた。

ハーヴェイとぶつかったとき、アーリーンは三十一歳だった。文字どおり彼の新車のリンカーンにバックでぶつかったのである。おそらくこの背が低く、無教養で、太ったポーランド人と、彼女以上に対照的な取りあわせは考えられなかっただろう。身長が六フィート近く、痩《や》せていて、不器量というほどではないが自信に欠け、もう一生結婚できないだろうと諦《あきら》めかけていた。学校時代の友達の大部分は二度の離婚歴を持ち、彼女に同情していた。ハーヴェイのがさつな立居振舞いは、両親の上品ぶった躾《しつけ》のあとでは、むしろ歓迎すべき気晴らしだった。同年代の男性と一緒にいると落ちつかないのは父親の責任だと、彼女はしばしば感じていた。過去に一度だけ恋愛の経験があったが、彼女の完全な無知のせいで惨憺《さんたん》たる失敗に終ってしまい、ハーヴェイが現われるまでは、彼女に二度目のチャンスを与えようとする男は一人もいなかった。アーリーンの父親はハーヴェイを認めず、はっきり態度に示したが、そのために娘の目にはかえって彼が魅力的に見えた。父親は娘がつきあう男のすべてを認めなかったが、この場合は彼の目が正しかった。一方ハーヴェイのほうは、ファースト・シティ・バンク・オヴ・ボストンとリンカーン・トラストを結婚させれば、長い目で見てこれにまさる利益はないと気づき、そのことを念頭において、いつもと同じように、必勝の信念で取り組んだ。アーリーンはさほど手強《てごわ》い相手ではなかった。

アーリーンとハーヴェイは一九五一年に、出席者よりも欠席者にとって忘れがたい結婚式を挙げた。彼らはボストン郊外のリンカーンにあるハーヴェイの家に住み、間もなくアーリーンが妊娠を告げた。そして結婚してからほぼ一年後に女の子を生んだ。

彼らは娘をロザリーと名付けた。ハーヴェイは娘を目のなかに入れても痛くないほどかわいがった。彼の唯一の失望は、アーリーンが子宮脱に続く子宮切除のために子供を生めない体になったことだった。ハーヴェイはロザリーをワシントンで最も金のかかる女子校ベネッツに入れ、彼女はそこを卒業してから名門ヴァッサーに入って英語学を専攻した。このことは、ハーヴェイを許し、孫娘を溺愛《できあい》するようになっていたハンター老をたいそう喜ばせた。ヴァッサーで学位を取得したのち、ロザリーはひきつづきソルボンヌで学んだ。これは彼女がつきあっている友人たち、とりわけヴェトナム行きを拒否する長髪の若者たちに関して、父親と激しく意見が対立したからだった――もっともそのハーヴェイも、第二次大戦中はあらゆる物資不足を利用して儲ける以外に、大した貢献はしなかったのだが。最後の決裂が訪れたのは、髪の長さと政治的意見だけでモラルを判断すべきではない、とロザリーがいいだしたときだった。ハーヴェイは淋《さび》しかったが、痩せ我慢をしてその気持をアーリーンには打明けなかった。

ハーヴェイの人生には愛するものが三つあった。一つは依然としてロザリーであり、二つめは絵画であり、三つめは蘭《らん》だった。一つめの愛は娘が生れた瞬間に始まった。二つめの愛は永年にわたって育てられ、いとも不思議な形で燃えあがったものだった。シャープリー・アンド・サンの取引先の一人が、この会社に多額の負債を負いながら倒産しそうになった。ハーヴェイはいちはやくその気配を察してかけあいに行ったが、ときすでに遅く現金を回収できる望みはまったくなかった。ハーヴェイは空手で引きさがるつもりなどさらさらなく、唯一の有形の資産である一万ドルと評価されたルノワールを持ち帰った。

ハーヴェイは自分が優先債権者でないことが証明されないうちにその絵を売ってしまうつもりだったが、みごとな筆づかいとデリケートなパステル調の色彩にすっかり魅せられてしまい、もっと多くの名画を所有したいという欲望にとりつかれた。絵は有利な投資であるばかりでなく、自分が心底から絵が好きなことにも気づいたとき、彼のコレクションと絵に対する愛情は手を携えて大きくふくらんだ。一九七〇年代のはじめまでに、マネ一点、モネ二点、ルノワール一点、ピカソ二点、ピサロとユトリロとセザンヌ各一点、さらにこれらよりは多少名の落ちる有名画家の大部分を手に入れて、印象派のひとかどの目利《めき》きになっていた。

残された望みはヴァン・ゴッホを手に入れることで、つい最近もニューヨークのサザビー・パーク＝バーネット画廊で、オクシデンタル・ペトローリアムのアーマンド・ハマー博士に競《せ》り負けて、『サン・レミのサン・ポール病院』を手に入れそこなっていた——なにしろ百二十万ドルではいささか高すぎて、さすがの彼も手が出なかった。

それに先立つ一九六六年には、ロンドンの美術商クリスティ・マンソン・アンド・ウッズで、出品番号四十九番のヴァン・ゴッホ作『ラヴー嬢』を入手しそこなっていた。ペンシルヴェニア州ブリン・アサインのザ・ローズ・ニュー・チャーチを代表するシオドア・ピトケアン牧師が、彼の手の届かないところまで競りあげたのだが、結果はなおいっそう彼の食欲をそそっただけだった。主《ロード》は与えたまうが、この場合は主が奪い去ってしまったのだ。ボストンではかならずしも高く評価されていなかったが、ハーヴェイが世界有数の印象派コレクションを持っており、それはやはりハーヴェイと同じように第二次大戦後に大規模なコレクションを築きあげた数少ないコレクターの一人、ニクソン大統領の駐英大使をつとめたウォルター・アネンバーグのコレクションに匹敵するものだということが、美術界ではすでに認められていた。三つめの愛は逸品揃《ぞろ》いの蘭のコレクションで、ボストンのニュー・イングランド・スプリング・フラワー・ショーで三度も優勝していた。そのうち二度までは、義父のハンター老を二位に蹴《け》落《おと》しての優勝だった。

ハーヴェイはこのところ年に一度ずつヨーロッパへ旅行する。ケンタッキーにある彼の競走馬飼育場は輝かしい成功をおさめており、持馬がロンシャンやアスコットで走るのを楽しみにしていた。またウィンブルドンを観戦するのも楽しみの一つで、これはいまだに世界最大のテニス・トーナメントであると信じていた。同時にヨーロッパでちょっとした仕事をするのも彼には楽しみだった。チューリヒにあるスイスの銀行口座のために金を稼《かせ》ぐ機会だったからである。ほんとうはスイスの銀行口座など必要ないのだが、合衆国《アンクル・サム》政府をだしぬくスリルもまた捨てがたかった。

ハーヴェイも年とともに角がとれてきて、あまりいかがわしい取引は控えるようになったが、それでも大きな報酬が見込めるときには危険を冒す誘惑に勝てなかった。このような黄金の機会の一つが一九六四年に向うからやってきた。イギリス政府が北海油田の調査および生産認可の申請を募ったときのことである。その時点ではイギリス政府も関係官僚も、北海油田の将来の重要性や、それがやがてイギリスの政治において果す役割を認識していなかった。一九七八年にアラブが全世界の頭にピストルを突きつけることや、イギリス下院に十一名のスコットランド民族党議員が進出することを知っていたら、政府はまったく違った反応を示していたにちがいない。

一九六四年五月十三日、エネルギー担当国務相は、「法令文書——第七〇八号——大陸棚《たいりくだな》——石油」と題する文書を議会に提示した。ハーヴェイはひょっとするとこれで桁《けた》はずれのぼろ儲けができるかもしれないと思いながら、大いなる関心をもってこの文書を読んだ。とりわけその第四項が彼の目を惹《ひ》きつけた。

連合王国および植民地の市民にして連合王国内に居住する者、または連合王国内に籍を有する法人は、以下の規定に従って、

(a)　生産認可、または

(b)　調査認可

を申請することができる。

ハーヴェイはその規定をくまなく検討しおえると、椅子《いす》にもたれて熟考した。生産および調査認可を手に入れるには、ごくわずかな金でこと足りた。それは第六項に明記されていた。

(1)生産認可の申請一件につき二百ポンドの認可料、およびその申請に含まれる最初の十ブロック以後一ブロック増すごとに五ポンドの追加認可料を納入しなければならない。

(2)調査認可の申請一件につき二十ポンドの認可料を納入しなければならない。

ハーヴェイは信じがたい思いだった。この認可を利用して、大企業のイメージを作りだすのは朝飯前だった！　わずか数百ドルの出費で、シェル、ブリティッシュ・ペトローリアム

(BP)、トータル、ガルフ、オクシデンタル、その他もろもろの大手石油会社と肩を並べることができるのだ。

彼は規定条項を何度も読みかえしたが、イギリス政府がこれほどの可能性をこんなはした金の投資とひきかえに手放す気になったことが信じられなかった。彼の行手に立ちふさがるのは、煩雑《はんざつ》にしてきびしい制限を伴う申請書だけだった。ハーヴェイはイギリス人ではないし、彼の会社のいずれもイギリス国籍ではなかったから、申請に当って問題があることは最初からわかっていた。そこで彼は申請をイギリスの銀行によって裏付けると同時に、その取締役会の顔ぶれによってイギリス政府の信任を得られるような会社を設立する必要があると判断した。

そのことを念頭におきながら、一九六四年のはじめに、マルカム、ボトニック・アンド・デイヴィスを法律顧問とし、すでにヨーロッパにおけるリンカーン・トラストの代理人であるバークレイズ・バンクを取引銀行とするプロスペクタ・オイルという会社をイングランドで設立登記した。ロード・ハニセットが取締役会長に就任し、労働党が一九六四年の総選挙で勝利したときに議席を失った二人の元議員を含む数人の名士が取締役会に名をつらねた。プロスペクタ・オイルは額面十ペンスの株二百万株を一ポンドで発行し、その全部を名義人を使ってハーヴェイ自身が買い占めた。彼は同時にバークレイズ・バンクのロンバード・ストリート支店に五十万ドルを預けた。

こうして表看板作りをおえると、やがてハーヴェイはロード・ハニセットを使ってイギリス政府に認可を申請させた。一九六四年十月に選出された労働党政府も、北海油田の重要性については前保守党政府と五十歩百歩の認識しか持っていなかった。認可に対する政府の条件は、はじめの六年間の年額一万二千ポンドの地代と、一二・五パーセントの収入税および利益に対するキャピタル・ゲイン税だったが、ハーヴェイの計画は自分が儲《もう》けることであって会社を儲けさせることではなかったから、この点はなんの問題もなかった。

一九六五年五月二十二日、エネルギー担当国務相は生産認可を受けた五十二社のなかの一社として、プロスペクタ・オイルの社名を《ロンドン・ガゼット》紙上に公示した。一九六五年八月三日、法令文書第一五三一号が実際の区域を割り当てた。プロスペクタ・オイルに割り当てられたのは、北緯五一度五〇分〇〇秒、東経二度三〇分二〇秒で、BPの保有地の一つに隣接した区画だった。

やがてハーヴェイは北海油田の区画を獲得した会社の一つが石油を掘り当てるのを、じっと坐《すわ》って待った。待つのは長かったが、ハーヴェイは慌《あわ》てなかった。やがて一九七〇年六月に、ようやくBPがフォーティズ・フィールドで採算のとれる大きな油脈を掘り当てた。BPは北海油田にすでに十億ドル以上投資していたので、ハーヴェイがその恩恵を受けることは間違いなかった。彼はまた新しい勝馬に乗って、ただちに計画の第二段階に着手した。

一九七二年のはじめに、彼はボーリング機械を借り入れて、大々的に宣伝しながら海上のプロスペクタ・オイルの区画まで引きだした。機械を借りるときの条件は、石油を掘り当てたら契約を更新できるというもので、政府規制で認められた最低限の人手を使って六千フィートの深さまでのボーリングを開始した。最初のボーリングが完了すると、関係者全員を解雇したが、機械を借りたレディング・アンド・ベイツ社には、近い将来また機械が必要になる見込みだから、賃貸料はひきつづき払いつづけると申し入れた。

ハーヴェイはつぎに、二カ月間にわたって、自分の持株から一日数千株の割でプロスペクタ・オイル株を市場に放出し、経済記者たちからプロスペクタ・オイル株がじりじり値上がりしている理由はなにかと電話で質問されるたびに、会社の若い広報担当者は、ハーヴェイの指示どおりに、現時点ではノー・コメントだが近い将来記者会見を開く予定だと答えた。一部の新聞はこの答えから、二と二を足して十五という答えを引きだした。株価はイギリスにおけるハーヴェイの腹心、バーニー・シルヴァーマンの誘導で、十ペンスから二ポンド近くまで着実に値上がりした。バーニー・シルヴァーマンはこの種の作戦に従事した長い間の経験から、ボスがなにを企《たくら》んでいるかを熟知していた。彼の主な任務は、メトカーフとプロスペクタ・オイルの直接の関係をだれにも暴《あば》かれないよう万全の手を打っておくことだった。

一九七四年一月に、株価は三ポンドに達した。この時点でハーヴェイは計画の第三段階に移る準備を完了した。それはプロスペクタ・オイルのやる気充分の新入社員で、デイヴィッド・ケスラーというハーヴァード卒の青年をだしに使う計画だった。

2

デイヴィッドはずり落ちた眼鏡を押しあげて、夢を見ているのではないことを確かめるために、《ボストン・グローブ》の求人広告をもう一度読みかえした。それは彼にはまさにお誂向《あつらえむ》きの求人だった。

当方はイギリスに本拠をおき、スコットランド沖の北海で広汎《こうはん》な事業をおこなっている石油会社。株式市場および／または財務管理の経験に富む若手幹部社員を求む。年俸《ねんぽう》二万五千ドル。宿舎あり。勤務地ロンドン。照会は私書箱№２１７Ａ。

これは発展する石油業界でのほかの機会にもつながる求人だったので、デイヴィッドはやり甲斐《がい》のある仕事だと思った。会社は彼の経験を充分だと考えてくれるだろうか？　彼は大学でヨーロッパ問題の指導教官が常々いっていた言葉を思いだした。「イギリスで働くのなら、北海にしたまえ。あの国の労働組合問題を考えると、北海以外にすばらしいことはひとつもない」

デイヴィッド・ケスラーはひげのない痩《や》せ型のアメリカ青年で、髪を海兵隊の大尉《たいい》のほうが似合いそうなクルー・カットにし、顔の色つやもよく、やる気充分で、ハーヴァード・ビジネス・スクールの新卒らしくビジネスの世界で成功することを熱望していた。ハーヴァードには通算六年間在学して、最初の四年間は数学で学士号をとり、あとの二年間はチャールズ川の対岸のビジネス・スクールで学んだ。文学士と経営学修士をとって卒業したばかりで、勤勉さでは人並みはずれた能力があると自負しており、その能力を高く買ってくれる勤め口を捜しているところだった。とりたてて頭脳明晰《めいせき》なほうではなく、クラスメートのなかの、子供たちが九九をおぼえるように易々《やすやす》とポスト・ケインズ学派の経済学理論をマスターしてしまう、生れついての学究肌《がっきゅうはだ》の連中には羨望《せんぼう》をおぼえた。デイヴィッドは六年間猛勉強し、勉強に一息入れるのはジムで毎日のトレーニングをするときと、たまの週末にハーヴァードの学生たちがフットボール・グラウンドかバスケットボール・コートで母校の名誉のために戦うのを観戦するときだけだった。自分でもなにかスポーツをやりたいと思わないわけではなかったが、そのためには勉学の時間を短縮しなくてはならなかった。

彼はもう一度広告を読みかえしてから、私書箱のナンバーに宛《あ》てて慎重に言葉を選んだ手紙をタイプライターで打った。数日後に、つぎの水曜日三時に地元のホテルで面接をおこなう旨《むね》の返事が届いた。

デイヴィッドは二時四十五分にハンティントン・アヴェニューのコプリー・スクエア・ホテルに到着した。アドレナリンが体内を駆けめぐっていた。彼はホテルの小さな個室に案内されながら、外見はイギリス紳士、物の考え方はユダヤ人、というハーヴァード・ビジネス・スクールのモットーを頭のなかで繰りかえしていた。

シルヴァーマン、クーパー、エリオットと名乗る三人の男が面接に当った。成功者らしい重厚な雰囲気《ふんいき》を漂わせた銀髪にチェック・タイの小柄《こがら》なニューヨーカー、バーニー・シルヴァーマンが質問に当り、クーパーとエリオットは脇《わき》に控えて無言でデイヴィッドを観察した。シルヴァーマンはかなりの時間を費やして、デイヴィッドに会社の背景とその将来の目標を魅力たっぷりに説明した。ハーヴェイはシルヴァーマンをよく仕込んでおり、シルヴァーマンのマニキュアのゆきとどいた指先は、メトカーフの計画において右腕となる男に要求される小手先の技術を完璧《かんぺき》にマスターしていた。

「ざっとこんなところですな、ケスラー君。われわれはスコットランド沖の北海で石油を掘るという、このうえない営利上の好機に関係しているのです。わがプロスペクタ・オイルはアメリカの銀行グループから支援を取りつけています。すでにイギリス政府から認可を得たし、資金面でも問題はない。しかし、ケスラー君、会社というものは金ではなく、結局は人材によって成り立つものだ――これは明白な事実です。われわれはプロスペクタ・オイルを世に知らしめるために昼夜をわかたず働く人物を捜している、そういう人物がいたら最高のサラリーを払おうというわけです。きみはもし採用されれば、わが社のロンドン・オフィスに勤務して、常務のミスター・エリオットの直接指揮下に入ることになります」

「本社はどこにあるんですか？」

「ニューヨークだが、モントリオール、サンフランシスコ、ロンドン、アバディーン、パリ、ブリュッセルにもそれぞれオフィスがあります」

「北海以外でも石油を捜しているんですか？」

「いまは捜していない」と、シルヴァーマンは答えた。「BPが油脈を掘り当てたあと、われわれは北海に数百万ドル投資しているし、これまでわれわれの周囲の油田では五回に一回の割合でボーリングに成功しているが、これはこの業界ではきわめて高い成功率です」

「採用されたらいつから働きはじめるんですか？」

「一月中の、石油のマネージメントに関する政府の養成課程を修了した時点から、ということになるでしょう」と、リチャード・エリオットが答えた。この痩せ型の浅黒いナンバー・ツーはジョージア訛《なま》りがあった。政府の養成課程うんぬんは、典型的なハーヴェイ・メトカーフ流――最低限の出費で最大限の信憑性《しんぴょうせい》を、というやつだった。

「それから社有のアパートですが」と、デイヴィッドが質問した。「それはどこにあるんでしょうか？」

今度はクーパーが答えた。「わが社のロンドン・シティ・オフィスから数百ヤードのバービカンに、社宅のアパートが用意されます」

デイヴィッドはそれだけ質問すれば充分だった――シルヴァーマンは万全の手を打っており、相手の望むところを正確に見抜いているようだった。

十日後に、ニューヨークの21クラブで一緒に昼食をしたいというシルヴァーマンからの電報が届いた。レストランに到着したデイヴィッドは、まわりのテーブルに世間によく知られた人々の顔を見いだして、自信を新たにした。明らかに彼のホストは万事心得ていた。彼らの席は、話の内容を秘密にしておきたいビジネスマンたちが好んで使う小さなアルコーヴに用意されていた。

シルヴァーマンは愛想よくつろいでいた。会話はいささか本筋からそれて関係のないことにまで及んだが、やがて食後のブランディを飲みながら、彼はデイヴィッドに採用決定を伝えた。デイヴィッドは有頂天だった。なにしろ年俸二万五千ドルと、明らかにすばらしい可能性を秘めた会社で働く機会が舞いこんできたのだ。彼はためらうことなく一月一日からのロンドン勤務に同意した。

デイヴィッド・ケスラーはまだイギリスを知らなかった。草は青々として、道路は狭く、家々は生垣《いけがき》や柵《さく》でこぢんまりと囲いこまれていた。ニューヨークの広々としたハイウェイと大型車を見なれた彼は、まるでおもちゃの町にでも踏みこんだような気がした。バービカンの小さなアパートは清潔で無個性だったが、クーパー氏のいうように、数ヤード先のスレッドニードル・ストリートのオフィスへ通うには便利なところだった。

プロスペクタ・オイルのオフィスは大きなヴィクトリア時代の建物のワン・フロアを占める七室からなり、堂々としているのはシルヴァーマンの部屋だけだった。ほかに狭い受付、テレックス・ルーム、二つの秘書室、エリオット氏のやや広い部屋と彼の部屋があった。なんだかみすぼらしいような気がしたが、シルヴァーマンがすばやく指摘したように、シティの貸事務所の家賃相場は、ニューヨークの一平方フィートあたり十ドルに対して三十ドルもするのだから、無理もないかもしれなかった。

バーニー・シルヴァーマンの秘書のジューディス・ランプスンが、最高責任者の設備の整った部屋へ彼を案内した。シルヴァーマンは巨大な事務机の向うの巨大な黒の回転椅子に坐っているせいで、まるで小人のように見えた。かたわらには四台の電話が――白の電話が三台と赤が一台置かれていた。デイヴィッドはのちに、このいかにも重要らしく見える赤電話が合衆国のある番号と直通になっていることを知ったが、相手がだれであるかはわからずじまいだった。

「おはようございます、ミスター・シルヴァーマン。なにから始めましょうか？」

「バーニーだ、バーニーと呼んでくれ。まあ掛けたまえ。この数日のわが社の株価の変動に気がついたかね？」

「ええ、もちろん」デイヴィッドは意気ごんで答えた。「ハーフ・ポイント上がって六ドルに近づいてますね。新しい銀行の後援と、よその会社の試掘成功のせいでしょうか？」

「いや」シルヴァーマンはここのところは人に聞かれては困るという感じの低い声でいった。「実をいうとわが社も大きなやつを掘り当てたからだ、しかしそのことをいつ発表するかはまだ決めていない。この地質学者の報告書にくわしく書かれている」彼はスマートでカラフルな資料をデスクの上に投げだした。

デイヴィッドは低く口笛を吹いた。「当面の会社の計画は？」

「試掘成功を発表する」シルヴァーマンは消しゴムをいじりながら小声で答えた。「約三週間後、油脈の範囲と埋蔵量を確実につかんでからだ。このことが世間に知れわたって、とつぜん洪水《こうずい》のように金が流れこんできたとき、その事態に対処するための計画を練っておきたい。もちろん株価は天井を突き抜けるだろう」

「すでに株価はじりじりあがっています。おそらくそのことを知っている人々がいるんでしょう」

「わたしもそう思う」と、シルヴァーマンはいった。「あの黒い液体の厄介《やっかい》なところは、いったん噴きだしたら隠しておけないことだ」そういってシルヴァーマンは笑った。

「便乗してひと儲《もう》けしてはいけませんか？」

「いや、会社に迷惑さえかからなければいっこうにかまわんよ。だれか投資したい人間がいたらわたしに知らせてくれ。イギリスには内部情報の問題はない——アメリカと違ってインサイダー取引を禁じる法律はないからね」

「株価はどこまであがると思います？」

シルヴァーマンはまっすぐ彼の目を見てさりげなく答えた。「二十ドルまでだな」

自分の部屋へ戻ってから、デイヴィッドはシルヴァーマンから渡された地質学者の報告書を丹念に読んだ。油脈の規模こそまだはっきりしないが、プロスペクタ・オイルがすごい油脈を掘り当てたことは間違いないようだった。報告書を読みおわったとき、彼は時計を見て舌打ちした。つい夢中になって時間のたつのを忘れていた。報告書をブリーフケースに投げこんで、タクシーでパディントン駅に駆けつけ、かろうじて六時十五分の列車に間に合った。

ハーヴァード時代のクラスメートとオクスフォードで食事をする約束だった。

大学町へ向う列車のなかで、ハーヴァード時代の親友であり、同学年の数学のクラスでデイヴィッドやほかの学生たちを面倒見てくれたスティーヴン・ブラッドリーのことを思った。スティーヴンは現在モードリン・カレッジの客員フェローで、疑いもなく同世代では最もすぐれた数学者の一人だった。ケネディ記念奨学金を獲得してハーヴァードに入学し、やがて一九七〇年に、数学の世界ではだれもが目標とするウィスター数学賞を受賞した。賞金はたったの八十ドルで、ほかにメダルが一個つくだけだが、この賞の獲得競争を熾烈《しれつ》なものにしているのは受賞に伴う名声と就職口だった。スティーヴンは難なく受賞したし、オクスフォードのフェローに応募して採用されたときも、だれも驚かなかった。モードリン・カレッジの研究は三年目に入っていた。ブール代数学に関するスティーヴンの論文が、たて続けに『ロンドン数学学会会報』に掲載され、つい最近母校ハーヴァードの数学教授に選ばれて、この秋から母校に復帰することが発表されたばかりだった。

パディントン発六時十五分の列車は、一時間後にオクスフォードに到着し、駅からわずかな距離をタクシーに乗って、ニュー・カレッジ・レーンを通り、七時三十分にモードリンに着いた。カレッジのポーターの一人がデイヴィッドをスティーヴンの部屋に案内した。広々とした古色蒼然《そうぜん》たる部屋で、本やクッションや印刷物が心地よく散らばっていた。ハーヴァードの衛生無害な壁とはなんという違いだろう、とデイヴィッドは思った。スティーヴンは部屋にいて彼を迎えた。学生時代と少しも変っていないように見えた。不格好な長身瘦軀《そうく》はどんな服を着てもまるでハンガーに服を着せたように見えてしまう。仕立屋なら彼をマネキンに使うのはまっぴらごめんというだろう。太い眉《まゆ》が時代遅れの丸縁の眼鏡の上に突きだして、恥ずかしさのあまりその眼鏡を隠しているかのように見えた。彼はゆっくりとデイヴィッドに歩み寄って歓迎の手を差しのべた。たった今老人のように見えた男が、つぎの瞬間には三十歳という年よりも若く見えた。スティーヴンはデイヴィッドにジャック・ダニエルズを注《つ》いでやり、腰をおろして話しはじめた。スティーヴンはハーヴァード時代デイヴィッドを親友とはみなしていなかったが、彼に勉強を教えてやるのはいやではなかったし、相手も教わることに熱心だった。おまけにオクスフォードでアメリカ人をもてなす口実ならどんなことでも歓迎だった。

「ぼくにとっては記念すべき三年間だったよ、デイヴィッド」と、スティーヴンが二杯目を注いでやりながらいった。「ただひとつ悲しかったのは、去年の冬おやじが死んだことだ。おやじはぼくのオクスフォード生活に深い関心を持って、研究を援助してくれたんだ。おやじはかなりの遺産を残してくれた……ぼくが考える以上に浴槽《よくそう》の栓《せん》が必要なようだ。遺産の一部をどこに投資すればいいか教えてくれないか。今は銀行の口座でただ眠っているだけなんだよ。その金をどうにかするほどの暇もないし、投資するとなるとぼくにはとっかかりがまるでないんだ」

それをきっかけに、デイヴィッドはプロスペクタ・オイルでの過酷な新しい仕事のことを話しはじめた。

「その金をぼくの会社に投資したらどうだい、スティーヴン？　うちの会社は北海ですばらしい油田を掘り当てたんだ。そのことを発表すれば株価は天井知らずの勢いであがるだろう。それまで一カ月くらいしかかからない。こいつは一生に一度の大儲けのチャンスだよ。ぼくだって金さえあれば注ぎこみたいところだよ」

「きみは試掘成功の内容をくわしく知っているのかい？」

「いや。しかし地質学者の報告書を読んだ。それによればきわめて有望だよ。株価はすでにあがりはじめていて、間違いなく二十ドルまではいく。問題はあまり時間がないことなんだ」

スティーヴンは地質学者の報告書にちらと目をやって、あとで慎重に検討してみようと思った。

「こういう投資をするときはどうやればいいんだ？」と、彼は質問した。

「そうだな、まずちゃんとした株式ブローカーを捜して、資金が許すかぎり株を買い、あとは試掘成功の発表を待つのさ。ぼくが情報を提供して、売りどきを教えてやるよ」

「そうしてもらえたらとても助かるよ、デイヴィッド」

「それぐらいお安いご用さ、ハーヴァードでは数学でえらく世話になったからな」

「そんなことはいいさ。じゃ、食事しに行こう」

　スティーヴンはデイヴィッドをカレッジの食堂へ案内した。そこはオーク・パネル張りの長方形の部屋で、モードリンの歴代学寮長、主教、学者たちの肖像がずらりと壁にかかっていた。学生たちが食事をする長い木のテーブルが食堂の大半を占めていたが、スティーヴンは教授席へ行って、デイヴィッドに心地よい椅子《いす》をすすめた。学生たちは騒々しく、熱気に溢《あふ》れていた——スティーヴンは学生たちに無頓着《むとんじやく》だったが、デイヴィッドはこの新しい経験を楽しんでいた。

セヴン・コースの食事は結構ずくめで、スティーヴンが毎日これほどの誘惑にさらされながらあいかわらず痩《や》せていることがデイヴィッドには不思議だった。食後のポートが出たとき、スティーヴンが社交室の気むずかしい老教授たちに仲間入りするより部屋へ戻ろうといいだした。

彼らはモードリンの赤いポートを飲みながら、北海油田やブール代数学について話しあい、おたがい相手が専門領域を熟知していることに感心した。スティーヴンはたいていの学者の例にもれず、専門外のことに関してはきわめて人を信じやすかった。プロスペクタ・オイルへの投資は先見の明があるかもしれないと思いはじめていた。

翌朝、彼らはモードリン・ブリッジに近いアディスン遊歩道を、川岸の青草もみずみずしいチャーウェル川に沿って散策した。やがてデイヴィッドは心残りではあったが九時四十五分にタクシーをつかまえてモードリンをあとにし、ニュー・カレッジ、トリニティ、ベイリオール、ウースターの順で前を通りすぎた。ウースターの壁には、「華麗《セ・マニフィック》だが、駅ではない《メ・ス・ネ・パ・ラ・ギャール》」（ウェリントン将軍が、ワーテルローでナポレオン軍を評していった言葉"C'est magnifique, mais ce n'est pas la guerre."のもじり。ウースターのすぐ近くにオクスフォード駅がある。）という言葉が書かれていた。彼は午前十時のロンドン行きに乗った。オクスフォード滞在がとても楽しかったので、昔世話になったハーヴァード時代の旧友の力になってやりたいと思った。

「おはよう、デイヴィッド」

「おはようございます、バーニー。きのうオクスフォードの友人のところに泊ったんですが、その男がうちの会社に投資するかもしれないんですよ。二十五万ドルも」

「それはよかったな、デイヴィッド、その調子で頑張《がんば》ってくれ。きみはよくやっているよ」

シルヴァーマンはデイヴィッドの話を聞いてもべつに驚かなかったが、自分の部屋に戻るとさっそく赤電話を取りあげた。

「ハーヴェイ？」

「そうだ」

「ケスラーを選んだ目に狂いはなかったようです。彼は友人を口説いて会社に二十五万ドル投資させることにしたらしいです」

「よろしい。いいか、よく聞けよ。わしのブローカーに指示して六ドル少々で四万株ほど市場に放出させろ。もしもケスラーの友人がわが社に投資する決心をしたら、すぐにまとめて買えるのはわしの株だけだ」

さらに一日考慮したあとで、スティーヴンはプロスペクタ・オイル株が二・七五ポンドから三・〇五ポンドに値上がりしたことに気がついて、いよいよ勝馬に賭《か》けるときがきたと判断した。デイヴィッドの話を信用していたし、地質学者のもっともらしい報告書からも強い印象を受けていた。そこでシティの有名な株式ブローカー、キットカット・アンド・エイトキンに電話して、二十五万ドル相当のプロスペクタ・オイル株を買うよう指示した。ハーヴェイ・メトカーフのブローカーは、スティーヴンの注文が取引所の立会場に入ると同時に四万株を放出し、取引はただちに完了した。スティーヴンの買値は三・一〇ポンドだった。

スティーヴンは父親の遺産を投資し、それから数日して、予定された発表がおこなわれないうちに株価が三・五〇ポンドまであがるのを嬉々《きき》として見守った。スティーヴンは気づいていなかったが、値上がりの原因は彼自身の投資だった。彼はまだ儲かりもしないうちからその儲けをなにに費《つか》おうかと考えはじめた。結局すぐには売らずに持ちつづけることにした。デイヴィッドは二十ドルまであがると考えていたし、いずれにしても売りどきを教えると約束していた。

一方ハーヴェイ・メトカーフは、スティーヴンの投資に刺激されて買い気分が高まったのを見てとると、手持ちの株をさらに少しずつ市場に放出しはじめた。彼もまた、若くて、実直で、はじめての仕事に情熱を燃やしているデイヴィッド・ケスラーに目をつけたのは正しかったという、シルヴァーマンの意見に同感だった。ハーヴェイ自身は舞台裏に隠れて、なにも知らない未熟な人間に責任を負わせるというこの作戦を実行するのは、今度がはじめてではなかった。

その一方で、会社のスポークスマンをつとめるリチャード・エリオットが、大口の買手が取引所に詰めかけているという談話を新聞にリークし、その記事が小口の投資家たちを引きつけ、株価を安定させた。

ハーヴァード・ビジネス・スクールで学ぶ教訓の一つに、管理職としての能力は健康に比例する、というのがある。デイヴィッドは定期検診を受けないと安心できなかった。検診を受けて、あなたは健康そのものですと太鼓判をおされると満足するのだが、ほんとはもう少し気楽にやるほうがいいのかもしれなかった。そんなわけで秘書のミス・レントゥルが彼にかわってハーレー・ストリートのある医者の予約をとった。

ドクター・ロビン・オークリーは申し分のない成功者だった。三十七歳という年齢にもかかわらず、長身のうえにハンサムで、黒い髪は薄くなる気配さえなかった。顔だちは古典的で力強く、成功に裏付けられて態度も自信満々だった。いまだに週二回スカッシュ・テニスを続けており、そのおかげで見たところ同年代の者が羨《うらや》むほどの若さだった。ラグビーの選手をやり、優等卒業学位で二級の上をとったケンブリッジ時代から、一貫して健康そのものだった。セント・トーマス病院で医学実習を完了したが、そこでも医療技術よりはラグビーで若者たちの将来を決定する立場にある人々の目に止まった。医師免状をとると、ハーレー・ストリートの高名な開業医、ドクター・ユージーン・モファットの助手として働いた。モファット先生は病気を治すことよりもむしろ金持の、とりわけ少しでも悪いところがあれば飽きもせずに通ってくる中年のご婦人方のご機嫌《きげん》をとり結ぶことで成功をおさめていた。

一回の診察で五十ギニーもとるのだから、これは成功というべきだった。

モファットがロビン・オークリーを助手に選んだのは、患者の多い医者としての自分とまったく同じ資質が彼にもそなわっているからだった。ロビン・オークリーはハンサムで、品がよく、教育もあり、頭もよかった。彼はハーレー・ストリートとモファットのシステムにしっくり溶けこんで、モファットが六十代のはじめで急死すると、皇太子が王座につくように自然にその後釜《あとがま》におさまった。彼の代になっても医院は繁昌《はんじょう》しつづけ、死亡以外ではモファットから引きついだ婦人患者の数を減らすこともなく、独力できわめて順調にやっていた。バークシアのニューベリ郊外に快適なカントリー・ハウスを構えて、妻と二人の息子と暮し、優良株で相当な貯《たくわ》えも残していた。自分の幸運になにひとつ不満はなかったし、人生を楽しんでいたが、ただ正直なところいささかうんざりもしていた。思いやりに富んだ医師という平凡な役割は、ほとんど耐えがたいほど退屈だった。レディ・フィオーナ・フィッシャーのダイヤモンドずくめの手にできた皮膚炎の小さな斑点《はんてん》の原因がなんなのか、そんなことは知りもしないし関心もないと正直にいったら、世界の終末が訪れるだろうか? 恐るべきミセス・ペイジ゠スタンリーに向って、あなたは新しい総義歯以外に医学的処置はまったく必要がない悪臭ふんぷんたるばあさんなのだといったら、天罰がくだるだろうか? 結婚適齢期のミス・リディア・ド・ヴィリエに、明らかに彼女が望んでいる妙薬を彼みずから処方してやったら、医師会から除名されるだろうか?

デイヴィッド・ケスラーは約束の時間どおりに到着した。ミス・レントゥルから、イギリスの医者や歯医者は予約の時間に遅れると、診察を断わって料金だけ請求するとおどかされていたからである。

デイヴィッドは裸になってロビン・オークリーの診察台に横たわった。医者は血圧を測り、心臓に聴診器を当て、人目にさらすほど見栄《みば》えのする器官ではない舌を出させた。彼はデイヴィッドの全身をくまなく調べながら、患者に話しかけた。

「どうしてロンドンで働くようになったのですか、ケスラーさん？」

「シティの石油会社に勤めているんですよ。聞いたことがあるでしょう――プロスペクタ・オイルという会社です」

「いや、初耳ですな。脚を曲げてください」

彼はデイヴィッドの膝《ひざ》の皿を片方ずつ器用に膝蓋骨《しつがいこつ》用のハンマーで叩《たた》いた。両脚とも敏感に反応した。

「反射神経は悪くないようですな」

「そのうち耳に入りますよ、先生、うちの会社の名前が。目下きわめて順調にいってますから。新聞でわが社の発展に気をつけててください」

「ほう」と、ロビンは笑いながらいった。「石油を掘り当てたんですか？」

「ええ」デイヴィッドは自分が与えつつある印象を楽しみながら静かに答えた。「実は、まさにそうなんです」

ロビンは数秒間デイヴィッドの腹部を圧迫した。「すばらしい筋肉の壁、脂肪もなく、肝臓肥大の徴候もない。あなたは健康そのものですよ」

ロビンはデイヴィッドを診察室に残して服を着るようにいい、考えごとをしながら簡単な診断書を書いた。もはや心ここにあらずだった。

ハーレー・ストリートの医者たちは、《パンチ》のバックナンバーを一冊置いただけの、ガス・ストーヴで暖めた待合室に患者を四十五分も待たせておきながら、いったん診察室に呼び入れた患者には絶対に急《せ》かされているという感じをいだかせない。ロビンもデイヴィッドを急きたてる気は毛頭なかった。

「悪いところはほとんどありませんよ、ケスラーさん。多少貧血気味ですが、これは過労と、最近忙しく走りまわったせいでしょう。鉄剤を差しあげますが、それを服《の》めば充分でしょう。一日二錠、朝晩に服んでください」彼は読みにくい字で処方箋《しょほうせん》を書いてデイヴィッドに渡した。

「お世話さまでした。たっぷり時間をかけて診ていただいて、ありがとうございます」

「どういたしまして。ロンドンは気に入りましたか？」と、ロビンはいった。「アメリカとは大違いでしょうな？」

「たしかに──生活のテンポははるかにゆっくりしています。ここではなにかをするのにどれだけ時間がかかるかをのみこんだら、なかば勝利を得たも同然ですよ」

「ロンドンにお友達はたくさんいますか？」

「いや」と、デイヴィッドは答えた。「オクスフォードにハーヴァード時代の仲間が一人二人いますが、ロンドンではまだそれほど知合いができていません」

よろしい、とロビンは思った、例の石油の話をもう少し詳しく聞きだすと同時に、棺桶《かんおけ》に両足を突っこんだも同然のほかの患者たちとは一味違う人物と一緒にすごすチャンスが訪れたぞ。そうすれば今のこの退屈な日常も吹っとぶだろう。彼は続けた。「今週中にご一緒に昼食でもどうですか？　ロンドンの古いクラブにご案内しますよ」

「それはご親切に」

「よろしい。金曜日のご都合は？」

「結構です」

「それじゃ一時にペル・メルのアシーニアム・クラブということにしましょう」

デイヴィッドは途中で薬をもらってシティのオフィスへ戻った。すぐに一錠服んだ。彼はロンドン勤務を楽しみはじめていた。シルヴァーマンは彼に満足しているようだったし、プロスペクタ・オイルは順調だったたし、早くも興味深い人々と知りあっていた。おそらくこれは自分の一生できわめて充実した一時期になるだろうという予感があった。

金曜日の十二時四十五分に、ウェリントン公の銅像が見おろすペル・メルの角の、堂々たる白堊《はくあ》のビル、アシーニアムに到着した。デイヴィッドは各部屋の広さに度胆《どぎも》を抜かれ、そこは営利に敏感なビジネスマンらしく、これだけのスペースをオフィスとして貸したらいくらになるだろうかとすばやく計算せずにいられなかった。動く蠟人形《ろうにんぎょう》のような姿がいたるところで目についたが、あとでロビンが彼らは有名な将軍や外交官たちだと説明してくれた。

彼らはルーベンス作のチャールズ二世像が壁面を占めるコーヒー・ルームで食事をし、ボストンのこと、ロンドンのこと、スカッシュ、それに二人とも熱烈なファンであるキャサリン・ヘプバーンなどについて語りあった。食後のコーヒーを飲みながら、デイヴィッドはプロスペクタ・オイルの区画における地質学者の調査結果を、進んでロビンに語った。株価はロンドン株式取引所で三・六〇ポンドまであがり、なおもあがりつづけていた。

「なかなか有望な投資のようですな」と、ロビンがいった。「それにほかならぬあなたの会社なんだから、危険を冒すだけの価値があるかもしれない」

「危険はほとんどないと思いますよ」と、デイヴィッドが答えた。「現実に石油がそこにあるわけですから」

「そうだな、ひとつ週末の間に真剣に考えてみるとしましょう」

二人はアシーニアムの階段の上で別れ、デイヴィッドは《フィナンシャル・タイムズ》主催のエネルギー危機に関する会議に向い、ロビンはバークシァの自宅へ帰った。二人の息子が週末に予科校から帰ってくるので、一刻も早く彼らの顔が見たかった。赤ん坊からよちよち歩きをへて少年になるまで、時のたつのがなんと早いことか。もうすぐいっぱしの若者だ。その息子たちの将来が保証されるとなれば、大いに安心できるというものだ。デイヴィッド・ケスラーの会社に投資することによって、彼らの将来の保証をもう少し確実にしてやるべきかもしれない。試掘の成功が発表されたら、いつでもその株を売って優良株に買いかえられる。

バーニー・シルヴァーマンもまた、新たな投資の可能性を歓迎した。

「おめでとう。いずれ油送管敷設《ふせつ》のための莫大《ばくだい》な資金が必要になる。パイプライン一マイルにつき二百万ドルはかかるからね。しかしきみはよくやっているよ。たった今本社から、きみの努力に酬《むく》いるために五千ドルのボーナスを出すようにという指示を受けとったところだ。今後もなおいっそう頑張ってくれたまえ」

デイヴィッドはにっこりした。これこそまさにハーヴァード流のビジネスだった。実績をあげれば酬いがある。

「公式発表はいつごろの予定ですか？」と、彼は質問した。

「数日のうちだろう」

デイヴィッドは誇らしげに顔を輝かせてシルヴァーマンの部屋を出た。

シルヴァーマンはただちに赤電話でハーヴェイ・メトカーフと連絡をとり、メトカーフはいつもの作戦を繰りかえした。メトカーフのブローカーたちは三・七三ポンドで三万五千株を市場に放出し、同時に毎日約五千株ずつ公開市場に放出した。そうすればいつ市場が飽和状態になったかを知って、株価を安定させられるからである。ふたたび、ドクター・オークリーの多額の投資のせいで、株価は今度は三・九〇ポンドまであがり、デイヴィッドもロビンもスティーヴンもみな満足した。自分たちがかきたてた関心に便乗してハーヴェイが毎日株を放出しつづけ、その結果実態のない人気が生まれたことを、彼らは知るよしもなかった。

デイヴィッドはボーナスの一部を投じて、やや殺風景な感じのするバービカンの小さな部屋に飾る絵を買う決心をした。二千ドル見当の予算で、将来値上がりしそうな絵を捜すことにしようと思った。絵そのものも好きだったが、絵で金を儲《もう》けるほうがもっと好きだった。彼は金曜日の午後に、ボンド・ストリート、コーク・ストリート、ブルートン・ストリートといったロンドンの画廊が軒をつらねる通りをぶらついた。ウィルデンスタインは値が張りすぎて懐《ふところ》勘定と合わなかったし、マールバラはモダンすぎて好みに合わなかった。やっとボンド・ストリートのラマン画廊で気に入った絵を見つけた。

サザビーズ競売場から三軒はなれたこの画廊は、すりきれたグレイの絨毯《じゅうたん》と色褪《いろあ》せた赤い壁紙の、広々とした一室から成っていた。絨毯がすりへり、壁紙が色褪せていればいるほど、その画廊ははやっていて評判もよいことを、デイヴィッドはあとになって知った。部屋の奥に階段があって、何点かの無視された絵が世間に背を向けてその階段の前に積まれていた。デイヴィッドは気まぐれにそれらの絵を漁《あさ》っているうちに、うれしいことに気に入った絵を発見した。

それは『公園のヴィーナス』と題するレオン・アンダーウッドの油絵だった。大きな、くすんだキャンヴァスには、円形のティー・テーブルを囲む金属製の椅子《いす》に坐《すわ》った六人の男女が描かれていた。そのなかの、前景に見えるのが、豊かな胸と長い髪を持つ美しい裸婦だった。ほかの人物は彼女にまったく注意を向けず、彼女は謎《なぞ》めいた表情をうかべて画面の外をみつめながら坐っている。無関心のなかの思いやりと愛の象徴なのだろう。デイヴィッドは彼女に強く興味をそそられた。

画廊の経営者ジャン＝ピエール・ラマンが、千ポンド以下の支払いにはめったに小切手を受けとらない男にふさわしく、エレガントな仕立てのスーツを着て、デイヴィッドに近づいてきた。三十五歳の彼は、少々の贅沢《ぜいたく》をする余裕があり、グッチの靴《くつ》や、イヴ・サン＝ローランのネクタイや、ターンブル・アンド・アサーのワイシャツや、ピアジェの時計などを見ると、人は、とりわけ女性は、彼が自分の仕事をちゃんと心得た人間であることを疑わなかった。彼はイギリス人から見たフランス人の典型で、ほっそりとスタイルがよく、ウエーヴのかかった長目の黒い髪と、やや鋭い感じを与える濃い茶色の目を持っていた。いざとなれば相当に気むずかしく、口やかましいところもあって、しばしば愉快であると同時に辛辣《しんらつ》な機知をひらめかせもする。もしかするとそれがいまだに独身でいる理由の一つなのかもしれなかった。彼との結婚を願う女性には事欠かなかったにちがいない。しかし、客は彼の魅力的な面しか見なかった。デイヴィッドが小切手を切る間、彼は問題の絵の話をするのがうれしくてたまらぬようすで、スマートな口ひげを人差指で撫《な》でた。

「アンダーウッドは現代イギリスの最も偉大な彫刻家、画家の一人ですよ。彼がヘンリー・ムーアの師であることはご存じでしょう。彼の評価が実力よりも低いのは、ジャーナリスト嫌《ぎら》いのせいだと思いますよ。なにしろ酔っぱらいのへボ記者ぐらいの悪口をいいかねませんからね」

「それじゃジャーナリズムによく思われるはずがありませんね」デイヴィッドはたいそう豊

かな気分で八百五十ポンドの小切手を渡しながら呟《つぶや》いた。こんな高い買物をするのは生れてはじめてだったが、投資としては悪くないと思ったたし、それ以上に、絵そのものが気に入っていた。

ジャン＝ピエールはデイヴィッドを階下に案内して、長い間かかって集めた印象派と現代絵画のコレクションを見せた。アンダーウッドへの讃辞《さんじ》には依然として熱がこもっていた。彼らはジャン＝ピエールの部屋で、デイヴィッドの最初の絵画購入を祝ってウィスキーで乾杯した。

「あなたはどんなお仕事をしているんですか、ケスラーさん？」

「プロスペクタ・オイルという小さな石油会社で働いています、今北海で石油を掘っている会社ですよ」

「石油は出ましたか？」と、ジャン＝ピエールがきいた。いささか無邪気すぎる口調だった。

「実は、ここだけの話ですが、きわめて有望です。わが社の株がこの数週間で二ポンドから四ポンド近くまで値上がりしたことは周知の事実ですが、その本当の理由はだれも知りません」

「ぼくのように細々とやっている画商にとって、有望な投資だとお思いですか？」

「ぼく自身がどれほど有望な投資だと考えているかをお話ししましょう。ぼくも月曜日に全財産の三千ドルを自分の会社に投資するつもりです——ヴィーナスを買った残りの全額をね。近々重要発表があるはずです」

ジャン＝ピエールの目がきらりと光った。フランス人特有の敏感さで、彼はただちにその意味を理解した。その話題にはもう触れなかった。

「発表はいつごろですか、バーニー？」

「たぶん来週のはじめだろう。少々問題はあるが、なに、解決できないほどのもんじゃない」

それを聞いてデイヴィッドはいくらか安心した。というのは、その朝ボーナスの残りの三千ドルを投じて、プロスペクタ・オイルを五百株買っていたからである。ほかの連中と同じように、彼もまた濡手《ぬれて》で粟《あわ》を企《たくら》んでいた。

「こちらロウ・ラッド」

「フランク・ウォッツを頼む。ジャン＝ピエール・ラマンだ」

「おはよう、ジャン＝ピエール。ご用件は？」

「プロスペクタ・オイルを二万五千株買いたい」

「聞いたことがないな。ちょっと待ってください……新しい会社で、資本金がきわめて少ない。ちょっと危険ですね、J＝P《ジェー・ピー》。やめといたほうがいいですよ」

「だいじょうぶだよ、フランク、どうせ二、三週間持っているだけで、またきみに売ってもらう。長く持っているつもりはないんだ。口座の起算日はいつかな？」

「昨日です」

「よし。午前中に買って決済期限までに売ってくれ。なんならそれより前でもいい。来週会社から発表があるはずだから、五ポンドを超えたら手放してくれ。欲ばる必要はないが、ぼくの会社名義で買ってくれ。ぼくが買ったことを知られたくないんだ――情報提供者に迷惑がかかるかもしれないんでね」

「わかりました。プロスペクタ・オイルを時価で二万五千買って、決済期限ぎりぎりで売りですね。指示があったらそれ以前に売る」

「そう。来週いっぱいパリへ絵を見に行ってるから、五ポンドを超えたらためらわず売ってくれ」

「わかりました、J＝P。よいご旅行を」

　赤電話が鳴った。

「ロウ・ラッドがまとまった株を捜している。なにか知ってるか？」

「いや、知りませんね、ハーヴェイ。きっとまたデイヴィッド・ケスラーですよ。彼と話してみましょうか？」

「いや、なにもいわんでいい。三・九〇ポンドで二万五千株手放しておいた。ケスラーがあと一人大口をくわえこんだら、わしは手を引く。この決済期限の一週間前にわれわれの計画の用意をしておけ」

「承知しました、ボス。ほかにも小口買いがたくさんあります」

「よろしい、これまでと同じように、その連中がみないい儲け口があると知合いに話すにちがいない。ケスラーにはなにもいうな」

「なあ、デイヴィッド」と、リチャード・エリオットがいった。「きみは働きすぎだよ。もっとのんびりやりたまえ。発表のあとはひどく忙しくなるぞ」

「そうでしょうね」と、デイヴィッドは答えた。「でも仕事は今じゃぼくの習慣になってしまいましたよ」

「とにかく、今夜は骨休めをしろ。アナベルズで一杯というのはどうかね？」

デイヴィッドはロンドンでも超一流のナイトクラブに招待されて、悪い気はせず、喜んで承知した。

デイヴィッドのフォード・コルティナのレンタカーは、その夜バークレイ・スクエアに二重駐車したロールス＝ロイスやメルセデスのなかでは、場違いな存在だった。彼は小さな鉄の階段を通って地下室に降りた。かつてそこは優雅なタウン・ハウスの地下の召使部屋だったにちがいない。現在はレストランと、ディスコと、壁に昔の版画や絵を飾った、小さいながらも豪華な雰囲気《ふんいき》のバーを持つすばらしいクラブになっていた。食事室はほの暗く照明され、びっしりと並んだ小さなテーブルはすでに満員だった。摂政《せっしょう》時代様式の贅沢な装飾だった。経営者のマーク・バーリーは、たかだか十年の間にアナベルズをロンドンで最も人気のあるクラブに仕立てあげ、入会希望者のウェイティング・リストが千名を超えるほどだった。ディスコはいちばん奥にあり、キャディラック二台分の駐車スペースにもみたないダンス・フロアは満員だった。ほとんどのカップルはぴったり身を寄せあって踊っていた——そうするよりほかはなかった。デイヴィッドは、ダンス・フロアの男性の大部分が、相手の女性よりおよそ二十歳は年上なのに気がついていささか驚いた。ヘッドウェイターのルイスが、この日来店した名士たちに見とれているデイヴィッドのようすから、この店ははじめてなのだと察して、彼をリチャード・エリオットのテーブルに案内した。ようし、今にぼくも見られる側にまわってやるぞ、とデイヴィッドは思った。

めったにありつけないすばらしい食事のあと、リチャード・エリオットと彼の妻はダンス・フロアの人ごみに加わり、デイヴィッドは心地よい赤い長椅子に囲まれた小さなバーへ行った。そこでジェイムズ・ブリグズリーと名乗る男と、ふとしたきっかけから会話のいとぐちがほぐれた。ブリグズリー氏はほかではともかく、疑いもなくアナベルズでは場なれしていた。長身に金髪、貴族的な物腰、目は上機嫌《じょうきげん》に輝いて、周囲のだれとでも心やすく振舞っていた。デイヴィッドは相手の自信にみちた立居振舞いに感心した。それは彼にはないものだったし、おそらく将来も身につくことはないだろう。彼のアクセントは、デイヴィッドの不慣れな耳にも、まぎれもなく上流階級のものに響いた。

デイヴィッドの新しい知合いは、アメリカへ行ったときのことを話題にし、自分は昔からアメリカ人が大好きだったといって彼を喜ばせた。しばらくたってから、デイヴィッドはへッドウェイターを呼んで、あのイギリス人はどういう人物かと小声で質問した。

「ラウス伯爵《はくしゃく》のご長男、ブリグズリー卿《きょう》でございます」

こいつは驚いた、とデイヴィッドは思った。イギリス貴族も見たところふつうの人間と変りがないじゃないか、とくに二、三杯きこしめしているときは。ブリグズリー卿がデイヴィッドのグラスをこつこつ叩《たた》いていた。

「もう一杯どうです？」

「ありがとうございます、閣下」

「そのばかげた呼び方はやめてくださいよ。名前はジェイムズです。ロンドンでのお仕事は？」

「石油会社で働いています。会長のロード・ハニセットはご存じかと思いますが。実をいうとぼくはまだ会ったことがありません」

「気のいいじいさんでね。息子とはハロー校で一緒でしたよ。石油会社にお勤めなら、ぼくの持っているシェルとBPの株をどうすればいいか教えてくれませんか」

「ずっとお持ちになっていることですね。財貨はなんであれ持ちつづけるほうが賢明です、とくにイギリス政府が欲張って国有化しようとしないかぎり、石油は安全確実ですよ」

ダブル・ウィスキーのおかわりが到着した。デイヴィッドはほろ酔いかげんだった。

「あなたの会社はどうなんです？」と、ジェイムズがきいた。

「ちっぽけな会社ですが、株価はこの三カ月間にほかのどの石油会社よりもあがっています。

しかしまだ天井にはほど遠いと思いますよ」

「なぜです？」

デイヴィッドはあたりを見まわして声をひそめた。

「それはですね、大きな会社が石油を当てても利益率は低いが、小さな会社が当てた場合は、当然利益率が高くなるからですよ。この理屈はおわかりでしょう」

「つまり、あなたの会社は石油を当てたということですか？」

「この話はどうぞご内聞に願います」


デイヴィッドはどうやって家へ帰ったのかも、だれがベッドに寝かせてくれたのかも記憶がなかった。当然翌朝は遅刻した。

「すみません、バーニー、アナベルズでリチャードと楽しい夜をすごして、寝坊しちゃったんです」

「ちっともかまわんよ。たまには息抜きも結構じゃないか」

「実はちょっと軽率だったかもしれませんが、ある貴族をつかまえてうちの会社に投資するようにすすめてしまったんです。名前はおぼえていません。少しやりすぎたんじゃないかと心配で」

「いいんだよ、デイヴィッド、われわれはだれにも損をさせるわけじゃない。それからきみは少し休養が必要だな。このところ働きすぎだよ」

ジェイムズ・ブリグズリーはチェルシーのアパートを出て、取引銀行のウィリアムズ・アンド・グリンズへタクシーを走らせた。彼は生れつき外向的な人間で、ハロー在学中はもっぱら演劇に情熱を傾けたが、卒業すると父親は彼が舞台に立つことを許さず、オクスフォードのクライスト・チャーチ・カレッジに進むことを要求した。だがそこでもまた、彼は政治学、哲学、経済学の学位よりも演劇部のほうにより大きな関心を示した。オクスフォードを卒業して以来、彼は優等卒業学位の第何級を取ったかをだれにも話したことがなかったが、よかれあしかれ、第四級はその後廃止された。オクスフォードから近衛《このえ》歩兵第一連隊に入って、そこで演技の才能にかなり磨《みが》きをかけた。これがジェイムズのロンドン社交界へのお目見得で、その世界で風采《ふうさい》がよくて裕福な若い伯爵子息なら当然の成功をおさめた。

二年間の近衛連隊勤務が終ると、伯爵は彼にハンプシァにある五百エーカーの農場を与えて暇つぶしをさせようとしたが、ジェイムズは野暮ったい田舎の生活を嫌った。農場の管理は管理人まかせにして、ふたたびロンドンでの社交生活に精を出した。彼の舞台志望は本物だったが、伯爵がいまだに役者稼業《かぎょう》は未来のイギリス貴族にふさわしくないと考えていることを知っていた。伯爵家五代目の当主はどのみち長男をあまり高く買っておらず、ジェイムズとしても、自分は父親が考える以上に目はしの利《き》く人間なのだということを納得させるのは容易ではなかった。おそらくデイヴィッド・ケスラーがほろ酔い機嫌でふともらした内部情報が、父親の考えが間違っていることを証明する絶好の機会になるだろう。

バーチン・レーンにあるウィリアムズ・アンド・グリンズの美しい古風な建物に着くと、ジェイムズは支配人室に案内された。

「ハンプシァの農場を担保に金を借りたいんですが」と、ブリグズリー卿はいった。

支配人のフィリップ・イザードはブリグズリー卿をよく知っていたし、父親の伯爵とも知合いだった。彼は伯爵の見識には敬意を払っていたけれども、若い子息のほうはあまり高く買っていなかった。しかし、顧客の依頼についてあれこれ問いただすのは彼の主義に反したし、まして相手の父親は銀行の最も古くからの顧客の一人だった。

「で、いかほどお入用ですか？」

「そう、ハンプシァの農地は一エーカー千ポンドの価値があると思うし、まだ値上がりが続いています。十五万ポンドほど貸してもらえませんか？　その金で株を買う予定なんです」

「株券を担保としてわたしどもにお預け願えますかな？」

「ええ、もちろん。株券がどこにあろうとぼくはちっとも構いません」

「では基本利率に二パーセント上積みして十五万ポンドご融資いたしましょう」

ジェイムズは基本利率がいくらなのか知らなかったが、ウィリアムズ・アンド・グリンズも融資に関しては他行に劣らず競合的だったし、評判の点では申し分ないことを知っていた。

「それはどうも。ではぼくにかわってプロスペクタ・オイルという会社の株を三万五千株ほど買ってもらえませんか？」

「その会社を充分に調べてみましたか？」と、イザードがきいた。

「もちろん調べましたよ」ブリグズリー卿は強い口調でいった。彼は銀行の支配人ふぜいを恐れてなどいなかった。

ボストンのハーヴェイ・メトカーフは、シルヴァーマンからの電話で、デイヴィッド・ケスラーが分別よりは金のほうを多く持っているらしい氏名不詳の貴族と、アナベルズで出会ったことを知った。ハーヴェイは四万株を四・八〇ポンドで市場に放出した。ウィリアムズ・アンド・グリンズがそのうちの三万五千株を買い、今度もまた残りの五千株は小口投資家たちの手に渡った。株価はまた少しあがった。ハーヴェイ・メトカーフの手もとに残ったのはわずか三万株だけで、それも次の四日間で全部処分した。結局十四週間かかってプロスペクタ・オイル株を全部手放し、六百万ドルを少々上まわる利益をあげた。

金曜日午前の株価は四・九〇ポンドで、ケスラーはなにも知らずに四つの大口投資を誘いこんでいた。ハーヴェイ・メトカーフはそれらを仔細《しさい》に検討してから、イェルク・ビルラーに電話をかけた。

スティーヴン・ブラッドリーは六・一〇ドルで四万株買っていた。
ドクター・ロビン・オークリーは七・二三ドルで三万五千株買っていた。
ジャン＝ピエール・ラマンは七・八〇ドルで二万五千株買っていた。

ジェイムズ・ブリグズリーは八・八〇ドルで三万五千株買っていた。
そしてデイヴィッド・ケスラー自身も七・二五ドルで五百株買っていた。

五人合わせて百万ドル少々の投資で十三万五千五百株を買っていた。また、彼らの投資が株価を吊《つ》りあげて、ハーヴェイに持株を残らず手放すチャンスを与えていた。ハーヴェイ・メトカーフはまたしてもやってのけた。彼の名前はどこにも出なかったし、今はただの一株も持っていなかった。彼を非難することはだれにもできないのだ。法に反することはなにもしていない。地質学者の報告書にしたところで、仮定や但《ただ》し書がいたるところにちりばめられているから、法廷に持ちだされてもいいのがれがきく。デイヴィッド・ケスラーについても、彼の若々しい情熱のためにハーヴェイが非難されるいわれはない。デイヴィッド・ケスラーなどという男には会ったこともないのだから。ハーヴェイ・メトカーフはロンドンのヘッジズ・アンド・バトラーから輸入された一九六四年もののクリューグの特級《プリヴェ・キュヴェ》を開けた。そしてゆっくりシャンペンを味わいながら、ロメオ・イ・フリエッタ・チャーチルに火をつけ、椅子《いす》に深々と身を沈めてこの成功を控えめに祝った。

デイヴィッド、スティーヴン、ロビン、ジャン＝ピエール、ジェイムズの五人も、それぞれに週末を祝った。それも当然、株価は四・九〇ポンドになっていたし、デイヴィッドが十ポンドまでは間違いなくあがると太鼓判をおしていたのだから。土曜日の朝、デイヴィッドは生れて初めてアクアスキュータムでスーツを誂《あつら》え、スティーヴンは新入生の休暇あけ試験の答案を採点し、ロビンは息子たちの予科校へ運動会を見に行き、ジャン＝ピエールはルノワールの額縁をとりかえ、ジェイムズ・ブリグズリーはこれでやっとおやじもおれを見なおすだろうと確信しながら猟にでかけた。

3

デイヴィッドが月曜の朝九時に出勤すると、オフィスに鍵《かぎ》がかかっていた。わけがわからなかった。秘書たちは八時四十五分までに出勤していなければならない。一時間以上待ったあと、彼は最寄りの電話ボックスからバーニー・シルヴァーマンの自宅に電話してみた。応答はなかった。つぎにリチャード・エリオットの自宅にかけてみたが、むなしくベルが鳴りつづけるばかりだった。今度はアバディーンのオフィスを呼んでみたが、結果は同じだった。彼は仕方なくオフィスへ戻ることにした。きっと簡単に説明がつくはずだと思った。おれは夢を見ているのだろうか、それとも今日は日曜日なのか？　いや違う――通りは人間と車で混雑していた。

ふたたびオフィスに戻ったとき、若い男がドアに札をかけていた。「貸室　二千五百平方フィート　問合せはコンラッド・リトブラットまで」

「きみ、いったいなにをしてるんだ？」

「前のテナントが予告して立ちのいたんですよ。これから新しいテナントを捜すところです。物件をごらんになりますか?」

「いや、結構だ」デイヴィッドはうろたえながら尻《しり》ごみした。

通りを走ってゆくうちに、額にじっとり汗がにじんできた。電話ボックスがふさがっていないことを祈った。

電話帳のL—R分冊を大急ぎでめくって、バーニー・シルヴァーマンの秘書のジューディス・ランプスンの番号を調べた。今度は相手が出た。

「ジューディス、これはいったいどういうことなんだ?」その声にはまぎれもない不安があった。

「わたしにもわからないわ」と、ジューディスが答えた。「金曜日の夜、一カ月分の給料前払いで解雇通告を受けたんだけど、理由はいってくれないのよ」

デイヴィッドは受話器を取り落した。簡単に説明がつくはずだと信じたかったが、徐々に真相がのみこめてきた。いったいこの窮状をだれに訴えればよいのか? おれはどうすればよいのか?

彼は茫然《ぼうぜん》としてバービカンのアパートへ戻った。留守中に午前の郵便が配達されていた。

そのなかにアパートの家主からの手紙があった。

コーポレーション・オヴ・ロンドン、

バービカン・エステート・オフィス、
ロンドン、EC2
電話　〇一－六二八－四三四一

前略
　残念ながら月末に部屋を立ちのかれる由《よし》、この機会に一カ月分の家賃を前払いしていただいたことを感謝いたします。
なるべく早く当事務所に鍵をお返しいただければさいわいです。
敬具
C・J・ケイゼルトン
不動産管理人

デイヴィッドは部屋の中央に凍りついたように立ちつくして、手に入れたばかりのアンダーウッドを、むらむらっと湧《わ》いてきた憎しみの目でみつめた。

やがて、おそるおそる株式ブローカーに電話をかけた。

「プロスペクタ・オイルの今朝の株価は？」

「三・八〇ポンドにさがりました」と、ブローカーが答えた。

「さがった原因は？」

「それがわからないんです。とにかく調べてこちらから電話しますよ」

「頼む、ぼくの五百株を今すぐ売ってくれ」

「プロスペクタ・オイル五百株を時価で売りですね、承知しました」

デイヴィッドは電話を切った。数分後にベルが鳴った。ブローカーからだった。

「三・五〇ポンドでしか売れません――つまり買ったときとまったく同じ値段です」

「代金をムーアゲートのロイズ・バンクのぼくの口座に振込んでもらいたいんだが」

「承知しました」

デイヴィッドはその日一日ずっと部屋に閉じこもっていた。ベッドに寝ころがって、たてつづけに煙草《たばこ》を吸いながら、これからどうしようかと考え、ときどき小さな窓から雨に濡《ぬ》れたシティの銀行や、保険会社や、株式ブローカーや、会社群を眺《なが》めた――そこは彼の属する世界だった。しかしいつまでその状態が続くだろうか？　翌朝、取引所の立会い開始と同時に、なにか新しい情報が聞けるかもしれないと、ふたたびブローカーに電話した。

「プロスペクタ・オイルについて新しいニュースはあるかね？」と、彼は緊張で疲れた声できいた。

「悪いニュースです。つぎつぎに大口の売りが出て、午前の立会い開始と同時に二・八〇ポンドまでさげました」

「ありがとう」

彼は受話器を置いた。ハーヴァードで学んだ数年間が雲散霧消しつつあった。一時間たったが、彼はそのことに気がつかなかった。災難が訪れてからというもの、時間の感覚が無くなってしまったのだ。

目立たないレストランで昼食をとりながら、《ロンドン・イヴニング・スタンダード》の金融欄編集長、デイヴィッド・マルバートの筆になる、『プロスペクタ・オイルの謎《なぞ》』という題の穏やかならざる記事を読んだ。株式取引所の午後四時の立会い終了時には、株価は一・六〇ポンドまで落ちこんでいた。

デイヴィッドはまた眠れぬ一夜をすごした。舌先三寸と、二カ月分の高給と、気前のよいボーナスに目がくらんで、本来なら疑ってかかるべき事業を手もなく信用してしまった自分に腹が立ち、屈辱感がこみあげてきた。絶好のカモたちの耳に、プロスペクタ・オイルに関する情報を秘密めかして教えたことを思いだすと、気分が悪くなった。

水曜日の朝、どうせ悪いニュースしか聞けないだろうと思いながら、もう一度ブローカーに電話してみた。株価は一ポンドにさがり、しかも取引はまったくなかった。彼は部屋を出てロイズ・バンクへ行き、口座を閉じて残額の千三百四十五ポンドを引きだした。出納係の女性は現金を手渡すときに、なんて金まわりのいい青年だろうという表情で彼にほほえみかけた。

彼は《イヴニング・スタンダード》の最終版（右肩に7RRと印刷してある版）を手に取った。プロスペクタ・オイルはなんと二十五ペンスまでさがっていた。茫然として部屋に戻った。管理人が階段の上に立っていた。

「警察があなたのことを調べにきましたよ」

デイヴィッドは努めて平静を装いながら階段をのぼった。

「ありがとう、ミセス・ピアスン。たぶんまた払い忘れた駐車違反の罰金の件でしょう」

今や彼はすっかり動転していた。これほど情けない、孤独な、そして不安な思いはかつて経験したことがなかった。持物を残らずスーツケースに詰めこみ、アンダーウッドの絵だけは壁に残したまま、ニューヨークへの片道切符を予約した。

4

デイヴィッドがロンドンを発《た》った朝、スティーヴン・ブラッドリーはオクスフォードの数学研究所で三年生に集合理論の講義をしていた。朝食のときに《デイリー・テレグラフ》でプロスペクタ・オイル株の暴落を知って恐慌《きょうこう》をきたしていた。すぐにブローカーに電話したが、そのブローカーはいまだに事件の全貌《ぜんぼう》をつかめずにいた。次にデイヴィッド・ケスラーに電話したが、彼は煙のように消えてしまったようだった。

講義はさっぱりだった。ごく控えめにいっても、心ここにあらずといった状態だった。せめて学生たちが上の空の真の原因——絶望——に気づかず、天才のあらわれと誤解してくれることを願った。今日が第二学期《ヒラリー・ターム》の最終講義であることだけがせめてもの救いだった。

数分おきに講堂のうしろの時計を見あげるうちに、ようやく講義をおえて、モードリン・

カレッジの自室へ帰れる時間になった。彼は古い革張りの椅子に腰をおろして、どこから手をつけようかと考えた。なぜ一社に全財産を注《つ》ぎこむようなばかなことをしてしまったんだろう？　いつもはきわめて論理的で、計算の確かな自分としたことが、なぜこんな話にうかうかと乗って、欲の皮を突っ張らせてしまったのか？　彼はデイヴィッドを信用していたから、いまだにデイヴィッドがどんな形であれ株の暴落に一枚噛《か》んでいるとは信じられなかった。たぶんハーヴァードで友達だった人間だから、無条件に信頼できると考えたのが甘かったのだろう。きっと簡単に説明のつくような事情があったにちがいない。いずれ金は全額取り戻せるにちがいない。電話が鳴った。たぶんブローカーからのくわしい情報だ。

受話器を取りあげたとき、掌《てのひら》に汗がにじんでいることにはじめて気がついた。

「スティーヴン・ブラッドリーです」

「おはようございます。お邪魔してすみません。わたしはスコットランド・ヤードの詐欺《さぎ》捜査課のクリフォード・スミス警部です。できれば今日の午後お目にかかりたいのですが」

スティーヴンは一瞬ためらって、プロスペクタ・オイルへの投資になにか犯罪に結びつく要素でもあったろうかと、一分間ほど必死に考えた。

「いいですとも、警部」と、彼は不安げに答えた。「ロンドンへ伺いましょうか？」

「いやいや。こちらから伺います。よろしかったら午後四時にお訪ねしますが」

「ではお待ちしてます、警部」

スティーヴンは受話器を置いた。いったいなんの用だろう？　イギリスの法律はよく知らないが、警察とかかりあうのはご免だった。あと六カ月で教授としてハーヴァードへ帰れるというときに、厄介《やっかい》なことになってしまった。スティーヴンは教授の椅子を棒に振ってしまうのではないかと心配になった。

警部は身長五フィート十一インチほどで、四十五から五十の間といった年格好だった。鬢《びん》のあたりが白くなりかかっているのだが、ポマードで本来の黒い髪と釣合《つりあ》いをとっていた。スーツはよれよれで、警察官の安月給よりは警部個人の趣味を示しているのではないかとスティーヴンは思った。彼のがっしりした体つきを見れば、たいていの人は愚鈍な男と誤解するだろう。だが実際には、スティーヴンの目の前にいる男は、犯罪者心理というものを完全に理解しているイギリスでも数少ない人間の一人だった。彼はこれまで何度も国際的な詐欺師の逮捕にかかわってきた。長年にわたって大物犯罪者を鉄格子《てつごうし》の中に送りこみながら、彼らがわずか二、三年でしゃばに舞い戻って、いかがわしい取引で得た金でのうのうと暮すのを見せつけられてきたせいで、どことなく倦《う》み疲れたような表情を浮べていた。彼にいわせれば、犯罪は引きあうのだった。警察は人手不足に悩まされ、事件を追及してしかるべき結論に達するには費用がかかりすぎるという公訴局長の判断で、小悪党たちのなかには起訴にいたらずに放免される者さえある始末だった。また詐欺捜査課は、支援スタッフがいないために、捜査途中で投げだしてしまうこともあった。

警部の連れのライダー巡査部長はかなり若く、身長が六フィート一インチほどで、体も顔も痩《や》せていた。大きな茶色の目は、浅黒い肌《はだ》と対照的に、無邪気そうな印象を与えた。服装は少なくとも警部よりややましだったが、たぶんこの男はまだ独身なのだろう、とスティーヴンは思った。

「お忙しいところ、申しわけありません」警部はいつもスティーヴンが坐《すわ》っている大きな肘《ひじ》掛椅子《かけいす》にゆったりと腰をおろして、おもむろに切りだした。「実は、目下プロスペクタ・オイルという会社を調べているところです。ところで、最初にお断わりしておきますが、あなたがこの会社の経営またはその後の株の暴落に関係しておられないことを、われわれは知っております。ただあなたの協力が必要なだけですが、そちらから全般的なご説明をいただくよりも、できればわれわれが答えを必要としているいくつかの点について、質問に答えていただきたいのですが。ただし、差支えがある点に関しては答えていただかなくて結構です」

スティーヴンはうなずいた。

「では、まず最初に、あなたはなぜプロスペクタ・オイルにこのような多額の投資をなさったのですか？」

警部は過去四カ月間プロスペクタ・オイルに対しておこなわれたすべての投資のリストを持っていた。

「ある友人にすすめられたからです」と、スティーヴンは答えた。

「デイヴィッド・ケスラーという男ですな？」

「そうです」

「ケスラー氏とはどんなお知合いで？」

「彼とはハーヴァードの同級生で、彼が石油会社で働くためにイギリスへきたとき、ぼくが旧交をあたためるためにオクスフォードへ招待したのです」

スティーヴンはデイヴィッドとの学生時代からのつきあいと、大金を投資するにいたった理由を詳しく説明した。そして最後に、デイヴィッドがプロスペクタ・オイルの興亡と犯罪的にかかわっていると思うかと、警部に質問した。

「いや、そうは思いません。わたしの考えでは、ケスラーは、ついでにいうと彼はこの国から逃げだしてしまいましたが、陰で糸を引く大物に操られていたにすぎません。ただ、われわれとしては彼を取り調べる必要がありますので、万一彼から連絡があったら、すぐにお知らせ願えませんか。さて」と、警部は続けた。「これからいくつか名前を読みあげます。そのうちのだれかと会ったり、話したり、あるいは名前を聞いたことがあるときは、そういってください……まず、ハーヴェイ・メトカーフは？」

「いや」と、スティーヴンは答えた。

「では、バーニー・シルヴァーマンは？」

「ぼくは会ったことも話したこともありませんが、デイヴィッドがここで一緒に食事をしたときその名前を口にしてましたよ」

巡査部長がスティーヴンの言葉を一語ももらさず、ゆっくりと几帳面《きちょうめん》に書きとめていた。

「リチャード・エリオットは？」

「シルヴァーマンと同じです」と、スティーヴンが答えた。

「アルヴィン・クーパーは？」

「いや」

「この会社に投資した人をほかにだれかご存じですか？」

「いや」

警部はたっぷり一時間以上にわたってこまごまとスティーヴンに質問したが、手もとに地質学者の報告書のコピーがあるだけで、ほとんど捜査の助けにはならなかった。

「ええ、そのコピーならわれわれも手に入れております」と、警部はいった。「しかし表現が巧妙で、証拠としてはあまり役に立ちそうもありません」

スティーヴンは溜息《ためいき》をついて二人にウィスキーをすすめ、自分には大学教官らしくドライ・シェリーを注いだ。

「だれに対する、あるいはなにに対する証拠ですか、警部？」スティーヴンは椅子に戻りながらいった。「ぼくから見ればまんまと一杯食わされたことは明白です。ぼくがどれほど迂《う》闊《かつ》だったかはたぶんお話しするまでもないでしょう。絶対確実に儲《もう》かるような話だったんで、全財産をプロスペクタ・オイルに注ぎこんだ結果、無一文になってしまい、これからどうすればいいかわからない始末です。いったいプロスペクタ・オイルではなにがあったんですか？」

「それがですな」と、警部は答えた。「この事件にはここでお話しできない側面があることをおわかりいただけると思います。実はわれわれにもまだよくわかっていないことが多々あるんですよ。しかし手口そのものはよくあるやつで、このたびそれをやってのけたのは老練なその道のプロ、きわめて悪賢いプロです。つまりこういう手口ですよ。まず何人かの悪党が手を組んで新しい会社を作るか、すでにある会社を買収するかして、その会社の株の大部分を独占します。彼らは新しい発見や画期的な新製品に関する耳よりな話をでっちあげて、株価の吊《つ》りあげをはかり、少数のカモの耳にその噂《うわさ》を囁《ささや》いておいて、持株を市場に放出する。すると失礼ながらあなたのような方々が、株価があがったところで食いついてくるという寸法です。やがて彼らはごっそり儲けたところで手を引き、会社に実体がないから株は暴落する。しばしば行きつく先は株の取引停止と、それに続く会社の強制的な破産整理ということになります。この場合はまだそこまで行っていないし、破産には至らないかもしれません。ロンドン株式取引所はカプラン事件の痛手からようやく立ちなおりかけたばかりで、スキャンダルの追討ちは望まないでしょうからね。ただお気の毒ですが、たとえ犯人一味を有罪にする証拠を提出したところで、金を取り戻すことはほとんど望み薄でしょう。連中はあなたがダウ・ジョーンズ指数という言葉を口にする間もあらばこそ、その金を世界中のいたるところに隠してしまっていますよ」

スティーヴンは思わず呻《うめ》き声をもらした。「お話を聞いているとあきれるほど簡単ですね、警部。すると例の地質学者の報告書は偽物《にせもの》なんですか？」

「いや、まったくの偽物というわけじゃありません。多くの仮定や但《ただ》し書をちりばめて、巧妙に書きあげられたものです。そしてこれだけは確かです。公訴局長は北海のプロスペクタ・オイルの区画からほんとに石油が出るかどうかを調べるために、何百万という費用をかけるようなことはしないでしょう」

スティーヴンは両手に頭を抱えこんで、デイヴィッド・ケスラーと会った日を心のなかで呪《のろ》った。

「ねえ、警部、ケスラーをこの計画に利用したのはいったいだれなんです？ 黒幕はだれなんです？」

警部にはスティーヴンの恐しい苦痛がわかりすぎるほどよくわかった。この道に入ってから、同じ立場に置かれた多くの人間を見てきたからである。彼はスティーヴンの協力に大いに感謝していた。

「捜査に影響のない範囲でならどんな質問にもお答えしますよ」と、警部は答えた。「ただしわれわれがしっぽをつかまえようとしている男がハーヴェイ・メトカーフという名前であることは、秘密でもなんでもありません」

「ハーヴェイ・メトカーフとはいったい何者です？」

「あなたがあったかい食事をとった回数よりも多いくらい、ボストンでいかがわしい取引に手をそめてきたポーランド系二世ですよ。多くの人々を破産させて自分は億万長者にのしあがった男です。彼の手口はプロそのもので見当がつきやすいから、一マイルはなれていても臭《にお》いでわかるほどです。彼がハーヴァードの大物後援者だと聞いたら、あまりいい気持はしないでしょうね――寄付で良心の痛みを和げようというんでしょうな、たぶん。これまでわれわれは一度も彼の有罪を立証できなかったし、おそらく今度も同じでしょう。彼はプロスペクタ・オイルの取締役会にも名をつらねておりません。ただ公開市場で株の売り買いをしただけです。われわれの知るかぎりではデイヴィッド・ケスラーとも一度も会っていないのです。シルヴァーマンとクーパーとエリオットを雇ってダーティな仕事をさせ、彼らは彼らで頭のよいやる気充分の青二才を一人見つけてきて、セールスマンの役目をさせたというわけです。その青年がお友達のデイヴィッド・ケスラーだったという点が、あなたにとっては不運だったんですな」

「あいつのことはいいんです」と、スティーヴンはいった。「それよりハーヴェイ・メトカーフは？　今度もまた逃げおおせるんですか？」

「そういうことになりそうですな。シルヴァーマン、エリオット、クーパーの逮捕令状はとってあります。三人とも南米へ逃げましたよ。ロナルド・ビッグズ事件の失敗のあとですから、彼らを連れ戻す強制送還命令が得られるかどうかは疑わしい、たとえアメリカとカナダの警察も彼らの逮捕令状をとっているとしてもですよ。なにしろ目から鼻へ抜けるような連中ですからね。彼らはプロスペクタ・オイルのロンドン・オフィスを閉鎖し、賃借権を放棄して不動産業者のコンラッド・リトブラットに返し、二人の秘書には一カ月分の予告手当を払って解雇しているんです。レディング・アンド・ベイツへのボーリング機械の借り賃も支払いが済んでいるし、アバディーンで雇った現地要員のマーク・スチュアートにもちゃんと払うものを払って解雇している。日曜の朝の便でリオ・デ・ジャネイロへ飛んだときは、すでに現地の個人口座で百万ドルが彼らを待っているという寸法ですよ。二、三年してその金を費《つか》いはたしたころ、彼らはきっとまた別の名前と別の会社名を名乗って現われます。ハーヴェイ・メトカーフは彼らに充分な報酬を与え、デイヴィッド・ケスラーに尻拭《しりぬぐ》いをさせたのです」

「頭のいい連中だ」と、スティーヴンがいった。

「そうなんです」と、警部が相槌《あいづち》を打った。「まったくみごとな作戦で、さすがにハーヴェイ・メトカーフだけのことはあります」

「デイヴィッド・ケスラーを逮捕するつもりですか？」

「いや。しかしさっきもいったように、取調べの必要はあります。彼も五百株買ってまた売っていますが、おそらくこれは石油を掘り当てたという話を自分でも信じていたからでしょう。実際、もっと賢い男なら、イギリスへ戻って警察の捜査に協力することを考えるでしょうが、かわいそうに恐慌をきたして前後のみさかいもなく逃げだしたんですな。アメリカの警察が彼に目を光らせていますよ」

「最後にもう一つ質問があります。ぼくと同じにまんまと一杯食わされた人間がほかにもいますか？」

警部はこの質問に答える前に慎重に考えた。ほかの大口投資家たちは警察に対してスティーヴンほど協力的でなかった。みなケスラーおよびプロスペクタ・オイルとの関係について、言葉を濁していた。たぶんその連中の名前を明かせば、なんらかの形で彼らを引っぱりだすことになるだろう。

「ええ、しかし……どうぞわたしからは聞かなかったことにしてください」

スティーヴンはうなずいた。

「株式取引所を通じて慎重に調査すれば、あなたの知りたいことがわかるはずだと申しあげておきましょう。プロスペクタ・オイルに大金を注ぎこんだ人は、あなたを含めて四人います。騙《だま》しとられた金額は四人合わせておよそ百万ドルです。ほかの三人は、ロビン・オークリーというハーレー・ストリートの医者、ジャン＝ピエール・ラマンというロンドンの画商、そしてある農場経営者、いちばん気の毒なのがこの人です。わたしの推測では、この人は農場を担保にして金を借りているんですよ。ブリグズリーという若い貴族です。メトカーフは彼の口から銀の匙《さじ》をひっさらっていったわけですな」

「ほかに大口の投資家は？」

「二、三の銀行が被害にあっていますが、個人では一万ポンド以上投資した人はほかにおりません。あなたや銀行やほかの大口投資家の果した役割は、メトカーフが持株を全部手放すまで市場を維持することだったんですよ」

「わかっています、そのうえぼくは愚かにも、友人たちにまであの会社への投資をすすめたんです」

「なるほど、そういえばオクスフォードにも小口の投資家が二、三人いますな」警部は手もとのリストを見ながらいった。「しかしどうぞご心配なく、その人たちには近づきませんから。ま、だいたいこんなところでしょう。ご協力を感謝します。そのうちまたご連絡するかもしれませんが、いずれにしても新しい発見があればお知らせしますから、そちらからもどうぞよろしくお願いします」

「承知しました、警部。どうぞ気をつけてお帰りください」二人の警官はグラスを置いて立ちあがった。

スティーヴンが数学的な頭脳を駆使して、ハーヴェイ・メトカーフと彼の一味のことを少し調べてやろうと決心したのは、肘掛椅子に坐って外の回廊を眺《なが》めていたときなのか、それとも夜ベッドに入ってからだったのか、いくら考えても思いだせなかった。子供のころ、祖父を相手に毎晩チェスをやって一度も勝てなかったときの、祖父の戒めの言葉がふと心に浮んだ。スティーヴィ、そんなにかっかしてはいかん、もっと冷静になれ。最後の講義が終って学期が終了したことがせめてもの救いだった。午前三時にようやく眠りが訪れたとき、呟《つぶや》いたのはただひとつ、ハーヴェイ・メトカーフという名前だけだった。

5

スティーヴンは午前五時三十分ごろに目ざめた。ぐっすりと、夢も見ずに眠ったようだったが、目ざめると同時にふたたび悪夢が始まった。彼は強《し》いて建設的な方向に心を向け、過去はきれいさっぱり忘れて、将来にどのような道が開けているかだけを考えることにした。ときおり「ハーヴェイ・メトカーフ」と呟きながら、顔を洗い、ひげを剃《そ》り、着替えし、カレッジの朝食を食べそこなった。それから旧式の自転車でオクスフォード駅へ駆けつけた。大型トラックで渋滞し、わかりにくい一方通行の道がいたるところにあるこの町では、自転車がいちばん便利な乗物だった。彼は愛用の「千鳥足王《ジ・アンステディ》エセルレッド」を駅の柵《さく》につないで鍵《かぎ》をかけた。ほかの駅の自動車の数に劣らぬ自転車が何列も立ち並んでいた。

オクスフォードからロンドンへの通勤者が好んで利用する八時十七分発に乗りこんだ。車内で朝食をとっている乗客はみな顔見知りらしく、スティーヴンはどこかのパーティにまぎれこんだ招かれざる客のような気がした。車掌がビュッフェ・カーのなかを忙しそうに通って、スティーヴンの一等切符に鋏《はさみ》を入れた。スティーヴンの向い側の男が《フィナンシャル・タイムズ》のかげから二等切符を出した。車掌は文句たらたら鋏を入れた。

「食べ終ったら二等車へ戻ってくださいよ。食堂車は一等なんですからね」

スティーヴンはその言葉の意味するところを考えながら、受皿のなかでかたかた揺れている手つかずのコーヒー・カップを前にして、単調なバークシアの田園風景が飛び去ってゆくのを眺めていたが、やがて朝刊の紙面に目を向けた。その朝の《タイムズ》にはプロスペクタ・オイルの記事は出ていなかった。たぶんそれはありふれた、退屈な事件にすぎないのだろう。ひとつのいかがわしい企業がつぶれただけのことで、誘拐《ゆうかい》、放火、レイプといった事件と違って、そこには二日以上にわたって第一面を占める要素はなにもない。彼だって自分が事件に巻きこまれたのでなかったら、かりにそんな記事が出たところで一顧だに払わなかったろう。だからこそ個人的な悲劇のすべての要素があるのだ。

パディントンに着くと、彼は駅前広場に群がる蟻《あり》の大群を押し分けて進んだ。オクスフォードの隠遁《いんとん》生活を選んだことを、より正確にいえばその生活が彼を選んだことを、感謝した。ロンドンという町はどうしても好きになれなかった。むやみやたらに広いばかりで人間味がなく、バスや地下鉄では道に迷うおそれがあるので、どこへ行くにもタクシーを利用した。なぜアメリカ人にも場所がわかるように、通りを数字で表わさないのだろうか？

「プリンティング・ハウス・スクエアのザ・タイムズ社」

運転手はうなずいて、黒塗りのオースティンを、雨に濡《ぬ》れそぼったハイド・パーク沿いのベイズウォーター・ロードに器用に乗り入れた。草の上に雨に濡れて撒《ま》き散らされたマーブル・アーチのクロッカスの花が、不機嫌《ふきげん》そうに打ちひしがれて見えた。スティーヴンはロンドンのタクシーに感心した。どのタクシーにもかすり傷ひとつ見当らない。タクシーの運転手は車を完全な状態にしておかなければ客から料金を取ることを許されない、と聞いたことがあった。ニューヨークのあちこち凹《へこ》んだ黄色い怪物どもとはなんという違いだろう。タクシーはパーク・レーンを折れてハイド・パーク・コーナーにいたり、下院をすぎてエンバンクメント沿いに走った。パーラメント・スクエアには国旗が掲揚されていた。スティーヴンは眉《まゆ》をひそめた。列車のなかでうっかり読みすごしたトップ記事はいったいなんだったろうか？　そうだ、英連邦指導者会議が開かれていたっけ。残念ながら世の中はふだんと同じように何事もなく動いているらしい。ハーヴェイ・メトカーフのことを調べるのに、どこから手をつけたらよいのか皆目見当がつかなかった。ハーヴァードにいるときなら造作もないだろう。《ヘラルド・アメリカン》のオフィスへ一直線に飛んで行けば、父親の古い友人で経済記者のハンク・スウォルツがなにかしら情報を提供してくれたはずだ。《ザ・タイムズ》の日録記者リチャード・コンプトン＝ミラーはどう考えても相談相手としてふさわしくなかったが、スティーヴンが会ったことのあるイギリス人新聞記者はほかに一人もいなかった。コンプトン＝ミラーは前年の春オクスフォードの五月祭《メイ・デイ》の由緒《ゆいしょ》ある祭典について特別記事を書くために、モードリンを訪れていた。カレッジの塔上の聖歌隊は、五月一日の地平線上に昇る朝日をミルトン風の詩句で迎えた。

やよ、豊かなる五月よ、
愉悦と若さと暖かき欲望を吹きこむ月よ。

スティーヴンとコンプトン＝ミラーが立っていたモードリンの橋の下の川岸では、数組のカップルが明らかに欲望を吹きこまれていた。

やがてスティーヴンは、モードリンの五月祭《メイ・デイ》についてコンプトン＝ミラーが《タイムズ》の日録欄に書いた記事に自分が登場したことに、喜ぶよりもむしろ当惑した。学者とちがって、ジャーナリストは美辞麗句を出し惜しみしない。社交室におけるスティーヴンの同僚中の自信家たちは、彼が薄明の空を照らす輝ける星として描かれていることを快く思わなかった。

タクシーが社屋の前庭に入りこんで、ヘンリー・ムーアの巨大な彫刻の横で停《とま》った。《ザ・タイムズ》と《オブザーヴァー》は別々の入口を持つ一つの建物に同居しており、《ザ・タイムズ》のほうがはるかに堂々としていた。スティーヴンは守衛にリチャード・コンプトン＝ミラーとの面会を申しこみ、六階の廊下のはずれにある小さな個室へ案内された。

スティーヴンが到着したときはまだ午前十時を少しまわったばかりで、社内にはほとんど人気がなかった。全国紙は十一時にならなければ目をさまさないし、ふつうはそのあとに午後三時ごろまで、長い昼食で暇をつぶす、とあとでコンプトン＝ミラーが説明してくれた。それから、第一面を除いて新聞を寝かしつける午後八時三十分ごろまでの間が、実際の仕事の時間である。通常午後五時以降はスタッフが完全に入れかわり、夜の間に発生する新しいニュースに注意する。イギリスの新聞は常にアメリカで起る事件に目を配っていなければならない。アメリカ大統領が午後にワシントンで重大発表をおこなったとすれば、ロンドンではすでに印刷にかかっているからである。ときには夜の間に第一面のニュースが五回もさしかえられることもあり、ケネディ大統領が暗殺されたときなど、イギリスに事件の第一報が届いたのは一九六三年十一月二十二日の午後七時だったので、すでに組みあがっていた第一面をそっくりさしかえてこの悲劇を報じなければならなかった。

「リチャード、ぼくのためにこんな朝早くから呼びだしてほんとに済まなかった。ふだんはそんなに出勤が遅いとは知らなかったよ。日刊紙にはあまり関心がないもんでね」

リチャードは笑った。「なあに、いいんだよ。われわれはぐうたらに見えるかもしれないが、ここはきみがぐっすり眠っている真夜中が戦争のような忙しさなんだよ。ところで用件は？」

「ハーヴェイ・メトカーフというぼくの同国人のことをちょっと調べているんだ。彼はハーヴァードへの大口寄付者なんで、母校へ帰ったときに彼のことを全部知っておいて喜ばせてやろうと思ってね」嘘《うそ》をつくのはあまり気が進まなかったが、今自分が置かれている奇妙な状況を考えればそれもやむをえなかった。

「ちょっとここで待っててくれ。その人物に関する切抜きがあるかどうか見てくるよ」

スティーヴンはコンプトン＝ミラーの黒板にピンでとめられた見出しを読んでほほえんだ——明らかにコンプトン＝ミラー自慢の記事だった。「首相ロイヤル・フェスティヴァル・ホールでオーケストラを指揮」「ミス・ワールドはトム・ジョーンズのファン」「モハメッド・アリ、チャンピオン返り咲きを宣言」

リチャードは十五分後にかなり分厚いファイルを持って戻ってきた。

「ま、しっかりやってくれ、デカルト君。一時間したら戻ってくるから、コーヒーでも飲もう」

スティーヴンはうなずいて感謝の微笑をうかべた。デカルトは今彼が直面しているような難問にぶつかったことはなかったはずである。

ハーヴェイ・メトカーフが世間に知らせたいことはすべてそのファイルのなかにあったし、知らせたくないことも少しはあった。スティーヴンは彼が毎年ウィンブルドンを訪問するためにイギリスへやってくること、彼の持馬がアスコットで活躍していること、プライヴェート・コレクションのために印象派の絵を買い集めていることなどを知った。《デイリー・エクスプレス》のウィリアム・ヒッキーは、バミューダ・ショーツ姿の太ったハーヴェイの写真と、彼が年に二、三週間自家用ヨットでモンテ・カルロへやってきて、カジノでギャンブルを楽しむという記事で、読者の好奇心を煽《あお》っていた。ヒッキーの記事はあまり好意的ではなかった。彼にいわせれば、メトカーフは成りあがりだった。スティーヴンが必要と思われる事実を残らずメモして、写真を眺めているところへ、リチャードが戻ってきた。

彼らは同じ階にある喫茶室へコーヒーを飲みに行った。セルフサービス・カウンターのはずれの会計の女の子のまわりで、煙草《たばこ》の煙が渦《うず》を巻いていた。

「リチャード、まだ必要な情報が全部揃《そろ》っていないんだよ。ハーヴァードはこの人物に多額の寄付を期待している。大学当局は百万ドルくらいの金額を考えているらしい。彼のことをもっと詳しく知るには、どこへ行けばいいだろうか？」

「《ニューヨーク・タイムズ》だろうな」と、コンプトン＝ミラーが答えた。「一緒にテリー・ロバーズのところへ行ってみよう」

《ニューヨーク・タイムズ》のロンドン・オフィスもプリンティング・ハウス・スクエアのタイムズ・ビルの同じ階にあった。スティーヴンは四十三丁目にある広大なニューヨーク・

タイムズ・ビルを思いうかべ、《ロンドン・タイムズ》もこの冷遇のお返しに、あのビルの地下にでも押しこめられているのだろうかと思った。テリー・ロバーズは笑顔を絶やさない、針金のように痩《や》せた男だった。テリーはスティーヴンを会った瞬間からうちとけた気分にさせた。これは彼が長年の間に、ほとんど自分でも意識せずに会得《えとく》してきた人あしらいのこつで、記事を書くために突っこんだ話を聞きだすときに、それが大いに役に立った。

スティーヴンはメトカーフについての作り話を繰りかえした。テリーは笑いながらいった。

「ハーヴァードは寄付金の出どころについてそれほど神経を尖《とが》らせないんじゃないのかね？　あいつは人の金を合法的に盗む方法を国税局よりもよく知っている男だよ」

「まさか」と、スティーヴンはなにも知らぬふりをして答えた。

ハーヴェイ・メトカーフに関する《ニューヨーク・タイムズ》のファイルは厖大《ぼうだい》なものだった。『メトカーフ、メッセンジャー・ボーイから身を起して億万長者に』という見出しの記事は、たいそうよく調べて書かれていた。スティーヴンはふたたび丹念にメモをとった。シャープリー・アンド・サンに関する経緯は、戦時中の兵器取引や妻のアーリーンと娘のロザリーに関する新事実と同じように彼の興味をそそった。妻と娘の写真もあったが、当時娘はまだ十五歳だった。また、約二十五年前の二つの訴訟に関する長い記録もあり、いずれの場合もハーヴェイは起訴されたが無罪になっていた。さらにその後一九五六年のボストンにおける株の名義書換えをめぐる訴訟でも同様だった。このときもハーヴェイは法の追及から逃れていたが、メトカーフ氏に関する地方検事の意見は、陪審の目には疑う余地がないものと映ったらしい。その後の記事はもっぱらゴシップ欄で、メトカーフの絵画コレクション、競走馬、蘭《らん》、ヴァッサーにおける娘の優秀な成績、彼のヨーロッパ旅行などに関するものだった。プロスペクタ・オイルに関しては一行の記事も見当らなかった。スティーヴンは、よりいかがわしい活動を新聞から隠すハーヴェイの手際《てぎわ》のよさに感心せずにいられなかった。

テリーは同国人を昼食に招待した。新聞記者は常に新しい情報源を求めるものだが、その点スティーヴンは将来役に立ちそうだった。彼はタクシーにホイットフィールド・ストリート行きを命じた。シティを出てウエスト・エンドへのろのろと進むタクシーのなかで、スティーヴンは食事がこの遠征に価《あたい》するものであってくれればよいと願った。期待は裏切られなかった。

レイシーズ・レストランは優雅な雰囲気《ふんいき》にみち、清潔なテーブルクロースと早咲きのらっぱ水仙《すいせん》に飾られていた。テリーの話では、ここは記者連中が好んで訪れる店だった。料理評論家のマーガレット・コスタと、シェフである彼女の夫のビル・レイシーは、疑いもなく自分の仕事に精通していた。おいしいオランダガラシのスープに続いて、仔牛《こうし》のカルヴァドス味クリーム煮と、一九七二年もののシャトー・ド・ペロンヌが出るころ、テリーのハーヴェイ・メトカーフに関する話に熱が入りはじめた。テリーはメトカーフ・ホールの開館式のときにハーヴァードで彼をインタヴューしたことがあった。このホールにはジムとインドア・テニス・コートが四面含まれていた。

「いずれ名誉学位をもらえるものと期待しているんだろうが」と、テリーは皮肉たっぷりにいった。「たとえ十億ドル寄付したところでまず見込みはないね」

スティーヴンはその言葉を慎重に書きとめた。

「アメリカ大使館へ行けば、あの男についてもっと詳しいことがわかると思うよ」と、テリーはいい、ちらと時計を見た。「だめだ、資料室は四時にしまる。今日はもう遅い。それに、そろそろアメリカもお目ざめだから、ぼくも社に帰って仕事をしなきゃならない」

スティーヴンは、新聞記者というやつは毎日こんな調子で飲んだり食ったりしているのだろうかと不思議だった。それに比べたら大学教官など禁欲主義者も同然だった——だいいちこの調子でどうやって新聞を作るのだろう？

彼はオクスフォードへ帰る通勤客で満員の五時十五分の列車に、やっとの思いで乗りこんだ。そして自分の部屋に戻って独りになったとき、ようやく今日一日かかって集めた資料の検討にとりかかった。くたくたに疲れてはいたが、おのれを鞭打《むちう》って机に向い、ハーヴェイ・メトカーフ資料の第一稿を完成した。

翌日スティーヴンはふたたび八時十七分のロンドン行きに乗った。今度は二等切符だった。車掌は食事が終ったら食堂車から出て行くようにと、昨日と同じ注意を繰りかえした。「わかった」と、スティーヴンは答えたが、そのままロンドンに着くまでの約一時間コーヒーで粘り続け、結局一等車から移動しなかった。彼は大いに満足だった。これで二ポンド節約できたわけだが、これこそまさにハーヴェイ・メトカーフ流というものだ。

パディントンでロバーズの助言に従って、タクシーでアメリカ大使館に向った。大使館は一枚岩のような巨大な建物で、二十五万平方フィートの面積を占めて九階まで聳《そび》え立ち、グローヴナー・スクエアのはしからはしまで拡《ひろ》がっていた。もっとも優雅さの点では昨年彼がカクテル・パーティに招待されたアメリカ大使公邸、リージェンツ・パークにあるウィンフィールド・ハウスには敵《かな》わなかった。そこは一九四六年にアメリカ政府が買いとるまでは、バーバラ・ハットンの私邸だったところである。たしかにこの大邸宅の広さは、七人も夫をとりかえたバーバラ・ハットンの女性自身の広さといい勝負だ、とスティーヴンは思った。

一階にある大使館資料室への入口はぴったり閉ざされていた。スティーヴンはやむなく外の廊下の壁にずらりと並んだ、最近の駐英アメリカ大使たちを称《たた》える銘板を眺《なが》めながら時間をつぶした。ウォルター・アネンバーグからさかのぼってジョゼフ・ケネディまで達したとき、銀行を連想させなくもない感じで資料室のドアがあいた。《調査》という札のうしろのとりすました女は、ハーヴェイ・メトカーフという名前を聞いて、すぐには協力的な態度を示さなかった。

「なぜこの情報を知りたいんですか？」と、彼女はつんけんした口調でたずねた。

スティーヴンは一瞬たじろいだが、すぐに立ちなおった。「ぼくはこの秋教授としてハーヴァードへ帰ることになっているんですが、この人物と大学との関係をもっとよく知っておくほうがいいと思ったもんですから。現在ぼくはオクスフォードのモードリン・カレッジで客員フェローをしています」

スティーヴンの答えを聞くと女はさっと腰をあげ、数分後にメトカーフ関係のファイルを持ってきた。それは文章の味わいの点で《ニューヨーク・タイムズ》のファイルの足もとにも及ばなかったが、ハーヴェイ・メトカーフの慈善事業への寄付と、民主党への献金の正確な金額を示していた。政党への献金額を明らかにしない人間が多いが、ハーヴェイはおよそ善行や才能を隠すという謙虚さを知らない男のようだった。

大使館での調べをおえてから、タクシーでセント・ジェイムズ・スクエアのキュナード汽船のオフィスへ行き、予約係と話したあとで、ブルック・ストリートのクラリッジズへ行って、支配人と数分間面談した。モンテ・カルロへの電話でハーヴェイ・メトカーフに関する調査は完了した。五時十五分発に乗ってオクスフォードへ帰った。

駅からまっすぐカレッジの自分の部屋に戻った。今ではおそらくアーリーンと詐欺《さぎ》捜査課のスミス警部を別にすれば、だれよりもハーヴェイ・メトカーフという人間をよく知っているという自信があった。その夜も真夜中すぎまで机に向って、タイプ用紙で四十ページを超える資料を完成させた。

資料が完成すると、ベッドに入ってぐっすり眠った。あくる朝も早起きし、回廊を横切って、社交室でベーコン・アンド・エッグズとコーヒーとトーストの朝食をとった。それから財務部長室へ資料を持って行ってコピーを四通とり、オリジナルと合わせて全部で五通用意した。やがていつものように右手下の大学植物園の整然とした花壇を見おろしながら、モードリン・ブリッジを渡ってゆっくり引きかえし、橋の反対側にあるマクスウェルズ・ブックショップに入った。

彼は色違いの五枚の小型書類とじを買って部屋に戻った。そして五通の資料を別々の書類とじにとじて、机のひきだしにしまい、鍵《かぎ》をかけた。彼は数学者に要求される緻密《ちみつ》な頭脳の持主だった。おそらくハーヴェイ・メトカーフはいまだかつてこのような頭脳に出会ったことがないだろう。

つぎにスミス警部と会ったあとで書いたメモを取りだし、番号案内を呼びだして、ドクター・ロビン・オークリー、ジャン＝ピエール・ラマン、ブリグズリー卿《きょう》のロンドンの住所と電話番号を問い合せた。番号案内は一度に二つまでしか番号を教えてくれなかった。いったい電話局はこんなやり方で利益があがるのだろうか？　アメリカ合衆国なら、ベル・テレフォン・カンパニーが喜んで一ダースもの番号を教えたうえに、かならず「またどうぞ」とつけくわえることだろう。

無愛想な係からやっと聞きだせたのは、ドクター・ロビン・オークリーのロンドンＷ1、ハーレー・ストリート一二二番地と、ジャン＝ピエール・ラマンの同じくＷ1、ボンド・ストリート四〇番地、ラマン画廊の二つのアドレスだった。スティーヴンはもう一度番号案内にかけなおして、ブリグズリー卿の番号とアドレスをたずねた。

「セントラル・ロンドンにブリグズリーという方はおりません」と、交換手は答えた。「たぶん電話帳に載っていない番号なのでしょう、もしもその方がほんとに貴族だとしたらですけど」彼女は鼻であしらうようないい方をした。

スティーヴンは書斎を出て社交室へ行き、そこで紳士録の最新版のページを繰った。問題の貴族はすぐに見つかった。

ブリグズリー、伯爵嗣子《はくしやくしし》、**ジェイムズ・クラレンス・スペンサー**。一九四二年十月十一日生れ。農場経営者。一七六四年ごろに叙爵したラウス伯爵五代目の長男（ラウス伯爵の項を見よ）。教育、ハロー、クライスト・チャーチ、オクスフォード（文学士）。オクスフォード大学演劇部部長。一九六六年から六八年まで近衛《このえ》歩兵第一連隊に中尉《ちゆうい》として勤務。趣味、ポロ（水上にあらず）、狩猟。住所、リンカーンシア、ノース・ラウス、タスウェル・ホール。所属クラブ、ガリック、ザ・ガーズ。

スティーヴンはクライスト・チャーチまで足を運んで、財務部長秘書に一九六三年入学のジェイムズ・ブリグズリーのロンドンのアドレスが記録にあるかどうかをたずねてみた。秘書はすぐにロンドンSW3、キングズ・ロード一一九番地と教えてくれた。

スティーヴンは強敵ハーヴェイ・メトカーフに対するウォーミング・アップをはじめていた。ペックウォーターからカンタベリ・ゲートを通ってクライスト・チャーチを出ると、ハイ・ストリートをへてモードリンに戻った。途中両手をポケットに突っこみながら、頭のなかで短い手紙の文案を練った。オクスフォードの夜のスローガン作者たちが、またカレッジの壁を舞台に活動していた。「学監は地獄の鬼《ディーンズ・ミーンズ・ファインズ》」（訳注　原文は“Deanz meanz feinz.”これは食品メーカー、ハインズのコマーシャルの文句、“Heinz meanz beanz.”のもじりで、“Deans means fines.”の意味である）という巧みな語呂合《ごろあわ》せの落書が目についた。仕方なしにモードリンの副学監《ジュニア・ディーン》になって、学生の規律に関して責任を負う立場にあるスティーヴンは、それを見てにやりと笑った。気のきいた落書なら一学期間残しておくが、つまらないものはすぐにポーターを呼んで消させるのが彼の方針だった。部屋に戻ると、机に向って、頭のなかの文章をタイプした。

モードリン・カレッジ、
オクスフォード。
四月十五日。
親愛なるドクター・オークリー
　来週木曜日夜、厳選された少数の人々をお招きして、小生の部屋でささやかな夕食会を開くことになりました。
　つきましては、万障繰りあわせてご来駕《らいが》いただければ幸甚《こうじん》です。お運びいただいても決して無駄足《むだあし》にはならないと存じます。
敬具
スティーヴン・ブラッドリー
追記。残念ながらデイヴィッド・ケスラーは出席できません。ブラック・タイ着用のうえ、七時三十分までにお越しください。会食は八時からです。

スティーヴンはタイプライターの用箋《ようせん》をとりかえて、同じ文面の手紙をジャン＝ピエール・ラマンとブリグズリー卿宛《あ》てにも打った。それからしばらく考えて内線電話を取りあげた。

「ハリーか？」と、彼はヘッド・ポーターに話しかけた。「カレッジにスティーヴン・ブラッドリーという人物はいるかとたずねる電話がかかってきたら、『はい、おります。ハーヴァードからきた新しい数学のフェローで、夕食会好きで有名な方です』と答えてくれ。わかったな？」

「はい、承知しました」と、ヘッド・ポーターのハリー・ウッドリーは答えた。彼はアメリカ人というやつがどうにも理解できなかったが、ブラッドリー博士も例外ではなかった。

スティーヴンの予想どおり、三人が三人とも問合せの電話をかけてきた。彼自身にしても、同じ状況ならそうしていただろう。ハリーはいわれたとおりに繰りかえした。もっとも相手はそれでもあまり納得がいかなかったらしい。

「わたしだってさっぱりわかりませんよ」と、ヘッド・ポーターは呟《つぶや》いた。

スティーヴンは全員から出席の返事を受けとった。ジェイムズ・ブリグズリーの返事がいちばん遅く、金曜日に届いた。便箋の紋章は、無からすべて《エクス・ニヒル・オムニア》、という暗示的なモットーを告げていた。

スティーヴンは社交室の執事とカレッジのシェフに相談して、どんな無口な人間の舌でも滑らかにするような献立を考えだした。

帆立貝　　　　　　　　　　　　　　プウイイ＝フュイセ一九六九年
仔羊の腰肉のクルート包み焼き　　　フウ・サン・ジャン一九七〇年
アルティショーとシャンピニョンのキャセロール
ブウランジェ風ジャガイモ
アーモンド・パイのキイチゴ添え　　バルサック・シャトー・ディケム一九二七年
冷やしカマンベール　　　　　　　　ポート　テイラー一九四七年
コーヒー

かくて計画は完了した。スティーヴンはあとはただ指定の時間を待つだけだった。

木曜日、時計が午後七時三十分を打つと同時にジャン＝ピエールが到着した。スティーヴンは彼のエレガントなディナー・ジャケットと、ゆったりした大きな蝶《ちょう》ネクタイに感心し、自分のクリップ式の小さな蝶ネクタイをいじりながら、明らかに世故に長《た》けたジャン＝ピエール・ラマンでさえも、プロスペクタ・オイルのカモになったことを意外に思った。スティーヴンは現代美術における二等辺三角形の意味について独演をはじめ、ジャン＝ピエールは口ひげを撫《な》でながら拝聴した。ふつうならとても休みなしに五分間もしゃべり続ける話題ではないのだが、ドクター・ロビン・オークリーの到着のおかげで、当然予想されるジャン＝ピエールのより率直な質問から救われた。ロビンはこの一カ月間に体重が数ポンド減っていたが、スティーヴンには彼がハーレー・ストリートの開業医として成功している秘密がわかった。彼は、小説家ヘクター・ヒュー・マンローの言葉を借りるならば、その容姿が女たちにほかの小さな欠点を忘れさせてしまうたぐいの男性だった。ロビンは背のひょろ高いホストをしげしげとみつめながら、今すぐ、前にどこかで会ったことがあるかとたずねたものかどうか迷っていた。いや、やっぱりやめにしよう。食事中になぜ招待されたか手がかりがつかめるかもしれない。招待状のデイヴィッド・ケスラーに関する追記が彼の気にかかっていた。

スティーヴンは彼をジャン＝ピエールに紹介し、二人が言葉をかわしている間に、食卓をチェックした。ふたたびドアがあいて、ポーターが前よりもいくぶんうやうやしい口調で告げた。「ブリグズリー卿がお見えになりました」スティーヴンは彼を迎え入れながら、急にお辞儀をすべきか握手にしようかと迷った。ジェイムズはこの不思議な集まりの出席者を一人も知らなかったが、ぎごちなさのそぶりも見せず、すんなりと会話にとけこんだ。スティーヴンでさえジェイムズのくつろいだ話しぶりには感心したが、しかしクライスト・チャーチ時代の彼の学業成績を思いだして、はたしてこの貴族が自分の計画に役立ってくれるだろうかと不安になった。

シェフの才能は予想どおりの魔術的効果を発揮した。これほど微妙にガーリックのきいたラムや、やわらかいアーモンド・パイや、すばらしいワインを目の前にしながら、ホストに向ってパーティの趣旨を質問するような不粋な客はいないだろう。

やがて、ウェイターたちがテーブルを片づけ、二杯目のポートが注《つ》がれるころ、ロビンはとうとう我慢しきれなくなった。

「ぶしつけな質問ですが、ブラッドリー博士」

「スティーヴンと呼んでください」

「では、スティーヴン、この選ばれた人々のささやかなつどいの目的はいったいなんなのですか？」

六つの目が同じ質問の答えを求めてスティーヴンに向けられた。

スティーヴンは立ちあがって客の顔を見まわした。そしてまずテーブルを二度回ってから、過去数週間の出来事をすべて思いおこすことから始めた。デイヴィッド・ケスラーと会ったこと、プロスペクタ・オイルに投資したこと、詐欺捜査課の訪問を受けたこと、警察からハーヴェイ・メトカーフに関する真実を知らされたこと等々。最後にこの慎重に準備されたスピーチを、「みなさん、われわれ四人は揃《そろ》って窮地に陥ったというのが事の真相です」という言葉でしめくくった。このいいまわしはいかにもイギリス的だ、と思った。

ジャン＝ピエールがスティーヴンの話をみなまで聞かずにすばやく反応した。

「ぼくを除いてください。そんなばかげた話には関係ない。ぼくはつまらぬ画商で、投機家なんかじゃありませんよ」

スティーヴンが反論する暇もなく、ロビン・オークリーが割りこんだ。

「こんなばかげた話は聞いたこともない。あなたはきっと人違いをしてるんですよ。ぼくはハーレー・ストリートの医者です――石油のことなどなにも知りませんよ」

詐欺捜査課がこの二人に手を焼き、スティーヴンの協力に深く感謝したわけが、今にしてわかった。彼らの視線がいっせいにブリグズリー卿に注がれた。彼はおもむろに顔をあげて、静かに話しはじめた。

「あなたのおっしゃるとおりですよ、ブラッドリー博士。そしてぼくはあなた以上に追いつめられています。プロスペクタ・オイルを買うために、ハンプシアの小さな農場を担保にして十五万ポンド借りたんですから。おそらく銀行は近々その土地を売れといってくるだろうし、そのことが五代目伯爵のおやじに知れたら、一夜にして六代目伯爵にでもならないかぎり、ぼくは一巻の終りです」

「ありがとう」スティーヴンは礼をいって腰をおろすと、どうですというようにロビンに向って眉《まゆ》を吊《つ》りあげた。

「仕方がない」と、ロビンがいった。「おっしゃるとおり――たしかにぼくも巻きこまれましたよ。患者としてやってきたデイヴィッド・ケスラーと知りあって、軽率にも有価証券を担保にして借りた十万ポンドをプロスペクタ・オイルに投資しました。なぜそんな気になったのか自分でもわからないんです。株はたったの五十ペンスにさがってしまったので、完全にお手上げです。銀行は残高の不足をやいのやいのいいはじめています。おまけにバークシアの家の支払いはまだたくさん残っているし、ハーレー・ストリートの診療所の家賃は高いし、家には金づかいの荒い妻と、イギリスでも有数の私立予科校に通っている二人の息子がいるしで、二週間前にスミス警部の訪問を受けてからというもの、まんじりともできない状態が続いているんです」彼は顔をあげた。その顔から血の気が失《う》せて、ハーレー・ストリートの医者らしい自信にみちた温和な表情が消えていた。彼らはゆっくりとジャン＝ピエールのほうを見た。

「わかった、わかりましたよ」彼はやけ気味にいった。「ぼくも同じです。あのいまいましい会社がつぶれたとき、たまたまパリへ行っていたので、紙屑《かみくず》同然の株を抱えこんでしまいました。画廊の在庫を担保に八万ポンド借りたんです。そのうえなお悪いことに、何人かの友人にもあの会社の株を買うようにすすめてしまったんですよ」

沈黙が部屋を包みこんだ。ふたたび口を切ったのはジャン＝ピエールだった。

「で、いったいどうしようというんですか、教授？」と、彼は皮肉たっぷりにいった。「年に一回ディナー・パーティを開いて、自分たちの間抜けさかげんを思いだそうとでもいうんですか？」

「ぼくの計画はそんなものではありません」スティーヴンは、これから提案することがますます騒ぎを大きくするにちがいないと考えて、しばし躊躇《ちゆうちよ》した。彼はふたたび立ちあがって、静かな口調で、慎重に言葉を選んで話しはじめた。

「われわれは株式詐欺《さぎ》のプロであることがわかった知能犯に金を盗まれました。われわれは株のことはよく知りませんが、みなそれぞれの分野におけるプロです。そこで、みなさん、ぼくは盗まれた金を盗み返すことを提案します。

一ペニーも多くなく、

一ペニーも少なくなく、です」

数秒間の沈黙のあと、三人がいっせいに口を開いた。

「のこのこ出かけて行って、金をとり返してくる、というんですか？」と、ロビン。

「その男を誘拐《ゆうかい》しましょう」と、ジェイムズ。

「いっそ殺して保険金を請求したらどうです？」と、ジャン＝ピエール。

数分間たった。スティーヴンは座が完全に静まるまで待って、《ハーヴェイ・メトカーフ》と書かれた下に各人の名前が入った四通の資料を配った。ロビンには緑、ジェイムズには青、ジャン＝ピエールには黄、そして自分は赤をとった。三人はすっかり感心した。彼らが弱りはててなす術《すべ》もなく手を拱《こまね》いていた間に、スティーヴン・ブラッドリーは着々と準備を進めていたのだ。

スティーヴンが続けた。

「その資料を丹念に読んでみてください。ハーヴェイ・メトカーフという人物についてわかっていることは、すべて詳細に書かれています。各自それを持ち帰って情報を検討し、われわれ四人が力を合わせて、本人に気づかれないように百万ドルとり返すための計画を持ち寄るのです。計画はおのおの別個に立てていただきます。ほかの三人を協力させるのは構いません。二週間後にふたたびここに集まって、それぞれのアイディアを提出することにしましょう。チームのメンバーは手持ちの資金として一万ドルずつ出しあい、数学者のぼくが収支を記録します。われわれの金をとり返すのにかかった費用は、すべてメトカーフ氏への請求書に上積みされます。その手はじめがみなさんのここまでの交通費と今夜の食事代です」

ジャン＝ピエールとロビンがまた抗議しかけたが、ジェイムズが議事の進行をさえぎって発言した。

「ぼくは賛成です。このうえ失うものはなにもないじゃないですか？　一人ではなにもできないが、四人で力を合わせればそいつをひねりつぶせるかもしれない」

ロビンとジャン＝ピエールは顔を見あわせ、肩をすくめてうなずいた。

四人はスティーヴンが数日かけて集めた資料を詳細に検討した。彼らは二週間後にそれぞれのプランを持ち寄ることを約束して、十二時ちょっとすぎに散会した。この先どうなるかはだれにもわからなかったが、ともかくも志を同じくする仲間ができたことでほっとしていた。

スティーヴンは四人組対ハーヴェイ・メトカーフの戦いの第一部は上々の滑りだしだと思った。あとは共謀者たちが仕事にとりかかるのを待つばかりだった。彼は肘掛椅子《ひじかけいす》に腰をおろし、天井を見あげながら考えつづけた。

6

ロビンはハイ・ストリートに駐《と》めておいた車に乗りこんだ。いつものことながら《往診中》のスティッカーのおかげで、違法駐車を大目に見てもらえるのがありがたかった。彼はバークシァの自宅に向って車を走らせた。疑いもなくスティーヴン・ブラッドリーはきわめて印象的な人物だった。ロビンは自分の役割を充分に果せるような計画を考えだす決意を固めていた。

軽率にもプロスペクタ・オイルとハーヴェイ・メトカーフに預けてしまった金をとり返す喜ばしいチャンスに、ロビンはしばし考えを向けた。たしかにやってみるだけのことはありそうだった。破産を理由に全国医師審議会の名簿からはずされるぐらいなら、むしろ強盗未遂で除名されるほうがましなくらいだった。彼は車の窓を少しあけて、クラレットの快い酔心地の余韻を追いだし、スティーヴンの挑戦《ちょうせん》について本気で考えはじめた。

オクスフォードから自宅までの道のりはあっという間だった。ハーヴェイ・メトカーフのことしか頭になかったので、妻の待つ家に帰り着いたときは、途中どこを通ったかほとんど思いだせなかった。彼は持って生れた魅力を除けば、提供する才能はたったひとつしかなかったが、その才能こそ自分の武器の長所であり、逆にハーヴェイ・メトカーフの武器の欠点であるという判断が正しいことを祈った。彼はスティーヴンの資料の十六ページに書かれていた一節を暗誦《あんしょう》しはじめた。「ハーヴェイ・メトカーフの悩みの種の一つは……」

「どういうことだったの、あなた？」

ロビンは妻の声ではっとわれにかえり、緑のメトカーフ資料が入った書類鞄《かばん》に鍵《かぎ》をかけた。

「まだ起きてたのか、メアリ？」

「そうよ、寝言をいってるんじゃないわ」

ロビンは急いで口実を考えた。愚かな投資の一件をメアリに話す勇気はまだなかったが、オクスフォードの夕食会がプロスペクタ・オイルに関係があるとは知らなかったので、招待のことだけは話してあった。

「なあに、ちょっとしたいたずらだったよ。ケンブリッジ時代の旧友がオクスフォードの講師になってね。そいつが同期生数人を夕食に招待したというわけなんだが、とても楽しかったよ。カレッジで友達だったジムとフレッドもきていたが、たぶんきみはあの二人をおぼえてないだろうね」

いささか説得力に欠けるが、夜中の一時十五分にとっさに思いついた言い訳にしては上出来だ、とロビンは思った。

「まさか相手はどこかの美人じゃなかったんでしょうね？」と、メアリがいった。

「残念ながらジムとフレッドはおよそ美人とはいいがたいな。彼らを愛している奥さんたちだってそうは思わんだろう」

「しいっ、声が大きいわよ、ロビン。子供たちが目をさますわ」

「二週間後にもう一度出かけて行って……」

「早くおやすみになって、お話は明日の朝うかがうわ」

ロビンは朝まで執行猶予《ゆうよ》になってほっとした。シルクを着たかぐわしい妻の隣にもぐりこんで、彼女の背骨から尾骶骨《びていこつ》にかけてものほしげに指を撫《な》でおろした。

「こんな遅い時間に、虫がよすぎるわ」と、彼女が呟《つぶや》いた。

二人はそのまま眠った。


ジャン＝ピエールはハイ・ストリートのイーストゲート・ホテルに部屋をとってあった。翌日クライスト・チャーチ・アート・ギャラリーで学生展が開かれる予定だった。ジャン＝ピエールは常に若い才能に目を配り、ラマン画廊と契約したいと思っていた。若い画家たちを買い占めて、彼らの成功に密着して名を売るという抜目のない商法をロンドン美術界に教えたのは、ボンド・ストリートの彼の店から数軒しかはなれていないマールバラ画廊だった。しかし目下のところ、ジャン＝ピエールの心を大きく占めているのはラマン画廊の美術的将来性ではなかった。今は画廊自体が生き残れるかどうかの瀬戸際《せとぎわ》であり、モードリンのもの静かなアメリカ人教官が立ちなおりのチャンスを与えてくれた。彼はホテルの快適なベッドルームに腰を落ちつけると、もう夜が遅いのも忘れて渡された資料に読みふけり、自分がこのジグソー・パズルのどこにあてはまるかを考えた。二人のイギリス人と一人のヤンキーに負けてはいられなかった。フランス人である彼の父親は、一九一八年にロシュフォールでイギリス軍に救出され、一九四五年にはアメリカ軍によってフランクフルトの近くの捕虜収容所から解放された。それを考えれば、今度こそこの作戦でフランス人である自分があっぱれな働きをしないわけにいかなかった。彼は遅くまで黄色の資料を読みふけった。一つのアイディアが心のなかに芽生えつつあった。

ジェイムズはオクスフォードからの最終列車に間に合って、青の資料を落ちついて読むために空いている客室を捜した。彼は悩める男だった。ほかの三人はすばらしいプランを思いつくだろうが、自分だけは、過去において常にそうであったように、能なしと思われるだろうというたしかな予感があった。これまでの人生ではなに一つ苦労したことがなかった――何事も簡単に思いどおりになった。ところが今度だけは同じくらい簡単に裏目に出てしまった。ハーヴェイ・メトカーフの儲《もう》けすぎの一部をいただく万全の計画を考えだすとなると、事はそれほど簡単ではない。しかし、ハンプシアの農場がそっくり担保に入っていることが父親に知れたときの騒ぎを考えると、いやでもこの計画に頭を使わないわけにはいかなかった。二週間といえばあっという間だ。いったいどこから手をつけたらいいのか？　彼はほかの三人のように知的職業人でもないし、これといって特殊な技能もない。ただ望みは舞台経験がどこかで役に立つかもしれないということだけだった。

彼は車掌と鉢合《はちあわ》せしたが、相手はジェイムズが一等切符を持っていることに驚かなかった。

空室は結局見つからなかった。イギリス国鉄の総裁リチャード・マーシュは鉄道事業を黒字にするつもりらしい、とジェイムズは結論した。その次はどうなる？　嘆かわしいことに、リチャード・マーシュはその功績でナイト爵位《しゃくい》を手に入れかねない。

せめて無人客室のつぎに望ましいのは、美人の客が一人だけいる客室だと、ジェイムズは常々考えていたが、その点では彼もまだ運に見放されていなかった。客室の一つに目のさめるような美人がいて、しかもどうやら連れはいないようだった。ほかには《ヴォーグ》を読んでいる中年の婦人がいるだけで、これは彼女の連れではなさそうだった。ジェイムズは、車内でメトカーフ資料を読むことはできそうもないなと思いながら、機関車のほうに背を向けて隅《すみ》に坐《すわ》った。四人は秘密を厳守することを誓いあったし、スティーヴンは人前で資料を読むことを禁じていた。人づきあいのよい彼には、秘密はかなり重荷だった。彼はスティーヴン・ブラッドリーから渡された資料の入っているオーヴァーコートのポケットを撫でた。それにしてもなんという手まわしのよい男だろう。おまけにびっくりするほど頭がいいときている。あの男ならつぎの顔合せまでに妙案を一ダースも用意しているにちがいない。ジェイムズは棚《たな》ぼた式にうまいアイディアが浮ばないものかと思いながら、顔をしかめて窓の外を眺《なが》めた。妙案のかわりに、向いの席に坐った女性の美しい横顔が窓にうつっていた。

つややかなダーク・ブラウンの髪、ほっそりと鼻筋の通った鼻、大きな薄茶色の目は、膝《ひざ》の上に拡《ひろ》げた本に熱中しているようだった。一見彼の存在など眼中にないようだったが、残念ながら実際にもそうらしいと、彼は結論した。彼の視線はやわらかいアンゴラに包まれた彼女の胸の曲線に移動した。どんな脚が窓にうつっているかと、少し首をのばしてみた。ところが残念なことに彼女はブーツをはいていた。ふたたび顔に視線を戻した。彼女はかすかな笑みをうかべて彼をみつめていた。彼はばつの悪い思いをしながら、もう一人の乗客に注意を向けた。この非公式の付添いを前にしては、さすがのジェイムズも美人のほうに話しかける勇気を持ちあわせなかった。

やけっぱちな気分で、中年婦人が読んでいる《ヴォーグ》の表紙に目を向けた。もう一人美人がいた。もっと注意して見ると、それは別人ではなく、同一人物だった。はじめは自分の目が信じられなかったが、実物をちらっと見た結果いっさいの疑いが消えた。《ヴォーグ》が《クイーン》に場所を明け渡すと同時に、ジェイムズは身を乗りだして、よかったら雑誌を貸していただけないかと付添いにたずねた。

「このごろは駅のスタンドの閉店が早くなる一方でしてね」と、彼は間抜け面《づら》をしていった。

「読むものを買いそこなったんですよ」

彼は二ページ目をめくった。表紙の説明があった。「あなた自身のこんな写真はいかが……ブラック・シルク・ジョーゼットのドレスにシフォンのハンカチーフをあしらって。オストリッチ・フェザーのボア。ドレスにマッチした花模様のターバン。デザイン、ザンドラ・ローズ。アンのヘヤー・デザイン、ヴィダル・サスーンのジェイスン。撮影、リッチフィールド。カメラ、ハッセルブラッド」

ジェイムズ自身がこんな写真にうつろうとしても無理な相談だった。だが、少なくとも美しいモデルの名前がアンだということだけはわかった。つぎに実物のほうが顔をあげたとき、彼は写真に気がついたことを身ぶりで相手に伝えた。彼女はジェイムズにちらと笑みを見せて、また本を読みつづけた。

レディング駅で、中年婦人が《ヴォーグ》を持って降りていった。しめた、とジェイムズは思った。アンが少し困ったような顔をして視線をあげると、席を捜して通路を通りすぎて行く数人の乗客に救いを求めるようにほほえみかけた。ジェイムズは逆に彼らをにらみつけた。客室にはだれも入ってこなかった。第一ラウンドはジェイムズの勝ちだった。やがて列車がスピードをあげると、彼はふだんの水準からすれば上出来の第一手をさした。

「ぼくの旧友のパトリック・リッチフィールドが撮ったあの《ヴォーグ》の表紙だけど、すばらしい写真ですね」

アン・サマートンが顔をあげた。今ジェイムズが話題にした写真よりも実物のほうがさらに美しかった。最新のヴィダル・サスーン・スタイルにやわらかくカットされたダーク・ブラウンの髪と、薄茶色の大きな目と、しみ一つない肌《はだ》が、ふるいつきたいほどのしとやかな魅力を与えていた。一流のモデルが生計を立ててゆくのに必要なほっそりした、優雅な肉体はもちろんだが、アンには大部分のモデルに欠けている実在感があった。ジェイムズはぼうっとしてしまって口がきけず、彼女のほうから話しかけてくれることを願った。

アンは男たちの誘いに慣れっこになっていたが、目の前の男がリッチフィールド卿《きょう》の名前を持ちだしたことは意外だった。もしもこの男がリッチフィールド卿の友人だとしたら、少なくとも礼儀正しく振舞わないと失礼に当る。あらためて見なおすと、ジェイムズのおずおずした態度にむしろ好感が持てた。彼は相手より下手に出ることによって何度となく成功をおさめてきたが、今日の謙虚さは完全に本物だった。彼はもう一度話しかけた。

「モデルというのはたいへんな仕事でしょうね」

なんて気の利《き》かないせりふだ、と内心舌打ちした。どうして単刀直入にあなたはすばらしいといわないんだ？　少しお話しして、それでもまだあなたがすばらしいと思えるようだったら、お友達になってもらえませんか？　だが、現実はそんなふうには展開しなかった。彼はありきたりの手順を踏まなければならないことを知っていた。

「いいお仕事なら結構楽しいですわ」と、彼女は答えた。「でも、今日はひどく疲れました」やわらかい声で、かすかなアメリカ訛《なま》りがジェイムズの心をとらえた。「クローズ・アップの練り歯《は》磨《みが》きの宣伝写真なんですけど、一日じゅううんざりするほどスマイル、スマイルの連続なんです。カメラマンはそれでもまだ不満そうでしたわ。ひとつだけありがたかったのは、予定より一日早く撮影が済んだことです。パトリックとはどんなお知合いですの？」

「ハロー校の新入生のときに、彼と一緒に上級生の雑用当番をやったんです。あいつはぼくより仕事をさぼる名人でしたよ」

アンは笑いだした——上品な、温かい笑いだった。この人はほんとにリッチフィールド卿を知っているんだわ。

「今でもよくお会いになりますの？」

「ときおりディナー・パーティで会いますが、しょっちゅうじゃありません。彼はよくあなたの写真を撮るんですか？」

「いいえ、たった一度、《ヴォーグ》の表紙のときだけですわ」

彼らはおしゃべりを続けた。レディング＝ロンドン間の三十五分はあっという間に過ぎ去るように感じられた。パディントン駅のプラットフォームを並んで歩きながら、ジェイムズは思いきっていった。

「お宅まで送らせていただけませんか？　クレイヴン・ストリートの角を曲ったところに車を駐めてあるんです」

アンはその申し出を受けた。遅い時間にタクシーを捜さなくてすむのでほっとした。

ジェイムズは自分のアルファ・ロメオで彼女を家まで送って行った。ガソリンは値上がりするし、懐《ふところ》は淋《さび》しくなるしで、この車も近々手放すしかあるまいと肚《はら》を決めていた。彼はチェイン・ロウのテムズ川を見おろすアパート群に辿《たど》りつくまで、楽しくおしゃべりを続けた。そして入口でアンをおろすと、そのままさよならをいって彼女を驚かせた。彼は電話番号さえたずねなかったし、彼女のクリスチャン・ネームしか知らなかった。それどころか、彼女のほうは彼の名前さえ知らなかった。広告業界の周辺で働く男たちと違ってとっても感じのよい人だったのに、残念だわ、と彼女は思った。あの連中ときたらモデルがブラジャーをつけてポーズをとるというそれだけの理由で、彼女をものにする権利があると思いこんでいるんだから。

ジェイムズの行動はなにもかも承知のうえだった。女性は全然予想もしていないときに電話をもらうほうがかえってうれしいものだということを、経験から知っていた。とくに最初の出会いがうまくいったときに、相手にこの人とはもう二度と会えないだろうと思いこませてしまうのが彼の戦術だった。彼はキングズ・ロードの家へ帰って状況を検討した。まだ十三日間も余裕があったので、スティーヴンやロビンやジャン＝ピエールと違って、まだハーヴェイ・メトカーフをやっつける作戦を考えていなかった。それよりもアン攻略作戦のほうが先だった。

スティーヴンは翌朝からまた調査を開始した。まずオクスフォード大学がどのように運営されているかをつぶさに調べることから始めた。彼はクラレンドン館の副総長室を訪問して、秘書のミス・スモールウッドにあれこれ奇妙な質問をした。彼女はいたく好奇心をそそられた。つぎに学籍部長室へ行き、そこでも同じようにあれこれ質問した。その日は最後にボドリーアン図書館へ行って、大学規則の一部を写しとった。それから二週間の間に、オクスフォードのテイラー、シェパード・アンド・ウッドワードの店を訪ねたし、別の日にはまる一日シェルドニアン講堂に出かけて、学生たちが文学士号を授与される簡単な儀式を見学した。また、オクスフォード最大のホテル、ランドルフの間取りを詳細に調べた。これはかなり手間どったので、支配人に不審の目で見られたが、スティーヴンは相手の不審が疑惑に変る前に逃げだした。そして最後にふたたびクラレンドンへ行って財務部長の秘書に会い、ポーターの案内で建物の内部をひととおり見せてもらった。ポーターには創立記念祭《エンシーニア》の当日あるアメリカ人にクラレンドン館を見学させるためだと説明しただけで、詳しいことはなにもいわなかった。

「さあ、それはちょっと……」と、ポーターがいいかけた。スティーヴンは一ポンド紙幣を用心深く、丹念に折りたたんで、ポーターに握らせた。「でも、きっとなんとかなると思います」

大学町のあちこちに足を運ぶ合間に、大きな革張りの椅子《いす》に坐って考えることに多くの時間を費やし、さらに多くの時間を机に向って書くことで費やした。十四日目に計画は完成し、いつでも他の三人に示す用意ができた。これで仕掛けは終った、とハーヴェイ・メトカーフならいうところだろう。あとはその仕掛けが功を奏するのをこの目で見きわめるばかりだった。

ロビンはオクスフォードから帰った翌朝、朝食のテーブルでゆうべのことを妻から根掘り葉掘り質問されるのを避けるために、いつもより早起きした。早々に家を出てロンドンに向い、ハーレー・ストリートに着くと、有能な秘書兼受付係のミス・ミクルが彼を迎えた。エルスペス・ミクルは献身的で無口なスコットランド女で、自分の仕事を天職とみなしていた。彼女のロビンへの献身ぶりは——たとえ心のなかでも、ロビンなどとなれなれしく呼ぶことはなかったが——だれの目にも明らかだった。

「これから二週間はできるだけ予約を減らしてもらいたいんだがね、ミス・ミクル」

「わかりました、オークリー先生」と、彼女は答えた。

「ちょっと研究したいことがあるので、書斎に一人でいるときは邪魔しないでくれ」

ミス・ミクルは少し驚いた。ドクター・オークリーはりっぱな医者だといつも思っていたが、過去に彼が研究に没頭したなどという例はなかった。彼女は白靴《しろぐつ》の音をひそめて、どう見ても悪いところなどなさそうな婦人患者たちの最初の一人を診察室に呼び入れるために出て行った。

ロビンは手抜きともいえるスピードで患者をかたづけた。昼食を抜いて、午後はまず手はじめにボストン病院と、ケンブリッジ時代にインターンをしたことがある消化器病学の権威に、数本の電話をかけた。やがてブザーを鳴らしてミス・ミクルを呼んだ。

「H・K・ルーイスまでひとっ走りして、わたしのつけで本を二冊買ってきてもらいたいんだがね、ミス・ミクル。ポルソン、タターソール共著の『臨床毒物学』の最新版と、ハーディング・レインの膀胱《ぼうこう》および腹部疾患の解説書だ」

「承知しました」サンドイッチの昼食を中断して本を買いに行くことを、彼女はなんとも思わなかった。

電話をかけおわる前に本が机の上に届いていた。彼はただちにその長い章を丹念に読みはじめた。翌日は午前中の診察を休んでセント・トーマス病院へ行き、昔の同僚二人の仕事を見学した。自分で立てた計画に自信が湧《わ》いてきた。ハーレー・ストリートに戻って、学生時代にやったように、午前中に見学したテクニックに関するノートをとった。手を休めて、スティーヴンの言葉を思いだした。

「ハーヴェイ・メトカーフならこう考えるだろうというように考えるのです。生れて初めて、用心深い専門家としてではなく、危険をいとわぬ冒険家として考えるのです」

ロビンはハーヴェイ・メトカーフという男の波長をのみこみつつあった。約束の日には、アメリカ人とフランス人とイギリス貴族に対抗する用意ができているだろう。しかし彼らはこの計画に同意するだろうか？　つぎの顔合せが待ち遠しかった。

ジャン＝ピエールはあくる日オクスフォードから帰ってきた。若い画家たちの作品からは大して感銘を受けなかったが、ただブライアン・デイヴィスの静物だけはかなり将来性があるように思えたので、今後の仕事から目をはなさないようにしようと考えていた。ロンドンに帰り着くと、彼もロビンやスティーヴンと同じように研究にとりかかった。イーストゲート・ホテルで浮んだ思いつきが徐々にふくらみつつあった。彼は美術界における多数の友人知己を通じて、過去二十年間の主な印象派作品の売買を残らず調べあげた。それから現在市場に出まわっていると思われる絵のリストを作成した。つぎに彼の計画を実行に移すことのできる一人の人間と連絡をとった。その協力がどうしても必要な男、デイヴィッド・スタインは、さいわいイギリスにいて、ジャン＝ピエールを訪ねる暇もあった。しかしスタインはこの計画に賛成するだろうか？　スタインは翌日の午後遅くやってきて、ラマン画廊の地下の小部屋でジャン＝ピエールと二人きりで二時間を過した。やがて彼が引きあげるとき、ジャン＝ピエールは会心の笑みをうかべていた。最後の日の午後はベルグレイヴ・スクエアのドイツ大使館ですごし、続いて西ベルリン国立美術館のヴォルミット博士と、ハーグのオランダ国立文化歴史資料館のマダム・テレゲンへの電話で、必要な情報のすべてを手に入れた。メトカーフでさえ彼のこの手際《てぎわ》のよさには賞賛を惜しまないだろう。今度こそフランス人は助けを必要としなかった。アメリカ人とイギリス人は、彼が計画を提示したときに覚悟しておくがよい。

翌朝目をさましたとき、ジェイムズの頭のなかには、ハーヴェイ・メトカーフをだしぬく計画などかけらもなかった。頭のなかはもっと大事なことでいっぱいだった。彼はパトリック・リッチフィールドの自宅に電話をかけた。

「パトリックか？」

「そう」眠そうな声。

「ジェイムズ・ブリグズリーだよ」

「やあ、ジェイムズ。しばらくだな。こんな朝っぱらから叩《たた》きおこすなんてなんの用だい？」

「もう十時だぜ、パトリック」

「そうか。ゆうべはバークリー・スクエアの舞踏会で、寝たのが朝の四時なんだ。用件は？」

「《ヴォーグ》の表紙のために、アンという名前のモデルの写真を撮ったろう」

「アン・サマートンだ」パトリックはすかさず答えた。「スタックプール・エージェンシーで見つけた子だよ」

「どんな子かね？」

「わからんね。すごくいい子だと思ったが、とんとお呼びじゃなかったよ」

「それは趣味がいい。もうひと眠りしろよ、パトリック」

アン・サマートンの名前は電話帳に載っていなかったので、その線は失敗だった。ジェイムズはベッドのなかで顎《あご》の不精ひげを撫《な》でていたが、急に目を輝かせた。急いでS—Zの電話帳をめくって、めざす番号を見つけた。さっそくダイヤルを回した。

「スタックプール・エージェンシーです」

「支配人と話したいんだが」

「どちらさま」

「ブリグズリー卿だ」

「ただいまおつなぎします、閣下」

カチッという音に続いて、支配人のマイケル・スタックプールの声が聞えてきた。

「おはようございます、閣下、マイケル・スタックプールです。わたしでお役に立てますでしょうか？」

「たぶんね。実は最後のどたん場で穴があいてしまったので、アンティック・ショップの開店のためのモデルを一人捜している。上品な女の子がほしいんだが。たとえばこんな感じの子だ」

ジェイムズは続いて、会ったこともないようなふりをして、アンの容貌《ようぼう》特徴を述べた。

「ご希望にぴったりのモデルが二人おります」と、スタックプールが答えた。「ポーリーン・ストーンとアン・サマートンです。残念ながらポーリーンのほうは今日アレグロの新車の宣伝のためにバーミンガムに出かけておりますし、アンは練り歯磨きの広告の仕上げのためにオクスフォードへ行っております」

「今日じゅうに要るんだよ」アンはすでにロンドンへ帰っているという言葉が喉《のど》まで出かかった。「ひょっとして二人のうちのどちらかが空いていたら、七三五―七二二七に電話をいただけないかね、ミスター・スタックプール」

ジェイムズは少しがっかりしながら電話を切った。万一あてがはずれたとしても、少なくとも今日は四人組対ハーヴェイ・メトカーフ作戦で自分の果すべき役割を考えることはできる、とみずからを慰めた。諦《あきら》めかけた矢先に電話が鳴った。甲高いきいきい声が耳にとびこんできた。

「こちらはスタックプール・エージェンシーです。ミスター・スタックプールがブリグズリー卿とお話ししたいと申しております」

「ブリグズリー卿はわたしだ」

「ではすぐにおつなぎします」

「ブリグズリー卿《きょう》でいらっしゃいますか？」

「そうです」

「スタックプールです、閣下。今日アン・サマートンがあいていますが、何時にお店のほうへうかがわせますか？」

「そうですか」ジェイムズは一瞬虚をつかれた。「店はバークレー・ストリートのエンプレス・レストランの隣です。店の名前はアルバマール・アンティックス。店の前で十二時四十五分にどうかな？」

「結構でございます、閣下。十分以内に電話を差しあげなかったら、それで決りとお考えください。それからアン・サマートンがお気に召すかどうか、お手数ですがわたしどもまでお知らせ願えませんでしょうか。ふつうは事務所までおいでいただくのですが、この場合は特別におはからいいたします」

「それはありがとう」ジェイムズは受話器を置いてほくそえんだ。

ジェイムズはバークレー・ストリートの西側のメイフェア・ホテルの前に立って、アンの到着を見張った。アンは仕事の時間にはいたって几帳面《きちょうめん》で、十二時四十分にピカディリー側から姿を現わした。スカートは最新流行のエレガントな長さだったが、今度はジェイムズも列車内と違って、ほかの部分と同じようにスリムで形のよい脚を拝むことができた。彼女はエンプレス・レストランの前で立ちどまって、右隣りのブラジル貿易センターと左隣りのH・R・オーエンのロールス＝ロイスのショールームをけげんそうにのぞきこんだ。

ジェイムズは満面に笑みをうかべながら通りを横切って近づいた。

「おはよう」と、さりげなく声をかけた。

「あら、こんにちは」と、アンがいった。「ここでお会いするなんて、奇遇ね」

「独りでなにをしてるんです？」

「アルバマール・アンティックスというお店を捜してるんだけど、ご存知ないかしら？　通りを間違えちゃったらしいの。あなたは貴族たちにお知合いが多いようだけど、店主のブリグズリー卿はご存知ないかしら」

ジェイムズはにこやかに笑った。

「ぼくがそのブリグズリー卿ですよ」

アンは驚いて目を丸くしたが、やがてぷっと吹きだした。ジェイムズの策略に気がついたが、悪い気はしなかった。

彼らはジェイムズご贔屓《ひいき》のエンプレスで食事をした。彼は往時クラレンドン卿もこの店を贔屓にしたわけをアンに話してやった――「ロンドンのほかのどのレストランよりも、百万長者どもがほんの少し太っていて、その情婦たちがほんの少し痩《や》せている」というのがその理由だった。

食事はすばらしかったし、アンの出現は久々のうれしい事件であることを、ジェイムズは認めないわけにいかなかった。食事が終ると、スタックプール・エージェンシーはどこへ請求書を送ればいいのかしらと、アンがたずねた。

「ぼくがこれからやろうとしていることを知ったら」と、ジェイムズが答えた。「彼らは多額の焦《こ》げつきを覚悟するほうがいいだろうね」

7

スティーヴンは、アメリカ人がよくやるように熱烈にジェイムズの手を握りしめ、たっぷりウィスキーの入ったオン・ザ・ロックを手渡した。ジェイムズは空元気をつけるために一口飲んで、ロビンとジャン＝ピエールのほうに近づいた。おたがいの暗黙の了解で、ハーヴェイ・メトカーフの名前はだれも口に出さなかった。それぞれの資料を手に持って、とりとめのないおしゃべりをしていたが、やがてスティーヴンがみんなをテーブルに呼び寄せた。前回と違って、今日はカレッジのシェフと社交室の執事の才能を煩《わずら》わさなかった。そのかわりテーブルにはサンドイッチとコーヒーとビールが手際よく並べられ、召使いの姿は見当らなかった。

「今日は仕事を兼ねた夕食にした」スティーヴンはうむをいわさぬ口調だった。「いずれハーヴェイ・メトカーフが勘定を払うことになるので、接待の費用を少し切りつめておいた。会合のたびに何百ドルも胃袋におさめて、われわれの仕事を必要以上にむずかしくしたくはないからね」

ほかの三人が無言で席につくと、スティーヴンが行間の詰まったタイプ書類を取りだした。

「まず総論から始めることにする。ぼくはあれ以来、ハーヴェイ・メトカーフのこの先数カ月の動きを少し調べてみた。彼は毎年夏になると判でおしたように社交とスポーツに明け暮れるようだ。そのあらましはすでに資料に記録されている。ぼくの最新の発見はこの別紙資料に要約されているから、これを資料の三十八ページAとして追加してくれたまえ。いいかね、

ハーヴェイ・メトカーフは六月二十一日にQE2でサウサンプトンに入港の予定。横断航海のためのトラファルガー・スイートと、クラリッジズまで使うロールス＝ロイスはすでにガイ・サーモンに予約済み。クラリッジズのロイヤル・スイートに二週間滞在の予定で、ウィンブルドン選手権の毎日の株主入場券を確保済み。ウィンブルドン終了後モンテ・カルロに飛び、自家用ヨット《メッセンジャー・ボーイ》にさらに二週間少々滞在。その後ふたたびロンドンのクラリッジズへ戻って、自分の牝馬《ひんば》ロザリーが出走するキング・ジョージⅥ・アンド・クイーン・エリザベス・ステークスを観戦。アスコット・ウィークの五日間を通じて、プライヴェート・ボックスを確保。七月二十九日にロンドンのヒースロー空港発十一時十五分、フライト・ナンバー、009、ボストンのローガン国際空港行きのパン・アメリカン・ジャンボ・ジェットで帰国の予定」

ほかの三人は資料に三十八ページAを加えながら、スティーヴンがいかに徹底した調査を

おこなっていたかを改めて思い知らされた。ジェイムズは気分が悪くなりそうだったが、不快の原因がおいしいサーモン・サンドイッチでないことは確かだった。

「つぎに決定しなければならないのは」と、スティーヴンが続けた。「メトカーフのヨーロッパ旅行の間に、それぞれのプランをいつ実行に移すかということだ。ロビン、きみはいつがいい？」

「モンテ・カルロ滞在中だ」ロビンは躊躇《ちゅうちょ》なく答えた。「相手をホーム・グラウンドから引っ張りだす必要がある」

「ほかにモンテ・カルロを希望する者は？」

だれも答えなかった。

「ジャン＝ピエール、きみは？」

「ぼくはウィンブルドンの二週間がいい」

「反対は？」

ふたたびだれも発言しなかった。スティーヴンがいった。

「ぼくはアスコット・ウィークと帰国前の短い期間を希望する。きみはどうかな、ジェイムズ？」

「ぼくはいつだって同じことだよ」と、ジェイムズはやや気遅れしながら答えた。

「よろしい」と、スティーヴンがいった。

ジェイムズを除く全員がこの作戦に熱中しはじめているようだった。

「つぎは費用だ。みんな一万ドルの小切手を用意してきただろうね？　ハーヴェイ・メトカーフが騙《だま》しとった通貨はドルだったから、今後の計算はドルでおこなうのが賢明だと思う」

チームの全員がスティーヴンに小切手を渡した。少なくともこの点だけはおれだってほかの連中に引けを取らないぞ、とジェイムズは思った。

「今日までにかかった費用は？」

各人がふたたびスティーヴンにメモを提出し、彼がその数字をスマートな小型のＨＰ65計算機で加算しはじめた。暗い計算機の窓のなかで数字が赤く輝いた。

「株を買った金が総計百万ドル。今日までの費用が百四十二ドルだから、メトカーフ氏のわれわれに対する負債は百万と百四十二ドルになる。それより一ペニーも多くなく、一ペニーも少なくなくだ」と、彼は繰りかえした。「ではつぎに、個々のプランに移るとしよう。執行の順を追って紹介してもらおう」スティーヴンはにやりと笑った。執行《エクセキユーシヨン》という言葉には処刑という意味もあるからである。「ジャン＝ピエール、ロビン、ぼく、そしてジェイムズの順だ。では、ジャン＝ピエールからどうぞ」

ジャン＝ピエールは大きな封筒をあけて、四組の書類を取りだした。ハーヴェイ・メトカーフはいうまでもなく、スティーヴンにさえ劣らぬ頭脳の持主であることを立証しようという意気ごみに燃えていた。彼はウェスト・エンドとメイフェア地区の写真とロード・マップを三人に配った。それぞれの通りには、足で歩いた場合の所要時間を示す数字が記入されていた。ジャン＝ピエールはデイヴィッド・スタインとの重要な会見から始めて、自分のプランを詳細に説明し、ほかの三人が果すべき役割で報告を結んだ。

「当日は全員に協力してもらう必要がある。ロビンはジャーナリストに、ジェイムズはサザビーズの代表に化けてもらう。スティーヴン、きみは絵を買いにくる客だ。ドイツ訛《なま》りの英語を話してもらわなきゃならない。それからウィンブルドンの二週間を通じて、センター・コートの、ハーヴェイ・メトカーフのボックスの向い側の切符が二枚必要だ」

ジャン＝ピエールは手もとのメモをのぞいた。

「つまり、十七番ボックスの真向いだ。ジェイムズ、切符の手配はきみに頼んでいいかな？」

「お安いご用だ。明朝クラブのレフェリーのマイク・ギブスンに頼んでおくよ」

「よろしい。最後に、この小さなおもちゃの扱い方をみんなにおぼえてもらわなきゃならない。これはパイ・ポケットフォンというものだが、この使用および所有は違法だということを忘れないでくれ」

ジャン＝ピエールは四つの小型セットを取りだして三つをスティーヴンに渡した。

「質問は？」

三人の口から承認の呟《つぶや》きがもれた。ジャン＝ピエールのプランにはどこといって欠点らしきものが見当らなかった。

「おめでとう」と、スティーヴンがいった。「なかなか幸先《さいさき》がいいぞ。さて、きみはどうかね、ロビン？」

かわってロビンが十四日間の経過報告をおこなった。その道の権威と会ったことや、抗コリン・エステラーゼ剤の毒性について説明した。

「この計画を成功させるのは相当むずかしい。根気よくチャンスを待たなきゃならない。しかし、メトカーフがモンテ・カルロにいる間はいつでも実行できるように準備しておく必要がある」

「モンテ・カルロではどこに泊るんだ？」と、ジェイムズが質問した。「ぼくはいつもメトロポールだが、あすこじゃないほうがいいな」

「いや、その点は心配無用だよ、ジェイムズ。とりあえず六月二十九日から七月四日までオテル・ド・パリを予約しておいた。しかし、その前にセント・トーマス病院でみんなに数回講習を受けてもらわなきゃならない」

それぞれの手帳と相談のうえで、一連の講習の日取りが決められた。

「これはヒューストンの『簡易医療便覧』だ。一冊ずつ持って帰って、重切傷の章を熟読してくれたまえ。全員が白衣を着たときに、一人だけヘマをやって目立つのがいたら困るからね。それから、スティーヴン、きみには再来週ハーレー・ストリートで特訓を受けてもらう。どこから見ても医者で通るようになってもらわなきゃならんからね」

ロビンがスティーヴンに白羽の矢を立てたのは、彼の学者的頭脳をもってすれば、わずかしかない期間でもほかの二人よりのみこみが速いだろうと考えたからだった。

「ジャン＝ピエール、きみはこれから一カ月間毎晩ギャンブル・クラブへ通って、バカラとブラックジャックのやり方をおぼえ、大金をすらずに数時間続けて遊ぶにはどんな賭《か》け方をすればいいか研究してくれ。ハチャーズから出ているピーター・アーノルドの『ギャンブル百科』が参考になるだろう。ジェイムズ、きみには雑踏を縫って小型のヴァンを運転するこつをおぼえてもらう。来週一緒に予行演習をやるから、ハーレー・ストリートへきてくれ」

一同は目をむいた。そんな芸当がうまくゆくとしたら、どんなことだってやれなくはないだろう。ロビンは彼らの不安の表情を読みとった。

「心配しなくていい」と、彼はいった。「ぼくの仕事なんて、千年も前から呪《まじな》い師《し》がやってきたことだ。世間の人々は専門家のすることをとやかくいわないもんさ。スティーヴン、きみはその専門家というやつになるんだよ」

スティーヴンはうなずいた。騙されやすい点では学者も同じだった。だからこそわれわれは揃《そろ》いも揃ってプロスペクタ・オイルに一杯食わされたんじゃなかったのか？

「いいかね」と、ロビンがいった。「資料の三十三ページのおしまいに、スティーヴンのこんな意見が載っている……『われわれは常にハーヴェイ・メトカーフと同じような考え方をしなければならない』」

ロビンは作戦実行について、さらに詳しく説明した。それから二十八分間にわたってきびしい質問に答えた。ようやくジャン＝ピエールも納得した。

「ぼくのプランはだれにも負けないと思っていたが、ロビンのプランもすばらしい。タイミングさえうまくいけば、あと必要なのはほんのわずかの幸運だけだな」

ジェイムズは自分の番が近づくにつれて、目立って落ちつきをなくしていた。最初の夕食会への招待に応じて、スティーヴンの提案を前に尻《しり》ごみするほかの二人を説得したことを、今さらながら後悔した。だが少なくともはじめの二つの作戦で彼に与えられる任務くらいは、どうにかこなせそうだった。

「さて、諸君」と、スティーヴンがいった。「お二人はりっぱに務めを果したが、ぼくの提案は諸君にもっときびしい要求を課することになるだろう」

彼は過去二週間の調査の結果と、自分のプランの骨子を明らかにしはじめた。ほかの三人は教授の前に出た学生のような気分だった。スティーヴンは意識的に講義口調で話しているのではなかった。身についた習慣というやつで、学者はたいていそうなのだが、数人の座談だからといって急に口調を切りかえることができないのだ。彼は第三学期《トリニティ・ターム》のカレンダーを持ちだして、大学の週間予定や、大学総長、副総長、学籍部長、財務部長などの役割を説明した。そしてジャン＝ピエールと同じように、各人に地図——今度はオクスフォードの——を一枚ずつ配った。シェルドニアン講堂からリンカーン・カレッジへの、そしてリンカーン・カレッジからランドルフ・ホテルへのルートに注意深く印がつけられ、一方通行にもかかわらず、ハーヴェイ・メトカーフがどうしても車を使うといいはった場合の予備プランが用意されていた。

「ロビン、創立記念祭で副総長がなにをするか、きみに調べてもらいたい。ケンブリッジと同じじゃないだろう。両大学ともすべて似たり寄ったりだが、そっくり同じというわけじゃない。副総長が当日通りそうな道筋と、いつもの帰り道を調べあげてくれ。最終日にきみが自由に使える部屋をリンカーンに用意しておいた。ジャン＝ピエール、きみの役目はオクスフォードの学籍部長の仕事を詳しく調べて頭に入れておくことと、ロビンと鉢合《はちあわ》せしないように、きみの地図にマークされた予備ルートを知っておくことだ。ジェイムズ、きみは大学の財務部長の仕事——事務室の場所、取引銀行、小切手を現金化する方法などを調べあげておいてくれ。それから記念祭の当日財務部長が通りそうなルートを、きみのお父上の領地の一部のように熟知しておいてもらう必要がある。ぼくは名前だけを除いてぼく自身で通すから、役割としてはいちばん簡単だ。おたがい相手に呼びかけるときの正式の呼び方をおぼえてもらわなければならないし、第三学期の九週目の火曜日、大学が閑散としているときに衣裳稽古《いしょうげいこ》をおこなう予定だ。なにか質問は？」

沈黙が訪れた、がそれは敬意のこもった沈黙だった。スティーヴンの作戦に寸分狂いのないタイミングが要求されることはだれの目にも明らかで、数回予行演習をおこなう必要があったが、相手を納得させるだけの演技力があればまず失敗のおそれはなかった。

「さて、これにくらべたらぼくのプランのアスコットの部分ははるかに簡単だ。ジャン＝ピエールとジェイムズに馬主下見席《メンバーズ・エンクロージャー》にいてもらうだけでいい。従って切符が二枚必要だが、きみなら手に入るだろうね、ジェイムズ」

「バッジのことだろう、スティーヴン」と、ジェイムズが訂正した。

「そうか、バッジなのか。それからだれかにロンドンから電報を打ってもらわなきゃならない。これはきみの役目だな、ロビン」

「いいとも」

ほかの者はスティーヴンのプランを本人と同じくらい隅々《すみずみ》まで頭に入れるために、一時間近くこまごまと質問を続けた。

ジェイムズだけはなにも質問せず、上の空でいっそ大地に呑《の》みこまれてしまいたいなどと考えていた。アンには全然責任がないのに、彼女に会わなければよかったとまで思いはじめる始末だった。が、実際はアンとの再会が待ちきれない思いだった。いったいこの連中になんといって言い訳しようか……？

「ジェイムズ、目をさませ」と、スティーヴンが鋭くいった。「みんな待っているんだぞ」

全員の視線が彼に注がれていた。彼らはそれぞれハートと、ダイヤと、スペードのエースを出していた。しかし彼には切り札があるのか？　ジェイムズはうろたえてまた酒を注《つ》いだ。

「このぐうたら貴族め」と、ジャン＝ピエールがいった。「なにもプランを考えてこなかったんだな」

「それが、実は、考えることは考えたんだが、いい知恵が浮ばなかったんだよ」

「役立たずめ――いや、それ以下だ」と、ロビンがいった。

ジェイムズがしどろもどろで弁解した。スティーヴンがそれをさえぎった。

「いいかい、ジェイムズ、よく聞いてくれ。われわれは三週間後にまた顔を合わせる。それまでにおたがいのプランを間違いのないように暗記しておいてくれ。ひとつ間違えばすべてがめちゃめちゃになってしまうからね。わかったかい？」

ジェイムズはうなずいた——その点では決して仲間を失望させないつもりだった。

「それからもう一つ」スティーヴンはきっぱりといった。「それまでにきみのプランもちゃんと用意しておいてもらおう。いいね？」

「いいとも」ジェイムズは面目なさそうに呟いた。

「ほかに質問は？」と、スティーヴン。

質問はなかった。

「よろしい。では三つの作戦をもう一度詳しくおさらいしよう」

スティーヴンは不満の呟き声を無視した。

「いいかね、われわれの敵は負けを知らない男なのだ。一度しくじったらやりなおしがきかないんだよ」

それから一時間半かけて、彼らは個々のプランを実行順にこまかく検討した。まずウィンブルドンの二週間のジャン＝ピエール、続いてモンテ・カルロのロビン、三番目にアスコット・ウィークからその後にかけてのスティーヴンのプラン。

彼らがようやく席を立ったときは、夜も更《ふ》けて、四人ともくたくただった。各人がつぎの会合までにやっておくべき任務を与えられ、睡《ねむ》そうな顔で散会した。ばらばらに帰途についたが、翌金曜日にはまたセント・トーマス病院のジェリコー手術教室で顔を合わせる予定だった。

8

それからの二十日間は四人にとって目のまわるほど忙しい日々の連続だった。各人が自分のプランの準備をするだけでなく、ほかの者のプランもマスターしなければならなかったからである。金曜日には全員がセント・トーマス病院で落ち合って、その後何度も続いた講習の第一回を受けたが、ジェイムズがなんとか自分の足で立っていてくれさえしたら、この講習は大成功というべきだったろう——なにしろ彼は血を見て気分が悪くなったのならまだしも、メスを見ただけで我慢ができなくなってしまったのだから。もっともジェイムズにしてみればこれには一つだけ取柄《とりえ》があった。おかげでまだプランを思いつかないことの言い訳をせずに済んだからである。

つぎの週はほとんど準備にかかりっきりだった。スティーヴンはハーレー・ストリートに通って、医学のある特殊な分野に関するきわめて高度な即席講義を受けた。

ジェイムズはモンテ・カルロでの最終テストにそなえて、セント・トーマス病院からハーレー・ストリートまで、雑踏を縫って古ぼけたヴァンを運転しながら過したが、本人にいわせればこの仕事は本番のほうがはるかにやさしそうだった。さらに彼は一週間オクスフォードに戻って、財務部長の仕事がどんなふうにおこなわれるかを調べあげ、かたわら財務部長その人の行動を観察した。

ジャン＝ピエールは、いずれメトカーフ氏に請求することになる二十五ドルの金をつかい、四十八時間待って、ロンドンで最も有名なゲーム・クラブ、クレアモントの外国人メンバーになり、賭金《かけきん》がしばしば千ポンドにも達する、金持や閑人《ひまじん》のバカラとブラックジャックを見学しながら夜を過した。三週間後に、ソーホーのカジノ、ザ・ゴールデン・ナゲットでおそるおそるゲームに仲間入りした。そこでは賭金が五ポンドを超えることはまれだった。月末までに通算五十六時間ゲームをしていたが、ちびちび賭けたおかげでごくわずかしか損をしなかった。

ジェイムズの頭痛の種は依然として彼個人の貢献度の問題であった。あがけばあがくほど手がかりはますます遠のいていった。高速でロンドン市内を走っているときでさえ、その問題が頭にこびりついてはなれなかった。ある晩チェルシーのロッツ・ロードにあるカーニーズにヴァンを返したあと、アンにこの悩みを打明けたものかどうかと迷いながら、アルファ・ロメオを駆ってテムズのほとりにある彼女のアパートへ向った。

アンはジェイムズのためにとっておきのごちそうを作っていた。相手はおいしい料理の味がわかるだけでなく、生れたときから当然のごとくにおいしいものを食べつけてきたらしかった。自家製の冷しスープ《ガスパーチョ》はいい匂《にお》いをさせていたし、チキンのぶどう酒煮もあらかたできあがっていた。彼女は最近、ジェイムズと少しの時間でもはなれるのがいやで、ロンドン市外のモデルの仕事を避けるようになったことに気がついていた。また、自分から進んでベッドをともにしたいと思う男と出会ったのは久しぶりだということにも気づいていた――もっとも今日までのところ、ジェイムズは食堂から寝室へ移りたそうなそぶりを見せなかった。

ジェイムズは一九七一年のボーヌ・モンテの赤を一本さげて現われた――彼のワイン・セラーまで、このところ急速に心細くなりはじめていた。なんとか計画が実を結ぶまでもってくれることを祈るだけだった。かといって、まだ自分だけ計画を思いつかず、チームに貢献できないでいるからには、ごほうびにありついて当然だと考えるほどの図々《ずうずう》しさもなかった。

ジェイムズはアンの美しさに目をみはった。ソフトな布地の黒いロング・ドレスが、控え目に体の線を際《きわ》だたせて、彼の欲望をかきたてた。化粧気も装身具もなく、豊かな髪の毛がキャンドル・ライトに輝いていた。料理は自慢するに足る出来ばえで、ジェイムズは無性にアンがほしくなった。彼女は緊張気味で、小さなカップ二つに濃いコーヒーをいれようとして、コーヒーの粉をこぼしたりした。いったいなにを考えているのだろう？　彼はいらざる心遣いでせっかくのチャンスをふいにしたくなかった。ことに慣れていた。相手にちやほやされるのが当然だと思っており、結局は女たちとベッド・インすることになったが、朝の冷たく、明るい光のなかで見る女たちの顔にはぞっとさせられた。アンから受ける感じは、そういう女たちとはまるで違っていた。彼はアンのそばにいて、彼女を抱きしめ、愛したいと思った。とりわけ、朝の光のなかで彼女を見たいと思った。

アンはジェイムズの視線を避けながら食器を片づけた。やがて二人はブランディを味わいながら、『あなたなしでも生きられる《アイ・ゲット・アロング・ウイズアウト・ユー・ヴェリー・ウエル》』と歌うリナ・ホーンを聞いた。彼女はジェイムズの足もとの床に坐《すわ》って膝小僧《ひざこぞう》を抱えながら、煖炉《だんろ》の火をみつめていた。彼はおずおずと手をのばして彼女の髪を撫《な》でた。しばらくは反応が無かったが、やがて彼女はのけぞって片腕をのばし、彼の顔を引き寄せた。彼は喜び勇んで顔を近づけ、彼女の頬《ほお》と鼻に唇《くちびる》を這《は》わせた。両手で相手の顔を支えながら、指先で耳と喉《のど》をやさしく愛撫《あいぶ》した。彼女の肌《はだ》はジャスミンの香りをほのかに漂わせ、下からほほえみかける開かれた口が火明りに映えて光っていた。彼は唇を重ねて、両手を徐々に体のほうへ滑らせた。ほっそりと、やわらかい感触があった。乳房をやさしく愛撫し、椅子《いす》から床へ移動して、体と体を密着させた。やがて無言で背中に手をまわし、ファスナーを引きおろして、ドレスが床に落ちるのを見守った。それから立ちあがって、目と目を見合せたまま、すばやく着ているものを脱いだ。彼女は彼の裸をちらと見て、恥ずかしそうにほほえんだ。

「好きよ、ジェイムズ」と、彼女は囁《ささや》いた。

　恋人たちとしてではなく、恋する二人の人間のように愛しあったあと、アンはジェイムズの肩に頭をのせて、指先で胸毛を撫でた。

「どうしたの、ジェイムズ？　わたし、どちらかといえば内気なことは知ってるわ。でも……」

「きみはすばらしかったよ。完璧《かんぺき》だった。問題はそれじゃないんだ……アン、実はきみに話さなきゃならないことがある、じっと横になってぼくの話を聞いてくれないか」

「奥さんがいるのね」

「いや、それよりもっと困ったことなんだ」ジェイムズは無言で横たわり、煙草《たばこ》に火をつけて深々と吸いこんだ。人生には状況によって告白が容易になる場合がある。彼の告白は前後の脈絡もなく流れでた。「アン、ぼくは悪党どもに全財産を投資して、それを持ち逃げされるというヘマをしでかしてしまった。家族を悲しませるのがいやで、まだ彼らにさえ話していないんだ。ところでぼくは今、自分と同じ苦境に立たされた三人の男と一緒にあることを計画している——つまり、取られた金をとり返そうというわけなんだ。みんないいやつばかりで、知恵者揃いだが、ぼくだけはどこから手をつけて、自分の役割を果せばいいかわからないときている。十五万ポンドをどぶに捨てたうえに、なにかいいアイディアはないかと寝てもさめても考え続けていたら、半分頭がおかしくなってしまった。この一カ月間きみのおかげでやっと正気を保っている始末なんだよ」

「ジェイムズ、もう一度最初から話して、今度はもっとゆっくりね」と、アンがいった。

こうしてジェイムズは、アナベルズでデイヴィッド・ケスラーと会ったときから、モードリンのスティーヴン・ブラッドリーに夕食に招待されるまでの、プロスペクタ・オイルにまつわる一部始終を打明け、最後にロンドンのラッシュ・アワーを縫って借りもののヴァンを狂ったように乗りまわしている理由を説明した。ただ一つ、復讐《ふくしゅう》する相手の名前だけは伏せておいた。それさえいわなければ、チームのほかの連中との秘密厳守の誓いに完全に背くことにはならないと考えたからである。

アンは深々と溜息《ためいき》をついた。

「なんていったらいいのかしら。信じられないような話だわ。そのためにかえって全部本当の話だと思えるくらいよ」

「きみに話したら少しは気が楽になったよ。しかしほかの連中に知れたら大変なことになる」

「ジェイムズったら、わたしが秘密を洩《も》らすわけがないじゃない。あなたが困っているのを見ると、かわいそうで仕方がないのよ。なにかいいアイディアがうかばないか、わたしにも考えさせて。ねえ、ほかの人たちには内緒にして、二人で考えましょうよ」

ジェイムズは早くも気が楽になっていた。

彼女はジェイムズの脚の内側を撫ではじめた。それから二十分後に、二人はハーヴェイ・メトカーフをやりこめるプランを練りながら、至福の眠りに沈んだ。

9

マサチューセッツ州リンカーンでは、ハーヴェイ・メトカーフが恒例のイギリス旅行の準備にとりかかった。彼は貪欲《どんよく》に、そして贅沢《ぜいたく》に、この旅行を楽しむつもりだった。チューリヒの番号口座からロンバード・ストリートのバークレイズ・バンクに金を移して、アイルランドのある厩舎《きゅうしゃ》から新たに種馬を一頭買いつけ、ケンタッキーの自分の牧場に加える計画を持っていた。アーリーンはこのたびの旅行には同行しないことに決めていた。アスコットがあまり好きでなかったし、モンテ・カルロにいたってはむしろ嫌《きら》いだったからである。いずれにせよ、ヴァーモントに住む病気の母親のもとでしばらく過すにはまたとない機会だった。この母親はいまだに大金持の義理の息子をあまり尊敬していなかった。

ハーヴェイは休暇の用意が万全であるかどうかを秘書に確かめた。ミス・フィッシュに手落ちがあるはずはないのだが、要するにそれがハーヴェイの習慣だった。ミス・フィッシュは彼がはじめてリンカーン・トラストを引き継いだときから、二十五年間も秘書をつとめている。社員の大部分はハーヴェイが乗りこんでくると同時に、あるいはそれから間もなく、去って行ったが、ミス・フィッシュだけはそのお世辞にも魅惑的とはいえない胸に、しだいに薄くなってゆくハーヴェイとの結婚の望みをいだき続けながら、今日までずっと居残っていた。アーリーンが出現するころ、ミス・フィッシュはハーヴェイの活動にほとんど欠かせない有能で口の堅い共犯者になっていた。彼がそれ相応の給料を払っていたので、彼女もメトカーフ夫人の誕生という悲しみに耐えて頑《がん》張《ば》り続けてきた。

ミス・フィッシュはすでにニューヨークまでの短い空の旅と、QE2のトラファルガー・スイートを予約していた。大西洋横断の船旅は、ハーヴェイが電話やテレックスから解放されるほとんど唯一《ゆいいつ》の憩《いこ》いのときだった。銀行には一刻の猶予《ゆうよ》も許されない緊急事態にのみ、この豪華客船に連絡するようにという指示が与えられていた。船がサウサンプトンに着くと、例年のようにロンドンまでロールス＝ロイスを走らせ、今ではコノートおよびブラウンズと並んで、彼の金力をもってすればいわゆる「上流階級」と交わることができるイギリス最後のホテルの一つとなってしまった、クラリッジズのロイヤル・スイートに落ちつくことになる。

ハーヴェイは上機嫌《じょうきげん》でニューヨークまで飛び、機内でマンハッタンを二杯ほどきこしめした。ＱＥ２の受入れ準備はいつものことながら非のうちどころがなかった。船長のピーター・ジャクスンは航海第一日目の夕食に、トラファルガー・スイートかクイーン・アン・スイートの船客を船長のテーブルに招待するならわしだった。一日千二百五十ドルの船室料金をとる以上、キュナード汽船としてもそれぐらいの待遇は当然だった。ハーヴェイはこういう場合いつもたいそう行儀よく振舞ったが、はた目にはいささか気障《きざ》な図とうつった。

イタリア人スチュワードの一人が、ハーヴェイのためにちょっとした気晴らし――望むらくはおっぱいの大きい、長身のブロンド――を用意してやる役目だった。夜の相場は二百ドルだったが、ハーヴェイには二百五十ドル要求しても文句をいわれなかった。身長百七十センチで体重が百キロあまりときては、ディスコで若い女の子を拾うチャンスはまずないし、酒と食事を餌《えさ》にして同じ金をかけても、結局は虻蜂《あぶはち》取らずに終るだろう。ハーヴェイのような立場の人間は、そんな失敗をする時間の余裕もないし、だいいち物にはすべて値段があると思いこんでいる。この航海はわずか五晩で終るので、スチュワードは一晩も欠かさずハーヴェイに女を供給することが可能だったが、これが三週間の地中海クルーズでなくてよかったと、内心ほっとしていた。

ハーヴェイは昼間は人にすすめられた最新の小説を読み、午前中の水泳と、午後のジムでの苦しいトレーニングからなるささやかな運動で暇をつぶした。船上で十ポンドは減量できると計算して上機嫌だったが、なぜかクラリッジズに泊るとアメリカへ帰る前にそっくりその分だけふえて、結局元の木阿弥《もくあみ》になってしまうのだった。さいわい、彼のスーツはメイフエアのドーヴァー・ストリートにあるバーナード・ウェザリル仕立てで、この仕立屋はほとんど天才といってもよいほどの才能と完璧な技術によって、明らかな肥満漢というよりはせいぜい恰幅《かっぷく》のよい男といった程度に彼を変貌《へんぼう》させてしまうのだった。一着に三百ポンドも払うのだから、せめてそのくらいの見返りは欲しかった。

五日間の航海が終りに近づくころ、ハーヴェイはすっかり上陸の準備ができていた。女とトレーニングと新鮮な空気が彼を生き返らせ、今年の航海では十一ポンドもの減量に成功していた。きっとその大部分は昨夜の奮闘のたまものだろう、と彼は思った。相手は『カーマ・スートラ』をボーイ・スカウトのハンドブックに見せるほどの若いインド女だった。

大金持であることの利点の一つは、こまごました仕事は常に他人まかせにしておけることである。ハーヴェイは最後に自分の手で荷物をまとめたりほどいたりしたのがいつのことだったか、もうおぼえていなかった。したがって船がオーシャン・ターミナルに入ったとき、すべての荷物がまとめられて税関の検査を受けるばかりになっているのを発見しても驚かなかった――ヘッド・スチュワードに渡しておいた百ドルは、いたるところから小さな白い上《うわ》衣《ぎ》を着た男たちを駆り集める効果があったらしかった。

サウサンプトンでの下船はハーヴェイにとって常に変らぬ楽しみだった。イギリス人というやつは永久に理解できそうにない人種だと思いながらも、彼はイギリス人が好きだった。彼らは世界じゅうの人間に踏みつけにされることをなんとも思っていないふしがあった。第二次大戦以後、イギリス人は、アメリカのビジネスマンならまかり間違ってもそんなふうにして重役室からは出て行かないというような形で、植民地における権力を放棄した。ハーヴェイは一九六七年のポンド切下げのときに、ついにイギリス流のビジネスのやり方を理解しようと努力することをやめた。この内部情報は世界じゅうのありとあらゆる俄《にわ》か仕立ての投機家たちに利用された。ハーヴェイは火曜日の朝、イングランド銀行が週末の閉店に入る金曜日のグリニッチ標準時午後五時以降に、ハロルド・ウィルソンが切下げを実行しようとしていることを知った。木曜日にはリンカーン・トラストの平社員ですらそのことを知っていた。「スレッドニードル・ストリートの老婦人」がレイプされ、数日間で推定十五億ポンドも強奪されたのは当然の成行きだった。もしもイギリス人が彼らの重役室を活気づかせ、その税制を適正にすることさえできたら、《エコノミスト》のいうように六十日間の石油の収入でアラブ人に買われてしまうような国ではなく、世界で最も富める国になれるのにと、ハーヴェイはしばしば思ったものだった。イギリスは社会主義をもてあそび、あいかわらず誇大妄想狂《フォリー・ド・グランドウール》から脱《ぬ》けだせないでいる間に、三流国家に転落する運命のように思われた。

それでもなお、ハーヴェイはイギリスが好きだった。

ハーヴェイは確固たる目的を持つ人間特有の足どりでタラップをおりた。彼は休暇中であってても完全にリラックスするということを知らない人間だった。世間からはなれて暮せるのは四日間ぐらいが限度で、それ以上QE2に足どめを食ったら、キュナード汽船を買収するための交渉さえ始めかねない。ハーヴェイはキュナードのヴィク・マシューズ会長と一度だけアスコットで会ったことがあるが、彼が会社の威信と評判をあまりにも強調するのであきれかえったものだった。てっきり相手がバランス・シートの自慢をするものと思っていたのだ。もちろんハーヴェイとても威信に無関心ではなかったが、それには自分の財産の額を相手に知らせるほうが手っ取りばやかった。

税関検査はいつものようにあっさりパスした。ハーヴェイはヨーロッパ旅行に際して、申告を要する金目のものをなにも持たないことにしているので、グッチのスーツケース二個の検査が済むと、残りの七個はフリー・パスになった。運転手が純白のロールス＝ロイス・コルニッシュのドアをあけた。車は二時間少々でハンプシアを通ってロンドンに到着したので、夕食前にひと眠りする余裕があった。

クラリッジズのヘッド・ドアマンのアルバートは、車が停《と》まると、直立不動の姿勢から最敬礼をした。彼は昔からハーヴェイを知っており、今年も例年のようにウィンブルドンとアスコットのためにやってきたことを承知していた。アルバートはロールスのドアをあけるたびに、確実に五十ペンスのチップにありつくことになる。ハーヴェイには五十ペンスと十ペンスの硬貨の区別がつかなかった——イギリスが通貨に十進法を採用して以来、アルバートはその紛らわしさを歓迎していた。おまけにハーヴェイはアメリカの選手がシングルスでタイトルを取ると、ウィンブルドンの二週間の終りにきまってアルバートに五ポンドくれる。アメリカ選手はかならず決勝に進出するから、アルバートはロンドンの賭屋《かけや》ラッドブロークで、相手の決勝進出選手が勝つほうに賭けることにしている。つまりどっちに転んでも損はないわけだ。アルバートもハーヴェイもともにギャンブル好きだった。ただ賭ける金額が違うだけだった。

アルバートは荷物をロイヤル・スイートに運ばせた。この年はその部屋にすでにギリシャのコンスタンティン国王、モナコのグレース王妃、エチオピアのハイレ・セラシエ皇帝など、ハーヴェイよりもはるかにロイヤルという名にふさわしい人々が泊っていた。しかし毎年クラリッジズに泊るという点では、彼らよりも自分のほうが確実だと、ハーヴェイはいまだに思っていた。

ロイヤル・スイートはクラリッジズの二階にあって、一階から広々とした優雅な階段か、ゆったりしたシートつきのエレベーターであがって行く。ハーヴェイはいつもあがるときはエレベーター、おりるときは階段ときめていた。少なくともそれでいくらかは運動になる、と思いこんでいた。スイートは小さな化粧室、寝室、浴室、ブルック・ストリートを見おろすエレガントな居間の四室からなっていた。家具調度や壁の絵を眺《なが》めていると、いまだにヴィクトリア時代のイギリスにいるような気がしてくる。その錯覚を追い払うのは電話とテレビだけだった。居間はカクテル・パーティを開いたり、訪英中の国家元首が多数の客をもてなしたりするのに充分な広さがある。ヘンリー・キッシンジャーがこの部屋にハロルド・ウィルソンを迎えたのはつい先週のことだった。ハーヴェイはそのことを考えて上機嫌になった。彼がその二人に近づける限界は、どう考えてもこの部屋どまりだった。

シャワーを浴びて着替えを済ませたあと、先着していた郵便物と銀行からのテレックスにざっと目を通した。どれもみなありきたりの連絡ばかりだった。一眠りしてからメイン・レストランへ夕食におりた。

広々とした休憩室には、ハンガリーから亡命してきた失業者を思わせるいつもの弦楽四重奏団の顔ぶれがあった。ハーヴェイは四人の楽士の顔までおぼえていた。彼は過激な変化を望まない年齢にさしかかっていた――クラリッジズの経営者は客の平均年齢が五十歳を超えていることを知っており、それにふさわしいもてなし方をした。ヘッド・ウェイターのフランソワが彼をいつものテーブルに案内した。

ハーヴェイはシュリンプ・カクテルとミディアムのフィレ・ステーキを、ムウトン・キャデの一壜《びん》とともに平らげた。身を乗りだしてケーキのワゴンを眺めたが、部屋の反対側のアルコーヴで食事をしている若い男の四人組には気がつかなかった。

スティーヴン、ロビン、ジャン＝ピエール、ジェイムズの四人の席からは、ハーヴェイ・メトカーフの姿がよく見えた。彼のほうからは、体をくの字に折りまげて少し後ろにさがらなければ四人の姿が見えなかっただろう。

「想像していたのとは違うな」と、スティーヴンが感想を述べた。

「きみがくれた写真より少し太ったようだ」と、ジャン＝ピエール。

「これだけ周到な準備をしたのに、なんだか本物とは思えないよ」と、ロビン。

「本物にちがいないさ、あの悪党め。ただしわれわれが間抜けだったおかげで、百万ドル分だけ前より金持になったんだ」と、ふたたびジャン＝ピエール。

ジェイムズだけはなにもいわなかった。彼は最後の詳細な打合せの席で、いくら知恵をしぼってもいいアイディアが浮かばないと言い訳したあと、依然として名誉を回復できないままだった。もっとも彼のおかげでどこへ行っても丁重に扱ってもらえることだけは、ほかの三人も認めざるをえなかった。今日のクラリッジズも例外ではなかった。

「明日からウィンブルドンだ」と、ジャン＝ピエールがいった。「一回戦はだれが勝つかな？」

「もちろんきみが勝つさ」ジェイムズが自分の努力不足を痛烈に非難したジャン＝ピエールの気持をやわらげようとして、口をはさんだ。

「そういうきみがエントリーしないかぎり、きみの試合は勝てっこないんだよ。ジェイムズ」

ジェイムズはふたたび沈黙した。

「あれだけ太っているんだから、きみのプランは間違いなく成功するよ、ロビン」と、スティーヴンがいった。

「その前に彼が肝硬変で死なないかぎりはね」と、ロビンが答えた。「ところで彼を目のあたりにした今、オクスフォードに関して自信はどうかね、スティーヴン？」

「まだなんともいえない。アスコットで猫《ねこ》の首に鈴をつけてしまえば、だいぶ自信がつくだろう。彼が話すのを聞き、ふつうの環境で観察して、感触をつかんでおきたいが、これだけはなれていてはとても無理だな」

「長くは待たなくていいさ。明日の今ごろになれば知りたいことはすべてわかっているだろう——さもなきゃ全員ウェスト・エンド中央署にいるかだ。せめて二百ドルもとり返せたらまだしも、戦闘開始までも漕《こ》ぎつけられないかもしれない」と、ロビンがいった。

「それじゃ困るよ——ぼくは保釈金さえ払えないぜ」と、ジャン＝ピエールがいった。

ハーヴェイはレミ・マルタン・V・S・O・Pの大きなグラスを飲みほすと、ヘッド・ウエイターに手の切れるような一ポンド紙幣を握らせて立ちあがった。

「あんちくしょう」ジャン＝ピエールがひどく興奮しながらいった。「あいつに金を盗まれただけでも腹が立つのに、その金で札びら切るのを見せつけられるなんて、こんな情けないことがあるかよ」

四人は目的を達して席を立ちかけた。スティーヴンは勘定を払ってから、その金額を忘れずにハーヴェイ・メトカーフに請求すべき出費のリストに加えた。それから四人はばらばらに、できるだけ目立たないようにホテルを出た。ジェイムズだけはそうはいかなかった。ウエイターやポーターが目ざとく彼を見つけて、「おやすみなさい、閣下」と声をかけてきたからである。

ハーヴェイはバークレイ・スクエアをぶらついたが、彼の目にとまることをおそれて花屋のモイジズ・スティーヴンズの戸口に身をひそめた長身の青年には気づきもしなかった。

ハーヴェイは警官をつかまえてバッキンガム宮殿への道をきく誘惑に勝てたためしがなかった。道を知らないわけではなく、腰に拳銃《けんじゅう》を吊《つ》り、電柱にもたれてガムを嚙《か》んでいるニューヨークの警官の反応と、イギリスの警官のそれを比較したいがためである。ヴォードヴィリアンのレニー・ブルースはイギリスから追放されたときに、「あんたたちの豚野郎はおれたちの豚野郎よりはるかにましだよ」といったが、たしかにハーヴェイもイギリスという国が好きだった。

彼は十一時十五分ごろクラリッジズに戻り、シャワーを浴びてベッドに入った――清潔なシーツがえもいわれぬほど心地よい、大きなダブル・ベッドだった。クラリッジズではさすがに女は連れこめない。もし連れこんだとしたら、今後ウィンブルドンやアスコットの期間中にロイヤル・スイートに泊ろうとしても断わられるだろう。部屋が少し揺れたが、五日間の船旅のあとでは、二晩ほどは揺れがおさまりそうもなかった。それでも彼は、なんの心配もなく熟睡した。

10

ハーヴェイは午前七時三十分に起床した。この習慣だけは変えられなかったが、そのかわり休暇中はベッドのなかで朝食をとる贅沢《ぜいたく》を自分に許した。ルーム・サービスに電話して十分たつと、ウェイターがハーフ・グレープフルーツ、ベーコン・アンド・エッグズ、トースト、熱いブラック・コーヒー、前日の《ウォール・ストリート・ジャーナル》、それに《ザ・タイムズ》、《フィナンシャル・タイムズ》、《インターナショナル・ヘラルド・トリビューン》の朝刊をのせたワゴンを押してやってきた。

業界では《トリブ》という愛称で呼ばれている《インターナショナル・ヘラルド・トリビューン》がなかったら、ハーヴェイはどうやってヨーロッパ旅行を生きのびればよいかわからなかった。パリで発行されるこのユニークな新聞は、《ニューヨーク・タイムズ》と《ワシントン・ポスト》が共同出資して発行元になっている。発行部数十二万の一版だけだが、ニューヨーク株式取引所が引けたあとではじめて印刷される。したがって、ヨーロッパ旅行中のアメリカ人が、朝目をさましたときに株式情報から取り残される心配がない。一九六六年に《ニューヨーク・ヘラルド・トリビューン》が廃刊になったとき、ジョン・H・ホイットニーにヨーロッパで《インターナショナル・ヘラルド・トリビューン》を出し続けることをすすめた人々のなかの一人がハーヴェイだった。ここでもハーヴェイの判断は正しかったことが証明された。《インターナショナル・ヘラルド・トリビューン》は、ヨーロッパでは結局成功しなかったよちよち歩きのライヴァル、《ニューヨーク・タイムズ》を吸収するまでになり、以後ますます強力になった。

ハーヴェイは《ウォール・ストリート・ジャーナル》と《フィナンシャル・タイムズ》の株式欄に慣れた視線を走らせた。彼の銀行はごくわずかしか株を持っていなかった。イギリスのジム・スレイターと同じように、彼もまたダウ指数が暴落しそうだとにらんで、ほとんどの株を現金化し、わずかに南アフリカの金鉱株と、内部情報をつかんでいる厳選された株を少々残してあるだけだったからである。これほど不安定な市場で彼があえて手を出そうとする通貨取引は、ドルを空売りして金を買い、下落中のドルと上昇中の金をつかまえることだけだった。アメリカ合衆国大統領に対して、財務長官のジョージ・シュルツが、今年末または来年初めからアメリカ国民が自由市場で金を買うことを許可するよう勧告したという噂《うわさ》が、ワシントンでひろまりはじめていた。ハーヴェイは十五年前から金を買っていた。つまり大統領がやろうとしているのは、彼の違法行為を合法化するだけのことだった。ハーヴェイはアメリカ人が金を買えるようになった瞬間に、バブルがはじけて金の値段がさがるという意見だった——つまり大儲《おおもう》けできるのは投機家たちが値上がりを期待しているうちだけで、彼自身は金がアメリカ市場に出まわるずっと前に手を引くつもりだった。

ハーヴェイはつぎにシカゴの商品市場に目を向けた。彼は一年前に銅で大儲けをしていた。アフリカの某国大使から得た内部情報のおかげだったが、大使はこの情報をあまりに多くの人間に流しすぎた。大使が本国に呼び戻されて銃殺刑に処せられたというニュースを読んでも、ハーヴェイは驚かなかった。

彼はプロスペクタ・オイルの株価をのぞいてみたい誘惑に勝てなかった。それはたった八分の一ドルという前代未聞《ぜんだいみもん》の安値で、売手ばかりで買手が一人もいないために、当然のことながら取引はゼロだった。株は紙屑《かみくず》同然だった。彼は皮肉な笑いをうかべながら、《ザ・タイムズ》のスポーツ欄に目を転じた。

レックス・ベラミーのウィンブルドン選手権に関する記事は、ジョン・ニューカムを本命にあげ、イタリアン・オープンに勝ったばかりのアメリカの新しいスター、ジミー・コナーズをダーク・ホースの一番手にあげていた。イギリスの新聞は三十九歳のケン・ローズウォールの肩を持っていた。ハーヴェイは一九五四年の、五十八ゲームの熱戦を繰りひろげたローズウォール対ドロブニーの歴史的な決勝戦を、今でもありありとおぼえていた。観客の大部分と同じく、彼もまた当時三十三歳のドロブニーを応援し、結局三時間の熱戦の末13—11、4—6、6—2、9—7でドロブニーが勝った。今年は、いわば歴史は繰りかえすというやつで、ハーヴェイはなんとしてもローズウォールに勝たせたかった。もっともプロがウィンブルドンに出場しなかった十年間に、この人気者のオーストラリア人が勝つチャンスは遠のいたという感じはあったが。いずれにしてもこの二週間が仕事を忘れて過せる楽しい憩《いこ》いの時であることに変りはなく、ローズウォールに勝つチャンスがなくともアメリカ人のチャンピオンが生れる見込みはあった。

ハーヴェイは美術批評にざっと目を通して、読み終った新聞を床に投げ散らしたまま朝食をおえた。落ちついた摂政《せっしょう》時代様式の家具も、すばらしいサービスも、ロイヤル・スイートも、ハーヴェイのマナーを向上させはしなかった。彼はひげそりとシャワーのためにゆっくりとバスルームに向った。アーリーンは常々たいていの人は彼と逆で——まずシャワーを浴びてから朝食をとるのがふつうだといっていた。しかしハーヴェイは、たいていの人間が彼と逆のやり方をした結果、あのていたらくではないかと反撃した。ハーヴェイはウィンブルドンの二週間の初日の朝、ピカディリーのロイヤル・アカデミーの夏期展覧会をのぞく習慣だった。それからウェスト・エンドの主な画廊のほとんど——アグニュー、トゥース、マールバラ、ウィルデンスタインなど、クラリッジズから簡単に歩いて行ける店に足を向ける。今朝も例外ではない。ハーヴェイは習慣に従って行動する人間であり、四人組はそのことを急速に学びつつあった。

着替えを済ませ、キャビネットのウィスキーが少ないといってルーム・サービスをどなりつけたあとで、階段をおりてデイヴィス・ストリートに面した出入口のスウィング・ドアを通り抜け、バークレイ・スクエアに向って歩きだした。通りの反対側にいる、トランシーバーを持った用心深い青年には気がつかなかった。

「デイヴィス・ストリート口からホテルを出たぞ」と、スティーヴンは小型のパイ・ポケットフォンに向っていった。「今きみのほうに向っているところだ、ジェイムズ」

「バークレイ・スクエアに入ったらぼくが引きつぐ。ロビン、聞えるか？」

「ああ、聞える」
「彼を見つけしだい連絡する。きみはロイヤル・アカデミーで待機してくれ」
「よしきた」と、ロビンは答えた。

ハーヴェイはバークレイ・スクエアをまわってピカディリーに入り、バーリントン・ハウスのパラディオ様式のアーチをくぐり抜けた。そこでしぶしぶ立ちどまって、前庭のさまざまな人の行列に加わり、天文学会と考古学会の前をゆっくり通りすぎた。反対側の化学学会の入口に立って、『イギリスの化学』を読みふけっている青年の姿には気がつかなかった。やがてハーヴェイは赤い絨毯《じゅうたん》を敷いた傾斜路を通ってロイヤル・アカデミーに入りこんだ。おそらく少なくとも三、四回はここに足を運ぶことになるだろうと考えて、係員に五ポンド渡してシーズン通しの切符を買った。午前中いっぱい会場にいて、千百八十二点の絵を鑑賞した。アカデミーの厳重な規則に従って、すべて初日まで世界じゅうのどこでも展示されたことがない作品ばかりだった。そういう規則があるにもかかわらず、展示委員会はなお五千点以上の作品のなかからこれだけを選びださねばならなかった。

前月の展覧会の初日に、ハーヴェイは代理人を通して、三百五十ポンドでイギリス下院を描いたアルフレッド・ダニエルズの水彩画を一点と、バーナード・ダンスタンのイギリス田園風景を描いた油絵二点をそれぞれ百二十五ポンドで買っていた。夏期展覧会は、ハーヴェイにいわせれば、今なお世界最高の価値を持っていた。買った作品を全部手もとに置いておきたいとは思わないにしても、アメリカへ持って帰れば贈物として最適だった。ダニエルズは彼が二十年ほど前にアカデミーで八十ポンドで買ったラウリーを思いださせた。そのラウリーは、結果的にはたいそう安い買物だった。

ハーヴェイはこの展覧会で、とくにバーナード・ダンスタンの作品を熱心に鑑賞した。もちろん、彼の絵は全部売れていた。ダンスタンはいつも初日の開幕そうそうに作品が売り切れてしまう画家の一人だった。ハーヴェイはその日ロンドンにいなかった。だが、ほしい絵を買うのになんの苦労もなかった。初日の行列の先頭に人を一人並ばせておき、その男がカタログを手に入れて、もしもハーヴェイが気に入らないときは容易に転売でき、気に入ったら手もとに置いておけるような絵に印をつける。午前十時ちょうどに展覧会が始まると、この代理人はいきなり購入受付へ行って、まだ肝心の絵を見もしないうちに、あるいはアカデミー会員以外のだれもまだ見ていないうちに、カタログでマークしておいた五、六点を買っておいた。ハーヴェイは代理人が買っておいた絵をあとから会場で丹念に眺《なが》めた。今年は全部手もとに置いておきたい絵ばかりだった。もしもそのなかに自分のコレクションにふさわしくないと思う絵があれば、ほかに買手がつかないときは自分で引き取るという条件で、再度売りに出すためにいったんそれを返すことができる。この方法で二十年間に百点以上の絵を買ってきたが、返した絵は十点そこそこで、しかもそれらが売れ残ったことは一度もなかった。ハーヴェイは何事につけてもシステムというものを持っていた。

彼は申し分のない午前中を過したあと、午後一時にロイヤル・アカデミーを出た。純白のロールス＝ロイスが前庭で彼を待っていた。

「ウィンブルドンだ」

「くそっ！」

「今なんていった？」と、スティーヴンがきいた。

「**くそっ**、といったんだよ。彼はウィンブルドンへ行ってしまった、今日は無駄骨《むだぼね》だったよ」と、ロビンが答えた。

ウィンブルドンへ行くとなると、ハーヴェイは早くても夜の七時か八時まではクラリッジズへ帰らないことになる。ハーヴェイを監視するための当番表がすでにできあがっていたので、ロビンはそれに従ってセント・ジェイムズ・スクエアのパーキング・メーターまで自分のローヴァー三五〇〇V８を取りに行き、ウィンブルドンに向って出発した。ジェイムズが選手権の全期間を通して、ハーヴェイ・メトカーフの株主席の真向いの切符を二枚ずつ確保していた。

ロビンはハーヴェイに数分遅れてウィンブルドンに到着し、センター・コートの、観客の顔また顔にまぎれて目立たない後ろのほうの席に坐《すわ》った。第一戦を前にして熱っぽい雰囲気《ふんいき》が盛りあがっていた。ウィンブルドンは年々人気が出てくるようで、センター・コートは満員だった。アレクサンドラ王女と首相がロイヤル・ボックスで選手の入場を待っていた。コートの南端にある小さなグリーンのスコアボードには、コデシュとスチュアートの名前が掲げられ、主審がコート中央のネットを真上から見おろす高い審判台にのぼった。二人の選手がともに白のウェアを着て、ラケットを四本ずつ持ってコートに現われると、観客席から盛大な拍手が湧《わ》きおこった。ウィンブルドンは選手が白以外の色を着ることを許さない。もっともこの規則は少しばかりゆるめられて、女性のウェアの縁どりにだけはほかの色が許されるようになった。

ロビンは、コデシュと、アメリカのノーシード選手スチュアートの間で戦われた開幕試合を楽しんだ。チェコスロヴァキア人のチャンピオンは苦戦の末6—3、6—4、9—7で辛勝した。ハーヴェイがダブルスの熱戦の途中で席を立つのを見て、ロビンは残念でならなかった。だが、仕事を忘れるな、と自分にいい聞かせて、安全な距離をおきながらクラリッジズまでロールスを尾行した。到着と同時にチームのロンドン作戦本部として使われているジェイムズのアパートに電話を入れて、スティーヴンに報告した。

「今日はこれまで」と、スティーヴンがいった。「明日またやりなおしだ。かわいそうに、ジャン＝ピエールの心臓の鼓動は今朝百五十まであがったよ。こんな調子で空振りが続いたら、おそらく何日ももたないだろう」

翌朝クラリッジズを出たハーヴェイは、バークレイ・スクエアを通ってブルートン・ストリートからボンド・ストリートに入り、ジャン＝ピエールの画廊からわずか五十ヤードのところで立ちどまった。ところがそこで西ではなく東に折れて、ひょいとアグニュー画廊に入りこんでしまった。印象派の絵が市場に出ていないかどうかを聞くために、この同族会社の最高責任者であるジェフリー・アグニューと会う約束をしていたのである。サー・アグニューはほかにも約束があったので、ハーヴェイにはわずか数分しか時間を割《さ》けなかった。ハーヴェイに見せるめぼしい作品はなかった。

ハーヴェイは残念賞としてロダンの模型《マケット》を買って、間もなくアグニュー画廊を出た。わずか八百ポンドのつまらぬガラクタだった。

「彼が出てきた」と、ロビンがいった。「今そっちへ歩いて行く」ところがまたもやハーヴェイは、今度はマールバラ画廊に立ち寄って、バーバラ・ヘプワースの新作の展示に見入った。たっぷり一時間以上もかけて彼女の美しい作品を眺めたが、値段が法外だと考えて買うのをやめにした。彼がわずか十年前に買ったヘプワースは二点で八百ポンドだった。それが今は一点七千ポンドから一万ポンドもしていた。彼はマールバラを出てボンド・ストリートを歩き続けた。

「ジャン＝ピエールか？」

「そうだ」と、緊張した声が答えた。

「彼はコンディット・ストリートの角に着いた、今きみの店から約五十ヤードのところにいる」

ジャン＝ピエールはウィンドーからグレアム・サザランドのテムズ川とボートを漕《こ》ぐ人の水彩画をどかして、用意をした。

「やつめ、左に曲った」と、画廊の向い側に陣どったジェイムズがいった。「ブルートン・

ストリートの右側を歩いて行く」

ジャン＝ピエールはサザランドをウィンドーの画架に戻して、トイレに駆けこみながら呟《つぶや》いた。

「くそ野郎とくそが一緒じゃとても手に負えないよ」

一方ハーヴェイはブルートン・ストリートのとある目立たない戸口に入りこんで、トゥース画廊への階段をあがった。印象派の作品で名を売ったこの店なら、めぼしいものが見つかるかもしれないという期待があった。クレーが一点、ピカソが一点、サルバドール・ダリが二点——だがいずれもハーヴェイの眼鏡にかなわなかった。クレーはたいそうよくできた絵だったが、マサチューセッツ州リンカーンの彼の自宅の食堂にある絵には及ばなかった。おまけに、アーリーンのインテリア装飾の計画にはマッチしそうもなかった。店主兼支配人のニコラス・トゥースは、よく注意していて、ハーヴェイの気に入りそうな絵が手に入ったらクラリッジズへ電話することを約束した。

「また動きだしたが、どうやらクラリッジズへ戻るらしい」

ジェイムズは回れ右してジャン＝ピエールの画廊のほうへ戻ってくれと念じたが、ハーヴェイは決然たる足どりでバークレイ・スクエアのほうへ歩いて行き、途中一度だけオハナ画廊に寄り道した。クラリッジズのヘッド・ドアマンのアルバートが、オハナのウィンドーでルノワールを見たと教えていたが、事実そのとおりだった。しかしそれは未完成のキャンヴァスで、ルノワールが習作として描いたものか、気に入らないので途中で投げだしてしまったものらしかった。ハーヴェイはその絵がいくらするか興味があったので、店に入って行った。

「三万ポンドでございます」店員はまるで十ポンド少々とでもいうように、こともなげに答えた。

ハーヴェイは前歯の隙間《すきま》で口笛を吹いた。一流の大家のできそこないの絵が三万ポンドもするのに、とりたてて有名でない画家の傑作がたった数百ドルにしかならないことが、彼にはいつも不思議でならなかった。店員に礼をいって外へ出た。

「どういたしまして、メトカーフ様」

彼は人々が自分の名前をおぼえていてくれると、いつも満更でない気分になったが、考えてみればそれも当然だった。なにしろ去年この店で六万二千ポンドのモネを買っているのだから。

「今度は間違いなくクラリッジズへ戻る」と、ジェイムズがいった。

ハーヴェイはクラリッジズにわずか四、五分いただけで、キャヴィア、ビーフ、ハムとチーズのサンドイッチ、チョコレート・ケーキを詰めあわせた、有名なクラリッジズ特製のランチ・バスケットを持って、ウィンブルドンに出発した。

ジェイムズがウィンブルドンのつぎの当番だったので、アンを一緒に連れて行くことにした。かまうもんか——どうせ彼女は事情を知っているんだ。それに今日はレディィズ・デイで、陽気なアメリカのチャンピオン、ビリー・ジーン・キングが出場する日だった。対戦相手はアメリカのノーシード選手キャシー・メイで、苦戦は免《まぬか》れそうもなかった。ビリー・ジーンへの拍手は彼女の名声にふさわしいものではなかった。なぜか彼女はウィンブルドンではいつも人気がなかった。ハーヴェイのボックスにはどこか中部ヨーロッパ人らしい感じの客がいた。

「あなたの狙《ねら》っている相手はどこにいるの？」

「ぼくたちのほぼ真向いで、ＥＥＣの官僚といった感じのグレー・スーツの男と話しているやつだよ」

「背が低くて、太ったほう？」

「そうだ」

アンがどんな感想を洩《も》らしたにせよ、それは主審の「プレイ」という声に中断され、すべての視線がビリー・ジーンに注がれた。時間はちょうど午後二時だった。

「ウィンブルドンに招待してくれてありがとう、ハーヴェイ」と、イェルク・ビルラーがいった。「このところ息抜きの機会がなくてね。数時間市場を留守にすると、きまって世界のどこかでパニックが持ちあがる」

「そんな感じがするようになったら、そろそろ引退の潮時だな」と、ハーヴェイがいった。

「しかし、後釜《あとがま》がいない。銀行の頭取を十年間やってきたが、後継者さがしがわたしの頭痛の種になりつつあるんだよ」

「ファースト・ゲーム・ツー・ミセス・キング。ミセス・キング一―〇で第一セットをリード」

「ところで、ハーヴェイ、わたしはあんたという人を知りすぎるほどよく知っている。この招待はなにか魂胆があってのことだろうね」

「あんたも一筋縄《ひとすじなわ》ではいかぬ男だな、イエルク」

「この商売をやっているとね」

「わしの三つの口座の現状を確認すると同時に、今後数カ月間の計画をあんたに説明したかっただけだよ」

「ゲーム・ツー・ミセス・キング。ミセス・キング二―〇で第一セットをリード」

「あんたのナンバー・ワンの正式口座は残高が数千ドルある。匿名《とくめい》商品口座は」――そこでビルラーは几帳面《きちようめん》な数字をこまごまと書きしるした、銀行名の入っていない小さな紙きれを拡《ひろ》げた――「三百七十二万六千ドル不足しているが、そのかわり今日の売値で一オンス百三十五ドルの金《きん》を三万七千オンス持っている」

「その金を、あんたならどうする？」

「持ち続けることだね、ハーヴェイ。わたしはいまだにあんたの国の大統領が、来年のいつか新しい金本位制を発表するか、さもなきゃアメリカ人が自由市場で金を買うことを許可すると考えている」

「わしもそう思う、だが売るのは大衆が市場に参加する数週間前にしたい。それについてはわしにも考えがあってね」

「例によってあんたの考えは今度も正しいだろうよ、ハーヴェイ」

「ゲーム・ツー・ミセス・キング。ミセス・キング三—〇で第一セットをリード」

「ところで当座貸越しの利息は？」

「銀行間レートに一・五パーセントの上積みだ。銀行間レートは現在一三・二五パーセントだから、年利一四・七五パーセントを請求することになる。しかし金は年間七〇パーセント近く値上がりしているからね。このまま値上がりが続くとは思えないが、まだ数カ月は大丈夫だよ」

「よろしい」と、ハーヴェイはいった。「十一月一日まで持ち続けてくれ、その時点でもう一度検討しよう。いつものように暗号テレックスで頼む。それにしてもスイスという国がなかったら世界はどうなるのかね？」

「用心に越したことはないよ、ハーヴェイ。わが国の警察には殺人捜査の専門家より詐欺《さぎ》捜査の専門家のほうがたくさんいることを知っているかね？」

「あんたは自分のことを心配してればいいんだよ、イェルク。わしの心配はわしがする。このわしが根性なしのチューリヒの役人どもにびくびくするようになったら、まっさきにあんたに知らせるよ。そんなことより、今はランチと試合を楽しんでくれ。もうひとつの口座のことはまた後で話そう」

「ゲーム・ツー・ミセス・キング。ミセス・キング四—〇で第一セットをリード」

「あの二人は話に夢中よ」と、アンがいった。「試合を楽しんでいるようには見えないわ」

「たぶんウィンブルドンを原価で買おうとしているんだろう」ジェイムズは笑いながらいった。「あの男を毎日観察していて一つ困るのは、いつの間にかあいつを尊敬しはじめていることなんだ。まったくあれほど計画的に行動する人間には会ったことがない。休暇中でこの調子だとしたら、仕事中はいったいどんなだろうね」

「想像もつかないわ」

「ゲーム・ツー・ミス・メイ。ミセス・キング四—一で第一セットをリード」

「あいつが太るのも無理ないよ。あのケーキの食いっぷりを見てごらん」ジェイムズはツァイスの双眼鏡を持ちあげた。「それで思いだしたけど、昼食にどんなごちそうを持ってきてくれた？」

アンがバスケットに手を突っこんで、野菜サラダを詰めたフランスパンの包みをジェイムズのために開いてやった。そして自分はセロリを一本かじるだけで満足した。

「このところ太りすぎなの」と、彼女は説明した。「来週撮影する予定の冬服が着られそうもないわ」彼女はジェイムズの脛《すね》に手を当ててほほえんだ。「きっとしあわせすぎるからよ」

「じゃ、あまりしあわせになるなよ。ぼくは痩《や》せているほうが好きなんだ」

「ゲーム・ツー・ミセス・キング。ミセス・キング五—一で第一セットをリード」

「どうやらビリー・ジーンの楽勝だね。開幕試合にはよくあることだ。みんなチャンピオンの調子を見にくるだけなんだよ。それにしても今年の彼女を負かすのは容易じゃなさそうだ。なにしろヘレン・ムーディのウィンブルドン八回優勝の記録に迫っているからね」

「ゲーム・セット。第一セットは六―一でミセス・キング。ミセス・キング一対〇でリード。新しいボールをどうぞ。ミス・メイのサーヴです」

「一日じゅう彼を見張ってなきゃいけないの？」と、アンがきいた。

「いや、彼がホテルへ戻って、急に予定を変更するとか、そういった気まぐれを起さないことを確かめるだけさ。彼がジャン＝ピエールの店の前を通りかかるチャンスを逸したら、もう二度とチャンスはないからね」

「彼が予定を変更したらどうするの？」

「神のみぞ知る、いや、もっと正確にいえばスティーヴンのみぞ知るだ――彼が知恵袋だからね」

「ゲーム・ツー・ミセス・キング。ミセス・キング一―〇で第二セットをリード」

「かわいそうなミス・メイ、あなたと同じで手も足も出ないわ。ジャン＝ピエールの作戦はどんな見通しなの？」

「どうしようもないよ、メトカーフは画廊に近づこうともしないんだ。今日はあと三十ヤードというところで逆戻りしてしまった。かわいそうにジャン＝ピエールのやつ、もう少しで心臓発作を起すところだったよ。しかし明日はもっと希望が持てる。彼はピカディリーとボンド・ストリートの上手《かみて》を見終ったようだが、ハーヴェイ・メトカーフについて一つだけはっきりいえることは、何事も徹底してやる男だということだ。だから、いずれぼくたちの縄張りにもやってくることはほぼ確実だよ」

「あなたたち全員がほかの三人を受取人にして百万ドルの生命保険に入っておくべきだわ。そうすればだれかが心臓発作を起してもお金をとり返せるもの」

「笑い事じゃないんだよ、アン。待つ間の辛《つら》さといったらないんだから。ましてや向うは勝手に動きまわるんだからね」

「ゲーム・ツー・ミセス・キング。ミセス・キング二―〇で第二セットをリード」

「あなたのプランはどうなったの？」

「まだなにも思いつかない。ぼくは能なしさ。おまけにほかのプランが実行に移されたから、いよいよもって自分のプランを考える時間がなくなった」

「いっそわたしが彼を誘惑するのはどうかしら？」

「悪くない思いつきだ、しかしあの男から十万ポンドしぼりとれるのはよっぽどの上玉だけだよ。ヒルトンの前かシェパード・マーケットをぶらつけば、三十ポンドで女はいくらでも手に入るからね。とにかくわれわれが調べたかぎりでは、あの男は払った金に見合うものをかならず要求する。一晩三十ポンドとして、きみがぼくの損した分をとり返すには十五年近くかかる計算だ。ほかの三人がそんなに長く待ってくれるかどうか。いやいや、十五日だって待ってはくれないだろうよ」

「一緒に考えるから心配しないで」と、アンがいった。

「ゲーム・ツー・ミス・メイ。ミセス・キング二―一で第二セットをリード」

「ほう、ミス・メイがまたワン・ゲームとったか。すばらしいランチだな、ハーヴェイ」

「クラリッジズの特製だよ」と、ハーヴェイが答えた。「テニスも見られない満員のレストランに入るよりは、このほうがよっぽど気が利《き》いている」

「かわいそうに、ビリー・ジーンが相手を切り刻んでいる」

「思ったとおりだ。ところでイェルク、わしの二番目の匿名口座だが」

　ふたたび例の数字を書いた銀行名の入っていない紙が取りだされた。国家元首からアラブの土侯にいたる世界の半分の人々が安心してスイス人に金を預けるのは、彼らのこうした用心深さのせいなのだ。そのお返しにスイス人は世界一健全な財政を維持する。彼らのシステムがうまく機能しているから、よそへ金を預ける必要はない。ビルラーはしばらく時間をかけて数字を検討した。

「四月一日に――こんな日を選ぶのはあんただけだよ、ハーヴェイ――あんたは残高が二百七十九万一千四百二十八ドルあったナンバー・ツーの口座に、新たに七百四十八万六千ドル移した。翌二日に、あんたの指示に従って、ミスター・シルヴァーマンとミスター・エリオットの名義でバンコ・ド・ミナス・ジェライスに百万ドル振りこんだ。レディング・アンド・ベイツのボーリング機械の借り賃四十二万ドルと、その他いくつかの請求書の合計額十万四千百十二ドルを支払ったから、現在の残高は八百七十五万三千三百十六ドルだ」

「ゲーム・ツー・ミセス・キング。ミセス・キング三―一で第二セットをリード。セット・

カウントは一—〇」

「結構」と、ハーヴェイがいった。

「テニスかね、それとも金かね？」

「両方だよ。ところでイェルク、これから六週間に二百万ドルほど要りそうなんだ。ロンドンで絵を一、二点買いたい。気に入ったクレーがあるし、まだ訪ねたい画廊が二、三軒残っている。プロスペクタ・オイルの計画があんなにうまくゆくとわかっていたら、去年サザビー・パーク＝バーネットでアーマンド・ハマーにとられた例のゴッホを競《せ》り落すんだったよ。それからアスコット・ブラッド・ストック・オークションズで新しい馬を何頭か買う金も要る。わしの持馬も数少なくなってきたが、なんとしてもキング・ジョージ・アンド・エリザベス・ステークスに勝ちたいという年来の夢を捨てきれなくてね。（ハーヴェイがこれほど有名なレースをこんな不正確な名前で呼ぶのを聞いたら、ジェイムズは顔をしかめたことだろう。）これまでの最高の成績は、あんたも知っているように、三着どまりで、これじゃとうてい満足できん。今年のわしの出走馬はロザリーで、ここ数年ではいちばん有望だ。もし負けたらまた新しい馬を育てなきゃならんが、今年はなにがなんでも勝つつもりだよ」

「ゲーム・ツー・ミセス・キング。ミセス・キング四—一で第二セットをリード。セット・カウントは一—〇」

「ミセス・キングもそのつもりらしいね」と、ビルラーがいった。「これから六週間のうちにあんたが大金を引きだすかもしれんと、うちの出納主任に伝えておこう」

「ところで、わしは残りの金をむざむざ寝かしておきたくない。そこで正月に手放す予定で、これから数カ月の間もっと金を買ってもらいたい。万一値下がりする動きが出たら、チューリヒのあんたのところへ電話する。毎日の終業時点で、未決済の残高をトリプルAクラスの一流銀行への一夜決済の融資にまわしてくれ」

「そんなに金を儲《もう》けてどうするつもりだね、ハーヴェイ。もっとも葉巻で命を縮めなかったらの話だが」

「ああ、やめてくれ、イェルク。まるでわしの医者みたいなことをいう。もう百遍もいったことだが、来年かぎりですっぱり引退するよ。それでおしまいだ」

「あんたが自分から進んでこの世界から足を洗うとは思えないね。あんたが今どれだけ財産を持っているかと考えると、わたしは胸が苦しくなってくる」

ハーヴェイは声をたてて笑った。

「それはいえないよ、イェルク。アリストートル・オナシスのいいぐさじゃないが、かぞえられない金は持ってないも同じというところさ」

「ゲーム・ツー・ミセス・キング。ミセス・キング五―一で第二セットをリード。セット・カウントは一―〇」

「ロザリーは元気かね？　あんたの身に万一のことがあったら、すべての口座を彼女に書き替えるという指示は依然として生きてるんだよ」

「元気だよ。今朝電話があったが、仕事が忙しくてウィンブルドンにはこられないそうだ。

あの子は金持のアメリカ人と結婚するだろうから、わしの金など必要ないだろう。求婚者が何人も現われたが、相手の狙いが自分なのかわしの財産なのかが、あの子にもなかなか決められないらしい。二年前にそのことで親子げんかをしたことがあって、それ以来あの子はわしを許そうとしないんだよ」

「ゲーム・セット。六―一、六―一でミセス・キングの勝ち」

ハーヴェイ、イェルク、ジェイムズ、アンが観客席の拍手に加わるうちに、選手たちはロイヤル・ボックスのオール・イングランド・クラブ会長ケント公の前で膝《ひざ》を折りまげてお辞儀をしてから退場した。ハーヴェイとイェルク・ビルラーはつぎのダブルスの試合まで観戦し、それから夕食のためにクラリッジズへ帰った。

ジェイムズとアンはウィンブルドンの午後を楽しんだあと、ハーヴェイが中部ヨーロッパの友人と一緒にクラリッジズへ戻るのを見とどけてから、ジェイムズのアパートに引きあげた。

「スティーヴン、今帰ったところだ。メトカーフはホテルに戻ったよ。明朝八時半に総員出動だ」

「よくやった、ジェイムズ。たぶん明日は彼も食いついてくるだろう」

「そう願いたいね」

水道の水が流れる音を聞きつけて、ジェイムズはキチンへアンを捜しに行った。彼女は洗剤の泡《あわ》に肘《ひじ》までつかって、たわしでスフレ皿をごしごしやっていた。その皿を彼のほうに振りかざしていった。

「ダーリン、通いのメイドさんの悪口をいいたくないけど、夕食の支度の前に皿洗いをしなきゃならないキチンなんてはじめてよ」

「わかってるさ。彼女はもともときれいなところしか掃除しないんだよ。だから仕事の量が一週間ごとに減ってゆく」

彼はキチン・テーブルに腰かけて、彼女のスリムな体をうっとり眺《なが》めた。

「ぼくが夕食前に風呂《ふろ》に入ったら、そんなふうに背中をこすってくれるかい？」

「いいわよ、たわしでね」

浴槽《よくそう》は満々とお湯をたたえ、快適な熱さだった。ジェイムズはいい気持で横になって、アンに体を洗ってもらった。やがて水滴をぽたぽたたらしながら浴槽から出た。

「洗い女にしては少し着ているものが多すぎるよ」と、彼はいった。「そいつをなんとかしてくれなきゃ」

ジェイムズが体を拭《ふ》いている間にアンが服を脱いだ。彼が寝室へ入ってゆくと、アンはすでに毛布の下にもぐりこんでいた。

「寒いわ」と、彼女がいった。

「心配するな」と、ジェイムズが答えた。「もうすぐ全身六フィートのきみ専用の湯たんぽをプレゼントするから」

彼女は両腕に彼を迎えいれた。

「嘘《うそ》つき。氷みたいに冷いじゃないの」

「そういうきみはかわいい」ジェイムズは彼女のあらゆる部分に同時にしがみつきながらいった。

「どう、ジェイムズ、なにかいいプランは浮かんだ？」

「まだわからんよ。二十分ほどしたら教える」

彼女は三十分ほど沈黙したあとでいった。

「さあ、起きて。もうチーズが焼きあがっているころだし、ベッドをリメイクしたいから」

「そんなことはどうでもいいよ。ばかだな、きみも」

「よくないわ。ゆうべなんか全然眠れなかったのよ。あなたが毛布を引っぱって独り占めにしちゃうもんだから、寒さで死にそうな思いをしながら、いい気な猫《ねこ》みたいにぬくぬくと丸まったあなたを眺めていたのよ。あなたと愛しあうのは、ハロルド・ロビンズの小説に書いてあるのとは大違いだわ」

「おしゃべりが済んだら、午前七時に目ざましをかけといてくれ」

「七時ですって？　クラリッジズへは八時半までに行けばいいのよ」

「わかってるよ、だけどその前に卵を一個うみたいんだ」

「ジェイムズったら、そんな学生っぽいユーモアはいいかげんに卒業したら？」

「そうかな、ぼくは結構面白いと思ったんだけど」

「面白いわ、ダーリン。さあさあ、晩ご飯が灰になってしまわないうちに服を着てちょうだい」

ジェイムズは八時二十九分にクラリッジズに到着した。自分の無能はともかく、ほかの三人の計画の実行に当っては期待を裏切るまいと固く決意していた。パイ・ポケットフォンで、スティーヴンがバークレイ・スクエアに、ロビンがボンド・ストリートにいることを確認した。

「おはよう」と、スティーヴンがいった。「ゆうべは楽しかったかい？」

「最高にね」

「よく眠れたかい？」

「一睡もできなかったよ」

「おのろけはやめてくれ」と、ロビンがいった。「ハーヴェイ・メトカーフに専念しろ」

ジェイムズは毛皮商のスレイターズの戸口に立って、早朝の清掃係が引きあげるのと入れかわりに、最初の事務員が出勤してくるのを見守った。

ハーヴェイ・メトカーフはいつものように朝食をとりながら新聞に目を通していた。前の晩就寝前にボストンの妻から電話があり、朝食の最中に娘からも電話がかかってきて、今日は朝からいい気分だった。今朝はコーク・ストリートとボンド・ストリートの画廊を数軒のぞいて、印象派の絵を捜すつもりだった。サザビーズあたりで掘出物にぶつかるかもしれなかった。

九時四十七分にいつものせかせかした足どりでホテルを出た。

「戦闘配置につけ」

スティーヴンとロビンが白日夢からさめた。

「彼がたった今ブルートン・ストリートに入った。ボンド・ストリートに向っている」

ハーヴェイはボンド・ストリートを足早にくだって、昨日見終った画廊群を通りすぎた。

「あと五十ヤードだ、ジャン=ピエール」と、ジェイムズが報告した。「四十、三十、二十……ちぇっ、サザビーズへ入ってしまった。今日のサザビーズは中世のパネル絵の競売だけだ。ちくしょう、あんなものにも関心があるとは知らなかったよ」

彼は通りにそって、三日連続で着ぶくれした中年の金持の実業家に化けたスティーヴンのほうに、ちらと視線を向けた。カラーの仕立てと縁なし眼鏡が西ドイツ人らしく見せていた。ポケットフォンを通してスティーヴンの声が聞えてきた。

「ぼくはジャン=ピエールの店へ行く。ジェイムズ、きみはサザビーズの北側の筋向いにいて、十五分ごとに報告してくれ。ロビン、きみはサザビーズへ入って行って、ハーヴェイの鼻先で餌《えさ》をちらつかせるんだ」

「しかしそれは予定にないぜ、スティーヴン」と、ロビンが吃りながらいった。

「臨機応変にやってくれ。さもないときみの仕事はジャン=ピエールの心臓の面倒を無料で診てやることだけになってしまう。いいな？」

「わかった」ロビンは神経質に答えた。

ロビンはサザビーズの店内に入って、人目を避けながら一直線に最寄りの鏡の前へ行った。そうだ、おれはまだ相手に顔を知られていないんだ。階上にあがると、競売場の後ろのほうにハーヴェイの姿が見えたので、その一列後ろの近くの椅子《いす》に腰をおろした。

中世パネル絵の競売はすでに始まっていた。ハーヴェイはその手のものも好きにならなくてはと思ったが、中世の宝石と金ピカの原色趣味はどうしても肌《はだ》に合わなかった。彼の後ろで、ロビンがすばやく作戦を練り、隣の客に小声で話しかけた。

「すばらしいとは思うが、こういうものに関する知識がぼくにはないんですよ。やっぱり近代のほうが好みに合いますね。とはいうものの、新聞に記事を書くためになにか気の利いた文句を考えなきゃならないんです」ロビンの隣の人物は礼儀正しく微笑を浮かべた。

「どんな競売でもみなあなたが記事を書くんですか？」

「ほとんど全部です——とくに掘出物がありそうなときにはね。いずれにせよ、ここへくればよそになにがあるかがすべてわかりますからね。実は今朝も店員の一人が、ラマン画廊に印象派の大物があるかもしれないと教えてくれたんですよ」

ロビンは小声で情報を囁《ささや》いて、ハーヴェイの右の耳に注意深く送りこんだ。間もなく彼の作戦が功を奏し、ハーヴェイが窮屈そうに席を立った。ロビンはなお三点のパネル絵が競売にかけられるまで待ってから、祈るような気持で彼のあとを追った。

外ではジェイムズが辛抱強く見張っていた。

「十時三十分――まだ姿が見えない」

「了解」

「十時四十五分――まだ現われない」

「了解」

「十一時――まだ店内にいる」

「了解」

「十一時十二分――戦闘配置につけ、戦闘配置につけ」

ジェイムズがすばやくラマン画廊に入ったとき、ジャン＝ピエールがふたたびウィンドーからサザランドのテムズ川とボートを漕《こ》ぐ人を描いた水彩画を引っこめて、かわりにヴァン・ゴッホの絵を飾った。それはかつてロンドンの画廊に現われた巨匠のいかなる作品にも劣らぬ傑作だった。いよいよ厳正なテストがおこなわれるのだ。リトマス試験紙が決然とした足どりでボンド・ストリートを近づいてくる。

その絵を描いたのはデイヴィッド・スタインで、印象派の有名画家の絵とデッサン三百点の偽造で、この世界では名の通った男だった。彼はその報酬として総計八十六万四千ドルを稼《かせ》ぎだし、のちに四年くらいこんだ。彼の犯罪が明るみに出たのは、一九六九年にマディスン・アヴェニューのニヴェー画廊でシャガール展が開催されたときだった。スタインは知らなかったのだが、そのときシャガールは、彼の代表作二点が展示されていたリンカーン・センターの美術館を訪問するためにニューヨークにきていた。ニヴェーの展覧会のことを知ったシャガールは、かんかんに腹を立てて、それらの絵が偽物《にせもの》だと地方検事局に訴えた。スタインはすでに偽物のシャガールの一点を、十万ドル近い値段でルイス・D・コーエンに売っていたし、今でもミラノの近代美術館にはスタインの手になるシャガールとピカソが一点ずつある。ジャン＝ピエールは、スタインが過去にニューヨークとミラノでやったことをロンドンでやれないはずはないと確信していた。

スタインはその後も印象派の絵を描き続けたが、今は自分のサインを入れていた。そしてこのまぎれもない才能のおかげで、いまだに結構な暮しをしていた。スタインは数年前にジャン＝ピエールと知りあって、彼を尊敬していたので、メトカーフとプロスペクタ・オイルの一件を聞くと、一万ドルでヴァン・ゴッホの偽物を描いて、巨匠の〝ヴィンセント〟という有名なサインを入れることを承知した。

ジャン＝ピエールは苦心の末、行方不明になったヴァン・ゴッホの作品で、ハーヴェイを誘惑するためにスタインの手で復活させられそうな絵があることをつきとめた。まずド・ラ・ファーユの包括的な作品目録『ヴィンセント・ヴァン・ゴッホの作品』を読んで、そのなかから第二次大戦前にベルリン国立美術館にあった三つの作品を選びだした。ド・ラ・ファーユの目録には、それらは四八五番『恋人たち』、六二八番『収穫』、七六六番『ドーヴィニーの庭』と記載されていた。おしまいの二点は一九二九年にベルリン国立美術館によって購入され、『恋人たち』もおそらく同じ時期に購入された。ところが開戦と同時に三点とも行方不明になってしまった。

ジャン＝ピエールは西ベルリン国立美術館のヴォルミット教授と接触した。行方不明の美術品に関する世界的権威である教授は、三点のうちの一点のその後の運命を教えてくれた。『ドーヴィニーの庭』は、どういう経路でそこにいたったのか不明だが、戦後ニューヨークのシーグフリード・クラマースキーのコレクションにおさまっていたらしい。クラマースキーはそれを東京の日動画廊に売り、この絵は現在もそこにある。ほかの二点の運命については教授もなにも知らなかった。

つぎにジャン＝ピエールはオランダ国立文化歴史資料館のテレゲン＝ホーゲンドールム夫人と連絡をとった。マダム・テレゲンは自他ともに許すヴァン・ゴッホの権威で、彼女の専門的立場からの協力を得て、ジャン＝ピエールは行方不明の二枚の絵が辿《たど》った道を徐々につきとめていった。それらは一九三七年に、ほかの多くの絵とともに、ナチによってベルリン国立美術館から運びだされた。館長のハンフシュテングル博士と絵画部長のヘンツェン博士が強硬に反対したが聞きいれられなかった。国家社会主義者たちの無教養のために頽廃美術の烙印《らくいん》をおされたそれらの絵は、ベルリンのコペニッカーシュトラーセに保管されていた。一九三八年一月にはヒトラーがじきじきこの保管所を訪れ、その後この違法の措置は公式の押収《おうしゅう》として合法化された。

二点のヴァン・ゴッホにその後なにが起ったかはわかっていない。ナチに押収された多くの作品は、ヘルマン・ゲーリングの手先のヨーゼフ・アンゲラーによって、総統のために必要な外貨を獲得するために、ひそかに外国に売られた。一部は一九三九年六月三十日に、ルツェルンのフィッシャー画廊で開催された競売で処分された。しかしコペニッカーシュトラーセの保管所にあった多くの作品は、焼かれるか盗まれるか、いまだに行方不明かだった。

ジャン＝ピエールは苦心の末『恋人たち』と『収穫』のモノクロームの複製を手に入れた。カラー写真はかりに撮影されたことがあるとしても、今は残っていなかった。一九三八年を最後に行方を絶った二点の絵のカラーの複製が、今どこかに存在しているとは考えられなかった。そこでジャン＝ピエールはこの二作のうちのどちらかを選ぶことにきめた。

『恋人たち』のほうが『収穫』よりも大きく、76×91センチという寸法だった。しかしながらヴァン・ゴッホはこの絵に満足していなかったらしい。一八八九年十月に（書簡番号五五六）、彼は「わたしのいちばん新しい油絵のひどく出来の悪いスケッチ」に言及している。そのうえバックの色を推測することは不可能だった。対照的に、『収穫』はヴァン・ゴッホの気に入っていた。制作したのは一八八九年九月で、「母のために、収穫する人をもう一度描きたいという気持が強いのです」（書簡番号六〇四）と、彼は書いている。事実彼は収穫する人をテーマにして、ほとんど同じような絵をすでに三枚描いていた。ジャン＝ピエールはそのうちの二点のカラー・フィルムを、現在それらを所蔵するルーヴルとアムステルダム王立美術館から手に入れて、画面構成を検討した。両者の実質的な違いは太陽の位置と光線の加減だけだった。ジャン＝ピエールの眼前には『収穫』の実物が髣髴《ほうふつ》した。

スタインはジャン＝ピエールの最終的な選択に賛成して、『収穫』のモノクロームの複製と、その姉妹画のカラー・フィルムをたっぷり時間をかけて精細に研究してから、制作にとりかかった。まず十九世紀末のフランスの無名の絵を一枚見つけてきて、巧みに絵具を削りとり、さすがのスタインにも複製できない決め手の裏面のスタンプを除けば、あとは白地のキャンヴァスを用意した。その上に48・5×53センチという『収穫』の寸法の印をつけ、ヴァン・ゴッホが愛用したのと同じタイプのパレット・ナイフと絵筆を選びだした。六週間後に『収穫』が完成した。スタインはその絵にニスを塗り、古びた感じを出すために四日間オーヴンに入れて、摂氏三十度の微温で焼いた。ジャン＝ピエールはどっしりした金ピカの印象派風の額縁を用意して、ハーヴェイ・メトカーフの目をごまかす準備を完了した。

サザビーズで小耳にはさんだ情報に従って行動するハーヴェイが、ラマン画廊をのぞいてみることにはなんの支障もなかった。店まで五歩の距離に近づいたとき、彼はウィンドーからとりのぞかれつつある絵をちらと見て、わが目を疑った。まぎれもないヴァン・ゴッホ、しかも最上級のゴッホだった。実際はわずか二分間ウィンドーに飾られていたにすぎなかったが。

ハーヴェイが駆けこむように店内に入ったとき、ジャン＝ピエールはスティーヴンとジェイムズを相手に話に熱中していた。三人ともハーヴェイには一瞥《いちべつ》もくれなかった。スティーヴンが喉音《こうおん》の目立つ訛《なま》りでジャン＝ピエールに話しかけていた。

「十七万ギニーは高いが、絵もすばらしい。一九三七年にベルリンから消えた絵に間違いないのでしょうな？」

「断言はいたしかねますが、裏面のベルリン国立美術館のスタンプをごらんください。それにベルナン・ジュヌも一九二七年にこの絵をドイツ人に売ったことを確認しております。それ以前の歴史は一八九〇年まで溯《さかのぼ》って記録されています。戦争のどさくさに美術館から略奪された、というのが間違いのないところでしょうね」

「どうやってこの絵を手に入れたんですか？」

「イギリスの某貴族のプライヴェート・コレクションに含まれていたのですが、その方は名前を出すことを望んでおられません」

「結構」と、スティーヴンがいった。「午後四時に株式会社《アー・ゲー》ドレスデン・バンクから十七万ギニーの小切手を持ってきますから、それまでこの絵をとっておいていただきたい。それでよろしいかな？」

「よろしいですとも」と、ジャン＝ピエールが答えた。「売約済みの印をつけておきますよ」

一分の隙《すき》もないスーツを着こなして、小粋《こいき》なトリルビー・ハットをかぶったジェイムズが、わけ知り顔でスティーヴンの背後をうろついていた。

「これこそまさに巨匠の傑作中の傑作ですな」と、彼は持ちあげた。

「ええ。サザビーズのジュリアン・バロンのところへこれを持って行ったんですが、彼も気に入ったようでしたよ」

ジェイムズは美術通という役割の余韻を楽しみながら、気どった歩き方で画廊の奥のほうへ引っこんだ。そのとき、ロビンが《ザ・ガーディアン》をポケットからはみださせて店に入ってきた。

「こんにちは、ミスター・ラマン。サザビーズでヴァン・ゴッホの噂《うわさ》を聞きましたよ。あの作品はロシアにあるものとばかり思っていたんですがね。ところで明日の新聞にその絵の歴史と、あなたがそれを入手した経緯について書きたいんだが、かまいませんか？」

「かまわないどころか、大歓迎ですよ」と、ジャン＝ピエールは答えた。「もっとも、たった今有名なドイツの画商、ヘル・ドロッサーに、十七万ギニーでお買上げいただいたところですが」

「妥当な値段ですな」と、ジェイムズが画廊の奥のほうから口をはさんだ。「おそらく『ルヴー嬢』以後にわたしがロンドンでお目にかかったヴァン・ゴッホのなかでは最高の作品で、うちの店で競売にかけられないのが残念でなりません。あなたは運のいい方ですな、ミスター・ドロッサー。万一お売りになるときは、どうぞわたしにご一報ください」ジェイムズはスティーヴンに名刺を渡して、ジャン＝ピエールにほほえみかけた。

ジャン＝ピエールはジェイムズに目をみはった。すばらしい演技だった。ロビンが速記らしく見せかけてメモをとりはじめ、ふたたびジャン＝ピエールに質問した。

「絵の写真はありますか？」

「ええ、もちろん」

ジャン＝ピエールは机のひきだしをあけて、タイプで打った資料つきのカラー写真を取りだした。それをロビンに渡しながらいった。

「ラマンのスペルに気をつけてくださいよ。ル・マンの自動車レースと間違えられることが多くてうんざりしているんです」

彼はスティーヴンのほうに向きなおった。

「お待たせしてすみません、ヘル・ドロッサー。絵はどちらへお届けしましょうか？」

「明朝ドーチェスターの百二十号室へ届けてください」

「かしこまりました」

スティーヴンが出て行きかけた。

「失礼ですが」と、ロビンが呼びとめた。「お名前のスペルを教えていただけませんか？」

「D・R・O・S・S・E・R」

「わたしの記事にお話を引用させてもらってもいいですか？」

「ええ、どうぞ。わたしはこの絵を買ったことにとても満足していますよ。では失礼、みなさん」

スティーヴンはスマートに会釈《えしゃく》をして、出て行った。彼がボンド・ストリートに足を踏みだすと、ハーヴェイもすかさず外へ出た。ジャン＝ピエール、ロビン、ジェイムズの三人はそれを見て愕然《がくぜん》とした。

ジャン＝ピエールがジョージ王朝様式のマホガニーのデスクにがっくりと腰をおろして、

絶望の目でロビンとジェイムズを見た。

「やれやれ、なにもかも失敗だ。準備に六週間かけ、三日間心臓が痛みっぱなしだったというのに、彼は洟《はな》もひっかけずに出て行ってしまった」ジャン＝ピエールは腹立たしげに『収穫』を眺《なが》めた。

「スティーヴンはハーヴェイが店に残って、ジャン＝ピエールと交渉を始めるはずだといったのにな。彼の性格からすると」と、ジェイムズがスティーヴンの声色を使って情けなさそうにいった。「この絵に食いついてはなれないだろうって」

「だいたいこんなばかげた計画を考えたのはどこのどいつだ？」と、ロビンが呟《つぶや》いた。

「スティーヴンだ」と、三人は異口同音に叫んで、ウィンドーに走り寄った。

「すてきなヘンリー・ムーアの模型《マケット》ね」コルセットで一分の隙もなくウエストをしめつけた中年の婦人が、裸の軽業師のブロンズ像の腰に片手を置きながらいった。彼女は三人がぼやきあっている間に、いつの間にか店に入ってきたらしい。「お値段はおいくらですの？」

「少々お待ちください、マダム」と、ジャン＝ピエールが答えた。「おい、メトカーフがスティーヴンを尾《つ》けているらしい。トランシーバーで彼を呼びだすんだ、ロビン」

「スティーヴン、聞えるか？　いいか、絶対に後ろを振り向くな。ハーヴェイがきみの数ヤード後ろにいるようだ」

「ぼくの数ヤード後ろだって？　いったいどういうことだ？　彼は店に残ってヴァン・ゴッホを買おうとしているはずだぞ。なにをふざけているんだ」

「ハーヴェイはわれわれにチャンスをくれなかった。作戦どおり続ける暇もなく、きみを追って出て行ってしまったんだ」

「頭のいいやつだ。で、ぼくはどうすればいい？」

ジャン＝ピエールが割って入った。

「彼はほんとにきみを尾けているのかもしれないから、ドーチェスターへ行くほうがいいな」

「ドーチェスターっていったいどこにあるんだ？」と、スティーヴンが泣きそうな声でいった。

ロビンが助け船を出した。

「最初の角を右に曲るとブルートン・ストリートだ、スティーヴン。そのままできるだけまっすぐ行くとバークレイ・スクエアに着く。その先もまたまっすぐだ。ただし絶対に振りかえるな。さもないと塩の柱になっちゃうからな」

「ジェイムズ」ジャン＝ピエールが気を取りなおしていった。がっかりするのも早いが、立ちなおるのも早い。「すぐにタクシーを拾ってドーチェスターへ行き、ドロッサーの名前で百二十号室を予約しろ。スティーヴンが到着しだい鍵《かぎ》を渡せるように手配しておくんだ。そうしておいてきみは引きあげろ。スティーヴン、聞えるか？」

「聞えるよ」

「今の話を聞いたか？」

「聞いたよ。ジェイムズに百二十号室がだめなら百十九か百二十一をおさえるようにいってくれ」

「了解」ジャン＝ピエールが答えた。「行け、ジェイムズ」

ジェイムズは鉄砲玉のようにとびだして、ちょうどタクシーを呼びとめた婦人の前に割りこんだ。生れてこのかたそんなはしたない真似《まね》はしたことがない。

「ドーチェスター・ホテル」と、彼はどなった。「大急ぎでやってくれ」

タクシーは猛スピードで走りだした。

「スティーヴン、ジェイムズは出発した。これからロビンにハーヴェイのあとを追わせて、きみへの連絡とドーチェスターへの道案内を続けさせる。ぼくはここに残る。あとはいいな？」

「いや」スティーヴンが答えた。「お祈りを始めてくれ。今バークレイ・スクエアに着いた。つぎはどっちへ行けばいい？」

「公園を横切って、ヒル・ストリートを歩いて行け」

ロビンはブルートン・ストリートまで走って、ハーヴェイの五十ヤード後ろに追いついた。

「ねえ、このヘンリー・ムーアですけど……」と、コルセットをつけた婦人がいった。

「ヘンリー・ムーアなんかくそくらえ！」ジャン＝ピエールが振りかえりもせずに叫んだ。

コルセットでしめつけられた胸が大きくふくらんだ。

「なんですあなた、その口のきき方は……」

しかし、ジャン＝ピエールはすでにトイレに駆けこんで、ドアをしめていた。

「きみは今サウス・オードリー・ストリートを渡るところだ、そのままディーナリー・ストリートに入る。右にも左にも曲らず、まっすぐ前を見て歩き続ける。ハーヴェイは依然としてきみの約五十ヤード後ろだ。ぼくはさらにその五十ヤード少々後ろにいる」と、ロビンがいった。小型の無線機に話しかける男を、通行人がじろじろ眺めた。

「百二十号室はあいているかね？」

「はい、前のお客さまが今朝お発《た》ちになりましたので。しかし、お部屋の用意ができてますかどうか。ただいまメイドが掃除中だと思います。調べてみますから少々お待ちください」フロア・スタッフの古参らしくモーニング・スーツを着た長身の応接係が答えた。

「いや、いいんだ」と、ジェイムズはいった。彼のドイツ訛りはスティーヴンのそれよりもはるかに板についていた。「いつもあの部屋ときめているんでね。一晩だけ泊りたい。名前はドロッサーだ。ヘル——ええと——ヘルムート・ドロッサー」

彼はカウンターごしに一ポンド紙幣を差しだした。

「かしこまりました」

「そこがパーク・レインだ、スティーヴン。右を見ろ——きみの真ん前の角にある大きなホテルがドーチェスターだ。正面の半円形の入口が正面玄関で、階段をあがってグリーンのオーヴァーを着た大男の先の回転ドアを通り抜けると、右手に受付がある。ジェイムズがそこで待っているはずだ」

ロビンは王立医学会の例年の夕食会が昨年ドーチェスターでおこなわれたことを感謝した。

「ハーヴェイはどこだ？」と、スティーヴンが泣きそうな声できいた。

「きみの四十ヤード後ろだ」

スティーヴンは足を速めてドーチェスターの階段を駆けあがり、反対側から出ようとした泊り客が自分で思った以上に早く通りへ押し出されてしまったほどの勢いで回転ドアを押して通った。ありがたいことに、ジェイムズが鍵を持って待っていた。

「エレベーターはあそこだ」ジェイムズが指さして教えた。「きみがたった今選んだ部屋は、このホテルでいちばん高いスイートだよ」

スティーヴンはジェイムズが指さした方角を見てから、振りかえって礼をいおうとした。だがジェイムズは、ハーヴェイが到着したときに姿を見られずに済むように、もうアメリカン・バーのほうへ歩きだしていた。

スティーヴンは二階でエレベーターからおりて、はじめて訪れたドーチェスターがクラリッジズに劣らぬ伝統的なたたずまいで、分厚い藤紫《ふじむらさき》と黄金色の絨毯《じゅうたん》が、ハイド・パークを見おろす設備のととのった角のスイートまで続いていることを発見した。彼はつぎになにが起るかもわからないままに、安楽椅子《いす》に倒れこんだ。なに一つ計画どおりには運んでいなかった。

ジャン＝ピエールは画廊で待機し、ジェイムズはアメリカン・バーで腰をおろし、ロビンはドーチェスターの入口から五十ヤードはなれたパーク・レインのバークレイズ・バンクの、擬似チューダー様式の建物の横でぶらぶらしていた。

「ミスター・ドロッサーはこちらに泊っているかね？　たぶん百二十号室だと思うが」と、ハーヴェイがどなるようにいった。

応接係は宿泊カード・インデックスを調べた。

「はい、いらっしゃいます。お約束ですか？」

「いや、違う。内線で話がしたいんだが」

「かしこまりました。左手の小さなアーチを通り抜けていただくと、電話が五つございます。そのうちの一つが内線でございます」

ハーヴェイは教わったとおりにアーチをくぐり抜けた。

「百二十号室を頼む」彼は襟《えり》に金色の城のついたドーチェスターのグリーンの制服を着て、専用の小さな仕切りのなかに坐《すわ》っている交換手に告げた。

「一番ボックスへどうぞ」

「ミスター・ドロッサー？」

「そうですが」と、スティーヴンがもうひとがんばりしてドイツ語訛《なま》りを呼び戻した。

「わしはハーヴェイ・メトカーフというものだ。ちょっと部屋にお邪魔してあんたと話したい。あんたがさっき買ったヴァン・ゴッホの件だ」

「今はちょっとぐあいが悪いですな。これからシャワーを浴びるところだし、そのあと昼食の約束がありましてね」

「なに、ほんの数分で片づくよ」

スティーヴンが答える前に電話が切れた。間もなくドアをノックする音が聞えた。スティーヴンは脚が震えた。こちこちに緊張してノックに答えた。ドーチェスターの白いドレッシング・ガウンを羽織っていたが、褐色《かっしょく》の髪はばらばらに乱れ、ふだんよりも黒っぽく見えた。最初の予定にはハーヴェイとの一対一の対面が含まれていなかったので、短時間で思いつける変装といえばせいぜいその程度だった。

「邪魔してすまんですな、ミスター・ドロッサー。しかし、どうしても今すぐあんたに会いたくてね。実は、あんたがさっきラマン画廊でヴァン・ゴッホを買ったことを知っているが、画商なら手っ取りばやく儲《もう》かりさえすればそいつを手放す気になるんじゃないかと思ってね」

「あいにくですな」スティーヴンはようやくほっと一息ついた。「わたしは何年も前からミュンヘンの自分の画廊にヴァン・ゴッホが一点ほしいと思っていた。残念ながらあの絵は売物じゃないんですよ」

「まあ聞きなさい、あんたはあの絵に十七万ギニー払った。ドルだといくらになるかね？」

スティーヴンはちょっと間をおいて答えた。

「そう、約四十三万五千ドルですな」

「わしにあの絵を譲ってくれたら一万五千ドル差しあげよう。あんたはただ画廊に電話して、あの絵はわしのものだ、代金もわしが払うと伝えるだけでいい」

スティーヴンはヘマをしでかさずに状況に対処するにはどうすればよいかわからず、無言で坐っていた。ハーヴェイ・メトカーフのように考えるのだ、と自分にいい聞かせた。

「現金で二万ドル、それなら手を打ちましょう」

ハーヴェイがためらった。スティーヴンはふたたび脚が震えた。

「よかろう」と、ハーヴェイが答えた。「すぐ画廊に電話してくれ」

スティーヴンは受話器を取りあげた。

「ボンド・ストリートのラマン画廊を頼む。昼食の約束があるのでできるだけ急いでくれたまえ」

数秒後に電話が通じた。

「ラマン画廊です」

「ミスター・ラマンと話をしたい」

「ずいぶん待ったぞ、スティーヴン。きみのほうはいったいどうなったんだ？」

「ああ、ミスター・ラマン、こちらはミスター・ドロッサーだ。お忘れじゃないだろうね、さっきおたくの店にうかがった者だよ」

「当り前だよ、ばか。いったいなにを寝ぼけてるんだ、スティーヴン。ぼくだよ——ジャン＝ピエールだよ」

「今ミスター・メトカーフという方が一緒でね」

「そうか、いやすまなかった、スティーヴン。まさかそうとは……」

「その方が数分後にそちらへ行くそうだ」スティーヴンがハーヴェイのほうを見やると、彼は同意のしるしにうなずいた。

「わたしが買ったヴァン・ゴッホをミスター・メトカーフに渡してくれたまえ。代金の十七万ギニーは全額彼が払ってくれる」

「禍《わざわ》い転じて福となる、か」ジャン＝ピエールは静かにいった。

「あの絵を手放すのはまことに残念だが、アメリカ人のよくいう断わりきれない条件を示されたものでね。あなたには感謝していますよ」スティーヴンはそういって電話を切った。

ハーヴェイは二万ドルの小切手を現金化するためにサインしていた。

「ありがとう、ミスター・ドロッサー。おかげでわしはしあわせだよ」

「わたしだって不満はありませんよ」と、スティーヴンは正直に答えた。彼はハーヴェイをドアまで送って行って、別れの握手をかわした。

「さよなら」

「ご機嫌《きげん》よう、ミスター・メトカーフ」

スティーヴンはドアをしめると、よろめくようにして椅子まで辿《たど》りついた。全身の力が抜けてしまって身動きもならないほどだった。

ロビンとジェイムズは、ハーヴェイがドーチェスターから出て行くのを目撃した。ロビンはラマン画廊の方角へ彼を尾けて行ったが、一歩ごとに希望がふくれあがった。ジェイムズはエレベーターで二階にあがり、走るようにして百二十号室に達した。ドアを力まかせに叩《たた》くと、スティーヴンがびっくりしてとびあがった。もう一度ハーヴェイと顔を合わせる勇気はなかった。ドアをあけた。

「ジェイムズ、きみか。部屋をキャンセルして、一泊分の料金を払ったら、カクテル・バーにきてくれ」

「なぜだ？　なんのために？」

「クリューグ一九六四年の特別醸造《ブリヴェ・キュヴェ》を一本あけるためだよ」

ワン・ダウン、残るは三つ。

11

ブリグズリー卿《きょう》のキングズ・ロードの部屋に最後に到着したのはジャン＝ピエールだった。

彼は真打として登場する資格があると感じていた。ハーヴェイの小切手は決済され、ラマン画廊の口座の残高はおかげで目下四十四万七千五百六十ドルになっていた。ヴァン・ゴッホの絵はハーヴェイのものになったが、まだ天が降ってくる騒ぎにはなっていなかった。ジャン＝ピエールは合法的な取引で十年かかって稼《かせ》いだ以上の金を、わずか二カ月かけて準備した犯罪で稼ぎだしていた。

ほかの三人は、ふつうならスポーツのヒーローにふさわしい拍手と、ジェイムズのヴーヴ・クリコ一九五九年の最後に残った一本で彼を称《たた》えた。

「成功したのは運がよかったからだ」と、ロビンがいった。

「いや、そうじゃない」と、スティーヴン。「われわれは重圧にめげず冷静を保った。この作戦でわれわれが学んだことは、ハーヴェイはゲームの途中でルールを変える可能性もあるということだ」

「彼はもう少しでゲームそのものを変えるところだったよ、スティーヴン」

「同感だ。だからわれわれは、一回だけでなく、四回とも今日と同じくらいうまくやらなければ失敗するということを、胆《きも》に銘じなくてはならない。第一ラウンドで勝ったからといって敵を見くびってはいかんよ」

「そうむきになるなよ、教授」と、ジェイムズがいった。「仕事の話は食事のあとにしようや。午後からアンがわざわざサーモン・ムースを作りにきてくれたが、ハーヴェイ・メトカーフの話と一緒じゃ味が落ちるよ」

「そのすばらしい美人をいつ拝ませてもらえるんだい？」と、ジャン＝ピエールがきいた。

「この作戦が全部片づいてからだよ」

「彼女と結婚するのはよせよ、ジェイムズ。われわれの金だけがめあてなんだから」

彼らは声を揃《そろ》えて笑った。ジェイムズは彼女が最初からこの計画を知っていたことを、仲間に打明けてもいい日がくることを願っていた。彼はビーフのクルート包みと、エシェゾー一九七〇年のボトルを二本テーブルに並べた。ジャン＝ピエールがソースの匂《にお》いにうっとりして鼻をうごめかせた。

「やっぱり訂正するよ。ベッドのテクニックが料理の腕の半分もすばらしかったら、彼女との結婚を真剣に考慮すべきだな」

「ベッド・テクニックを判定するチャンスはきみにはないよ、ジャン＝ピエール。彼女のフレンチ・ドレッシングに舌鼓《したつづみ》を打つだけで我慢してくれ」

「きみの今朝の演技はすばらしかったよ、ジェイムズ」スティーヴンがジャン＝ピエールの得意の領域から話題を変えた。「きみは舞台に立つべきだよ。イギリス貴族の一員であることによって、きみの才能は浪費されている」

「ぼくも前々からそうしたかったが、なにしろおやじが反対なんだ。莫大《ばくだい》な遺産をあてにして生きている人間は、子としての義務を果さなきゃならないんだよ」

「いっそモンテ・カルロでは彼に一人四役を演《や》ってもらったらどうかね？」と、ロビンがいった。

モンテ・カルロが出たところで彼らは浮かれ気分からさめた。

「仕事の話に戻ろう」と、スティーヴンがいった。「われわれのこれまでの収入は四十四万七千五百六十ドルだ。絵と予定外のドーチェスターの宿泊費の出費が計一万一千百四十二ドル、したがってまだメトカーフに五十六万三千五百八十二ドルの貸しがある。とり返した金ではなく、失った金のことだけ考えるのだ。モンテ・カルロ作戦の成否はきわどいタイミングと、それぞれの役割に数時間耐えられる能力にかかっている。ロビンに説明してもらうとしよう」

ロビンがかたわらのブリーフ・ケースから緑の資料を取りだして、しばらく自分のメモを眺《なが》めた。

「ジャン＝ピエール、きみは今日からひげをのばして、三週間後には敵に顔を見破られないようにしてくれ。それから髪もうんと短くしてもらわなきゃならない」ロビンはジャン＝ピエールのしかめっ面《つら》を見て、思いやりに欠ける笑いを浮かべた。「要するにぞっとするような顔になってもらう」

「そんなことは」と、ジャン＝ピエールが応酬した。「無理だよ」

「バカラとブラックジャックはどうなってる？」と、ロビンが続けた。

「五週間で三十七ドル損したよ。クレアモントとゴールデン・ナゲットのメンバー・フィーも含めてね」

「それはみな必要経費に含まれる」と、スティーヴンが口をはさんだ。「したがって請求額は五十六万三千六百十九ドルだ」

ほかの三人が笑った。スティーヴンだけはにこりともしなかった。彼は大真面目《おおまじめ》なのである。

「ジェイムズ、ヴァンの運転のほうはどうだ？」

「セント・トーマスからハーレー・ストリートまで十四分で行ける。モンテ・カルロでの本番は十一分あれば充分だと思う。もちろん前の日に何回か練習に走ってみる必要はあるけどね。それに道路の反対側を走る練習もしなきゃならない」

「どうしてイギリス以外の国では道路の反対側を走るのかね」と、ジャン＝ピエール。

ジェイムズがそれを無視して続けた。

「それに大陸の道路標識もよく知らないんだ」

「それならぼくの資料の一部として渡したミシュランのガイド・ブックにくわしく出ているよ」

「知ってるさ。でも地図の上の勉強だけでなく、実際に自分で車を走らせてみるほうが安心だからな。モナコには一方通行の道が多い。意識を失ったハーヴェイ・メトカーフを乗せて、一方通行を逆に走っているところをつかまりたくはないからな」

「心配するな。向うへ行ってから時間はたっぷりある。残るはスティーヴンだけだが、彼はぼくが教えたなかではほぼいちばん優秀な医学生だ。きみも新たに身につけた知識に自信を持っているだろう？」

「きみのアメリカ訛りに劣らず自信を持っているよ、ロビン。いずれにせよ、ハーヴェイ・メトカーフはいざというときそんな細かいことにこだわるような状態じゃないだろう」

「そうとも。かりにきみがヴァン・ゴッホを一点ずつ両脇《りょうわき》に抱えて、ヘル・ドロッサーと名乗ったとしても、彼にはわかりっこないさ」

ロビンはハーレー・ストリートとセント・トーマス病院における最終リハーサルの予定表を三人に配って、ふたたび緑の資料をのぞいた。

「オテル・ド・パリの別々の階にシングル・ルームを四部屋予約しておいたし、グレース王妃記念病院の手配もすべて確認済みだ。あのホテルは世界でも最高級という評判で、たしかにホテル代も高いが、カジノは目と鼻の先だ。われわれはハーヴェイが自家用ヨットに到着する翌日の月曜日にニースへ飛ぶ」

「それまでの一週間なにをするんだい？」と、ジェイムズが無邪気にたずねた。

スティーヴンが主導権を取り戻した。

「金曜日の衣裳稽古《いしょうげいこ》にそなえて、緑の資料を徹底的に頭に叩きこむ。ところでジェイムズ、きみには大事な宿題が一つ残っている。怠けてないで、早くきみのプランを発表してくれよ」

ジェイムズは浮かぬ顔をして椅子《いす》に沈みこんだ。

スティーヴンが資料を閉じた。

「今夜はこれくらいでいいだろう」

「待ってくれ、スティーヴン」と、ロビンがいった。「もう一度きみを裸にさせてくれないか。九十秒でやれるかどうか試してみたいんだ」

スティーヴンはあまり気乗りしないようすで部屋の中央に横たわり、ジェイムズとジャン＝ピエールがすばやく、注意深く、彼を裸にした。

「八十七秒。上出来だ」ロビンが腕時計だけの素裸になったスティーヴンを見おろしながらいった。「しまった、もうこんな時間だ。ぼくはニューベリへ帰らなくちゃ。女房に女でもできたと思われそうだが、相手がきみたちじゃね」

ほかの連中が帰る用意をする間に、スティーヴンが急いで服を着た。数分後に、ジェイムズはドアのそばに立って一人ずつ見送った。スティーヴンの姿が見えなくなると同時に、彼は階下のキチンに駆けおりた。

「聞いたかい？」

「ええ。みんないい人たちみたいね。あなたに怒るのも無理ないわ。みんなプロみたいに聞えるけど、あなただけはアマチュアとしか思えないもの。二人して彼らに負けない名プランを考えましょうよ。ミスター・メトカーフがモンテ・カルロへ行くまでまだ一週間以上あるから、その時間を建設的に使わなくちゃ」

ジェイムズは溜息《ためいき》をついた。「今夜ぐらい楽しくやろうよ。少なくとも今朝は大成功だったんだから」

「それはそう、でもあなたの計画が成功したわけじゃないわ。あしたは一緒に仕事よ」

12

「ニース行き017便の乗客のみなさま、七番ゲートからお乗りください」ヒースロー空港ナンバー1ターミナルのラウドスピーカーが響きわたった。

「われわれだ」と、スティーヴンがいった。

四人はエスカレーターで二階へあがって、長い通路を歩いて行った。拳銃《けんじゆう》、爆弾、その他テロリストが持っていそうな危険物の検査が済むと、彼らは機内に乗りこんだ。

座席は別々にとって、たがいに顔を見合せたり話しかけたりしないようにした。スティーヴンが同じ飛行機にハーヴェイの知合いが乗っている可能性もあると警告していたからで、各人がハーヴェイの親友の隣に坐《すわ》っているようなつもりで警戒を怠らなかった。

ジェイムズは雲一つない空を憂鬱《ゆううつ》そうに眺めながら、物思いにふけっていた。アンと二人して、金を盗んだ話や、詐欺《さぎ》に成功した話に多少とも関係のある本を手当りしだいに読みあさったのだが、いただいて使えそうなアイディアは一つも見つからなかった。さすがのスティーヴンも、セント・トーマス病院で裸にされて診察を受ける練習の合い間に、ジェイムズのためにすばらしいプランを考えてやる気をなくしていた。

トライデント機は十三時四十分にニースに到着した。ニースからはモナコまで列車でさらに二十分かかった。チームのメンバー四人は別々にカジノ広場にある優雅なオテル・ド・パリに入った。そして午後七時に二百十七号室に全員集合した。

「みんなそれぞれの部屋に入ったか？」

ほかの三人がうなずいた。「ここまでは予定どおりだ」と、ロビンがいった。「では、タイミングのおさらいをしよう。ジャン＝ピエール、きみは今晩カジノへ行って、バカラとブラックジャックの小手調べをやってくれ。カジノの雰囲気《ふんいき》に慣れると同時に、レイアウトを頭に叩きこんでおくように。とくにクレアモントとルールの違いがあったらそれをマスターする。それから英語は絶対に話さないように気をつけてくれ。なにか問題はありそうか？」

「ないよ、ロビン。すぐにも出かけてリハーサルを始めたいくらいだ」

「あんまり損しないでくれよ」と、スティーヴンがいった。

ひげとディナー・ジャケットでめかしこんだジャン＝ピエールが、にやりと笑って二百十七号室を出ると、エレベーターを避けて階段をおりた。そしてホテルから有名なカジノまでの短い距離を歩いて行った。

ロビンが続けた。

「ジェイムズ、きみはカジノから病院までタクシーに乗ってくれ。病院に着いたら、メーターを数分間まわし続けてからまたカジノへ戻る。ふつうタクシーは最短距離を走るものと思っていいが、念のために運転手に急用だというんだ。そうすれば急ぎのときにはタクシーがどの車線を走るかがわかる。カジノへ帰り着いたら、今度はカジノから病院まで歩いて往復してみてくれ。そうすれば本番のときにそれと同じようにやれる。そっちが頭に入ったら、つぎに病院とハーヴェイのヨットの間でも同じ手順を繰りかえしてくれ。ただしカジノに入っちゃいかんし、ヨットにもあまり近づくな、顔をおぼえられるとまずいからな」

「本番のときにぼくはカジノの内部を知っていなくていいのかい？」

「それはジャン＝ピエールにまかせておけばいい。スティーヴンはハーヴェイのそばをはなれられないから、ジャン＝ピエールが入口まできみを迎えに出る。白衣を着て担架を持っていれば、たぶん入場料の十二フランは払わなくていいと思うが、念のために用意しておいてくれ。散歩が済んだら自分の部屋に戻って、明日十一時の顔合せまで外に出ないようにしろ。スティーヴンとぼくは病院へ出かけて、ロンドンから電報で頼んだとおりにちゃんと手配されているかどうかを確認してくる。どこかでわれわれを見かけても無視するんだ」

ジェイムズが二百十七号室を出るころ、ジャン＝ピエールがカジノに着いた。

カジノはモナコの中心部にあって、海を見おろす美しい庭園に囲まれている。現在の建物にはいくつかの翼《ウイング》があって、その最も古いものはパリのオペラ座の設計者シャルル・ガルニエの設計になるものだった。一九一〇年につけくわえられたギャンブリング・ルームは、オペラやバレエを上演するガルニエ劇場と中庭で結ばれている。

ジャン＝ピエールは入口の大理石の階段をあがって十二フラン払った。ギャンブリング・ルームは広々としていて、世紀の変り目のヨーロッパの退廃と壮麗を如実《にょじつ》に示している。分厚い深紅の絨毯《じゅうたん》や、彫像や、絵や、タペストリーなどが建物に宮廷さながらの印象を与え、肖像画はいまだに人の住んでいる田舎の豪邸を思わせる。客はありとあらゆる人種からなり、アラブ人とユダヤ人が隣りあってルーレットに興じ、うちとけておしゃべりする光景は、カジノというよりは国連の会議を思わせる。ジャン＝ピエールは非現実的な富の世界で完全にくつろいでいた。ロビンは慧眼《けいがん》にも彼の性格を見抜いて、自信をもってこなせそうな役割を与えたのだった。

ジャン＝ピエールは三時間以上かかってカジノのレイアウト――ギャンブリング・ルーム、バーとレストラン、電話、入口と出口などを頭に叩《たた》きこんだ。やがて賭博《とばく》そのものに目を向けた。バカラは午後三時と十一時に二つの特別室《サロン・プリヴェ》でおこなわれるが、ジャン＝ピエールはカジノの広報部長ピエール・カタラーノの口から、ハーヴェイがどの特別室で遊ぶかを聞きだした。

ブラックジャックは毎日午前十一時からアメリカン・サロンでおこなわれる。ブラックジャックのテーブルは全部で三つあり、ジャン＝ピエールはやはりカタラーノの口から、ハーヴェイがいつも二番テーブルの三番シートに坐ることを聞きだした。クレアモントとゲームのルールが若干違う場合にそなえて、ブラックジャックとバカラを少しやってみた。クレアモントは今もフランス・ルールを採用しているので、実際には違いはまったくなかった。

ハーヴェイ・メトカーフは十一時ちょっとすぎに騒々しくカジノに乗りこんできて、バカラ・テーブルまで葉巻の灰の道しるべを残した。ジャン＝ピエールが目立たないようにバーから見張っているうちに、ヘッド・ディーラーがまずハーヴェイをうやうやしく予約席へ案内してから、アメリカン・サロンへ行ってブラックジャックの二番テーブルの椅子の一つに、

「予約席」と書かれた目立たない白いカードを置いた。ハーヴェイは明らかにここでは上顧客だった。ジャン＝ピエールと同じようにカジノの経営者も、ハーヴェイがどのゲームをやるかを知っていた。ジャン＝ピエールは十一時二十七分にそっとカジノを脱《ぬ》けだして、ホテルの部屋に戻り、翌朝十一時まで一歩も外に出なかった。電話もかけず、ルーム・サービスも頼まなかった。

ジェイムズのほうも順調だった。タクシーの運転手が掘出物だった。「急用」という一言を聞いたとたんに、彼のなかの虹をつかむ男《ウォルター・ミティ》が目をさましたらしく、まるでモンテ・カルロ・ラリーに参加しているかのように街なかをすっとばした。八分四十四秒で病院に着いたとき、ジェイムズは少し気分が悪くなって、患者受付で数分間休んでからまたタクシーに戻ったほどだった。

「カジノへ戻ってくれ、ただしもっとゆっくり頼むよ」

リュ・グリマルディを通ってカジノへ帰るまでの所要時間は十一分少々だったので、ジェイムズは約十分で走ることを目標にした。運転手に料金を払ってから、与えられた指示の第二部を実行した。

カジノから病院まで徒歩で往復するのに一時間ちょっとかかった。夜気が快く顔をなぶり、通りには生気にみちた人々が溢《あふ》れていた。モナコ公国にとっては観光が最大の収入源であり、モナコ国民は観光客の便宜を真剣に考えている。ジェイムズはかぞえきれないほどのカフェテラス式のレストランや、値段は高いが大して価値のない、買ってしまえば一週間で失《な》くしたり忘れられたりしてしまうみやげ物を山と積みあげたスーヴェニア・ショップの前を通りすぎた。騒々しい休暇旅行客の群れが歩道を散策し、各国語入り乱れたおしゃべりが、ジェイムズのアンに対する思いの無意味な伴奏を奏《かな》でた。カジノへ戻ると、今度はタクシーで港へ行って《メッセンジャー・ボーイ》の場所を確認し、もう一度病院へ戻った。それからまた同じルートを歩いて、ジャン＝ピエールと同じように、彼もまた最初の任務を完了して、十二時前に無事にホテルの部屋へ引きあげた。

ロビンとスティーヴンは、ホテルから病院まで歩いて四十分少々かかることを発見した。病院に着くと、ロビンが受付で管理責任者に面会を申しこんだ。

「夜間管理責任者がおります」と、糊《のり》のきいた白衣のフランス人看護婦がいった。「どちらさまにご用でしょうか？」

彼女の英語の発音がすばらしかったので、二人とも小さな間違いを笑うことは遠慮した。

「カリフォルニア大学のワイリー・バーカー博士です」

ロビンは、ニクソン大統領の主治医で世界的な外科の名医でもあるワイリー・バーカーが、目下オーストラリア各地をまわって主要大学で講演をおこなっていることを、フランス人の管理責任者が知らないことを祈った。

「こんばんは《ボン・ソワール》、バーカー博士。わたしはムッシュー・バルティーズです。当病院を《ヴォートル・ヴィジット・》ご訪問いただいて光栄です《フェ・グラン・トヌール・ア・ノートル・オンプル・オピタル》」

ロビンの習いおぼえたばかりのアメリカ訛《なま》りが、それ以上のフランス語による会話に終止符を打った。

「手術室のレイアウトをチェックさせていただいて」と、ロビンはいった。「これから五日間、午後十一時から午前四時まで借り切ってあることを確認したいのですが」

「おっしゃるとおりです、バーカー博士」相手はクリップボードを見ながら答えた。「手術室はつぎの廊下から入ったところです。わたしがご案内いたしましょう」

手術室は四人が練習を積んだセント・トーマス病院のそれとほぼ同じで、ゴムのスウィング・ドアで仕切られた二室からなっていた。メイン・ルームは設備が完備しており、ロビンが満足そうにうなずくのを見て、スティーヴンにも必要な器具は全部揃《そろ》っていることがわかった。この病院はベッド数こそ二百そこそこだが、手術室の水準は最高だった。金持の患者が多いと見える。

「麻酔医か看護婦のお手伝いは必要ですか、バーカー博士？」

「いや」と、ロビンが答えた。「麻酔医もスタッフもわたしのほうで用意しますが、開腹手術用の器具一式を毎晩用意していただきたい。ただし、少なくとも一時間前にはその旨《むね》連絡します」

「それなら充分間に合います。ほかになにか？」

「ええ、お願いしておいた特別車の件ですが。明日十二時にわたしの運転手に取りにこさせてもいいですかな？」

「結構ですとも、バーカー博士。病院の裏の小さな駐車場に用意しておきますから、キイは受付で受け取ってください」

「どこか手術後の看護に当る熟練した看護婦を世話してくれるところを知りませんか？」

「それならニース看護婦協会がいいでしょう――もちろん、料金はかなりのものですが」

「それはかまいません」と、ロビンは答えた。「そうそう、それで思いだしたが、費用の支払いはもう済んでいますか？」

「ええ。先週木曜日にカリフォルニアから七千ドルの小切手を受けとっております」

ロビンはいたって簡単なこの方法がすっかり気に入っていた。スティーヴンがハーヴァードの自分の取引銀行に依頼して、サンフランシスコのファースト・ナショナル・シティ・バンク発行の小切手を、モンテ・カルロの病院の会計宛《あ》てに送らせただけのことだった。

「いろいろお世話になりました、ムッシュー・バルティーズ。おかげで助かります。ところで、患者をいつここへ連れてこられるかまだわかりません。なにしろ本人が自分の病気を知らないものですから、説得するまでが一苦労なのです」

「わかってますよ、博士」

「最後にもう一つ、わたしがモンテ・カルロにいることをできるだけ秘密にしてもらえるとありがたいんですが。実は仕事と休暇を兼ねてきておりましてね」

「承知しました、バーカー博士。誓って秘密を守りますよ」

ロビンとスティーヴンはムッシュー・バルティーズと別れて、タクシーでホテルへ戻った。

「いつも少し恥ずかしい思いをするけど、われわれのフランス語べたにくらべて、フランス人は英語を上手に話すもんだね」と、スティーヴンがいった。

「それはきみたちいまいましいアメリカ人の責任だよ」と、ロビンがいった。

「いや、そんなことはないさ。もしフランスがアメリカを征服していたら、きみだってフランス語を上手に話していただろう。こうなったのはピルグリム・ファザーズの責任だよ」

ロビンは笑った。二人は話を盗み聞きされるのをおそれて、それっきり二百十七号室に入るまで口をきかなかった。スティーヴンはロビンの計画の実行に伴う危険と責任を軽くは見ていなかった。


ハーヴェイ・メトカーフは自家用ヨットのデッキで日光浴をしながら朝刊を読んでいた。腹立たしいことに、《ニース・マタン》はフランス語新聞だった。彼は辞書の助けをかりて苦心惨憺《くしんさんたん》しながら、自分が招待されてしかるべき社交行事はないかと紙面を読み進んだ。ゆうべは遅くまでギャンブルを楽しみ、今日は肉づきのよい背中を太陽で灼《や》いて楽しんでいるところだった。金で買えるものなら、百八十センチ、七十七キロの体格と、たっぷり毛のはえた頭がほしいところだが、現実にはいくら陽灼《ひや》けどめオイルを使っても禿頭《はげあたま》の陽灼けを防ぐことはできなかったので、仕方なく「アイ・アム・セクシー」と書いた白い帽子をかぶっていた。この格好をミス・フィッシュに見られたら……

十一時にハーヴェイが寝返りを打って、太鼓腹を太陽にさらすころ、ジェイムズがほかの三人の待っている二百十七号室に姿を現わした。

ジャン＝ピエールがカジノ内部のレイアウトとハーヴェイ・メトカーフの行動パターンを報告した。ジェイムズは昨夜のテストの結果をみんなに報告して、十一分たらずでその距離を走れるだろうと保証した。

「完璧《かんぺき》だ」と、ロビンがいった。「スティーヴンとぼくは病院からホテルまでタクシーで十五分かかった。カジノでいよいよ始まる《バルーン・ゴーズ・アップ》というときにジャン＝ピエールが連絡をくれれば、きみたちが到着する前にすべての準備を整えておく時間はたっぷりある」

「気球があがっちゃ困るよ、さがるんならいいが《アイ・ドウ・ホープ・ザ・バルーン・ウイル・ビー・ゴーイング・ダウン、ノット・アップ》（訳注　when the balloon goes up—気球があがるとき—という表現には、恐れていた大変なことが起きるという意味もある）」と、ジャン＝ピエールがいった。

「明日の晩から電話一本で派出看護婦が駆けつけることになっている。病院には必要な設備がすべて揃っている。病院の玄関から手術室まで担架をかつぎこむのに約二分かかるから、ジェイムズが駐車場を出発してから、少なくとも十六分間はぼくの準備の時間があるはずだ。ジェイムズ、きみは今日十二時に病院の駐車場から救急車を借りられる。キイはバーカー博士の名前で受付に預けてある。テスト走行は二度だけだ。それ以上やると目立ちすぎる。それから後ろにこの包みを積んでおいてくれないか？」

「なんだい、それは？」

「白衣が三着とスティーヴンの聴診器だ。それからついでに、担架を簡単に拡《ひろ》げられるかどうかチェックしておくほうがいいぞ。二度のテスト走行が終ったら、救急車を駐車場に返して午後十一時まで部屋にいてくれ。十一時から午前四時までは、ジャン＝ピエールから『戦闘配置につけ』か『警報解除』の連絡があるまで、駐車場で待機してもらわなきゃならん。それから全員無線機用の新しいバッテリーを買っておいてくれ。十ペンスのバッテリーをケチって、計画をぶちこわしたくないからね。ジャン＝ピエール、きみは夜まで大してすることがない。ゆっくり休んでてもらおう。部屋に面白い本でもあるといいが」

「プリンセス・シネマへフランソワ・トリュフォーの『アメリカの夜』を見に行っちゃだめかな？　ぼくはジャクリーン・ビセットの大ファンなんだよ。フランス万歳！」

「おいおい、ジャン＝ピエール、ミス・ビセットはイギリスのレディング出身だぜ」と、ジェイムズがいった。

「そんなことはどうでもいい。やっぱり彼女を見たいよ」

「フランス人てやつは、女に目がないからな」と、ジェイムズがからかった。

「いいじゃないか」と、ロビンがいった。「ハーヴェイはスーパーなしの高級なフランス映画なんか見に行くわけがない。行って楽しんでこいよ、ジャン＝ピエール。そのかわり今夜はしっかりやってくれ」

ジャン＝ピエールは三人を二百十七号室に残して、入ってきたときと同じように静かに自分の部屋へ引きあげた。

「さて、ジェイムズ、もういつでもテスト走行にかかっていいぞ。ただ今夜はばっちり目をあけておいてくれよ」

「よしきた。病院の受付へ行ってキイを受けとってくる。途中で本物の急患に止められなければいいが」

「さて、スティーヴン、もう一度おさらいをしよう。この計画がうまくいかなかったら、単に金を損するだけじゃ済まないからね。最初からやってみよう。麻酔用の笑気が五リットル以下になったらどうする……」

「戦闘配置チェック、配置チェック——メトカーフ作戦。こちらジャン＝ピエール。今カジノの階段の上だ。聞えるか、ジェイムズ？」

「聞える。ぼくは病院の駐車場だ。交信終り」

「こちらロビン。二百十七号室のバルコニーだ。スティーヴンはきみと一緒か、ジャン＝ピエール？」

「そうだ。バーで一人で飲んでいる」

「幸運を祈る。交信終り」

ジャン＝ピエールは午後七時から十一時まで一時間おきに配置チェックをおこなって、ロビンとジェイムズにハーヴェイがまだ現われないと報告した。

やがて十一時十六分にようやく姿を現わしたハーヴェイが、バカラ・テーブルの予約席に坐《すわ》った。スティーヴンはトマト・ジュースを飲むのをやめ、ジャン＝ピエールはバカラ・テーブルに近づいて、ハーヴェイの両隣りの客のどちらかが席を立つのを辛抱強く待った。一時間たった。ハーヴェイは少し負けていたが、勝負をやめなかった。右隣りの背の高い痩《や》せたアメリカ人も、左隣りのフランス人も同様だった。さらに一時間たったが動きはなかった。やがて、メトカーフの左のフランス人が急にひどく負けがこみだし、残り少ないチップをかき集めて席を立った。ジャン＝ピエールがその空席に近づいた。

「まことに相済みませんが、そこは予約席でございます」と、ディーラーがいった。「よろしかったらテーブルの反対側へどうぞ」

「いや、いいんだ」ジャン＝ピエールは顔をおぼえられたくなかったので、モナコ人が金持に対して示すうやうやしい態度をいまいましく思いながら引きさがった。スティーヴンがバーからこの成行きを見てとって、今夜は引きあげようとひそかに合図を送った。全員が午前二時少しすぎにホテルの二百十七号室に戻った。

「まったくばかなミスをやらかしたもんだ。くそっ《メルド》、くそっ《メルド》、くそっ《メルド》！　ハーヴェイが席を予約していることを知ったときに、当然予約のことを考えるべきだったよ」

「いや、ぼくの責任だ。ぼくはカジノの仕組みを知らなかった。リハーサルの間にそのことを調べておくべきだったよ」と、ロビンがはやしたての口ひげを撫《な》でながらいった。

「だれの責任でもないさ」と、スティーヴンが割って入った。「まだ三晩あるからあわてることはない。席の問題をどうにかして解決しなきゃならないが、とにかく今は少し眠って、明朝十時にまたこの部屋で集まることにしよう」

彼らはいささか落胆して部屋を出た。ロビンはホテルで四時間もじりじりしながら待ったし、ジェイムズは病院の駐車場で寒さと所在なさに悩まされ、スティーヴンはトマト・ジュースが鼻につき、ジャン゠ピエールはバカラ・テーブルのそばに立ちどおしで席があくのを待ったのに、そこは予約席だと断わられたのだった。

ハーヴェイは今日も日光を浴びて横たわっていた。肌《はだ》はいくぶんピンク色に染まり、週の終りにはもっとこんがり灼きたいと思っていた。《ニューヨーク・タイムズ》によれば、金は依然としてあがり続けており、ドイツ・マルクとスイス・フランは安定していたが、ドルはポンドを除くすべての通貨に対して後退しつつあるようだった。ポンドは二ドル四十二セントだった。実勢はおそらく一ドル八十セントが妥当なところで、一刻も早くそこまでさがることが望ましい、とハーヴェイは思った。そこまでさがるのは早ければ早いほどいい。

めぼしいことはなにもない、と思ったとき、フランスの電話のけたたましいベルが彼を驚かせた。外国の電話にはいつまでたってもなじめなかった。いんぎんなスチュワードが内線コードのついた電話機を持って、あたふたとデッキに駆けあがってきた。

「やあ、ロイド。あんたがモンテにいるとは知らなかったよ――一緒にどうかね？――午後八時でどうだ？――わしもだよ――今日光浴の最中だが――きっと年だな――なんだって――よかろう、じゃ、あとでな」

ハーヴェイは受話器をおいて、スチュワードに大量のウィスキー・オン・ザ・ロックを命じた。それからふたたび満足そうに新聞の経済欄の悪いニュースに目を向けた。

「それしかないようだな」と、スティーヴンがいった。ほかの三人はうなずいて同意した。

「ジャン＝ピエールはバカラ・テーブルを諦《あきら》めて、アメリカン・サロンのブラックジャック・テーブルにハーヴェイ・メトカーフの隣の席を予約する。そして彼がバカラからブラックジャックに移るのを待つ。ハーヴェイのシート・ナンバーはわかっているから、それに従って計画変更だ」

ジャン＝ピエールがカジノの番号をまわして、ピエール・カタラーノを呼びだした。

「ブラックジャックの二番テーブルの二番シートを、今晩と明日の晩九時から予約したいん《レゼルヴェ・モワ・ラ・ドウジエーム・プラス・スユル・ラ・ターブル・ドウー・プール・ル・ヴァン・テ・アン・ス・ソワール・エ・ドウマン・ソワール、シ・ル・ヴ》だが」《ー・プレ》

「その席はたぶん予約済みだと思います、《ジュ・パンス・ク・セット・プラス・エ・デジャ・レゼルヴェ》ムッシュー。ちょっとお待ちください、《アン・ナンスタン、シ・ル・ヴー・プレ》今確かめ《ジュ・》てみますから」《ヴェ・ヴェリフィエ》

「百フランでなんとかなるんじゃないかね」《プテートル・ク・サン・フラン・ラ・ランドラ・リーブル》と、ジャン＝ピエールがいった。

「もちろんですとも、《メ・セルテーヌマン》ムッシュー。お着きになったらすぐにわたしに声をかけてください、《プレザンテ・ヴー・ア・モワ・デ・ヴォートル・アリヴェ》お望みどおりにいたしますから」《エ・ル・ネセセール・スラ・フェ》

「ありがとう」《メルシ》ジャン＝ピエールは電話を切った。「話はついたよ」

彼はびっしょり汗をかいていた。もっとも電話で予約席を確保しただけだったとしたら、一滴も汗などかかなかっただろう。問題はその先だった。四人はそれぞれの部屋へ引きあげた。

広場の時計が十二時を打つころ、ロビンは二百十七号室で静かに連絡を待ち、ジェイムズは駐車場に立って『あなたなしでも生きられる』を口ずさみ、スティーヴンはアメリカン・サロンのバーでまたトマト・ジュースをもてあそび、ジャン＝ピエールは二番テーブルの二番シートでブラックジャックをやっていた。スティーヴンとジャン＝ピエールは、ハーヴェイが一人の男とおしゃべりしながら入ってくるのに気がついた。連れの男は、テキサス男でもなければ自宅の裏庭以外では恥ずかしくて着られたものではない、派手なチェックの上衣《うわぎ》を着ていた。ジャン＝ピエールは急いでバーへ退却した。

「だめだ！　ぼくはおりるよ」

「いや、おりやしない」と、スティーヴンが小声でいった。「いったんホテルへ帰るだけだ」

全員が二百十七号室に集まったとき、士気はひどく低下していたが、スティーヴンの決断が正しかったという点では意見が一致した。作戦をハーヴェイの友人に逐一目撃されるという危険は冒せなかった。

「こうなると最初の作戦があんなにうまくいったことが嘘《うそ》みたいだ」と、ロビンがいった。「ばかな」と、スティーヴン。「われわれは二度も空振りをし、どたん場で作戦全体を変更しなければならなかった。彼がのこのこやってきて、金を返してくれることは期待できない。

さあ、みんな気を取りなおして、一眠りしよう」

それぞれ部屋に引きあげたが、あまりよく眠れなかった。重圧がこたえはじめていた。

「もういいだろう、ロイド。今夜はまあまあだったな」

「あんたはそうだろうよ、ハーヴェイ、しかしおれは違う。あんたは生れながらの勝者だからな」

ハーヴェイはチェックの上衣の肩を鷹揚《おうよう》に叩《たた》いた。自分の成功以上に彼を喜ばせるものがあるとしたら、それは他人の失敗だった。

「今夜わしのヨットに泊るかね、ロイド？」

「いや。おれはニースへ帰らなきゃならない。明日パリで昼飯の約束があってね。近いうちまた会おう、ハーヴェイ——元気でな」彼はふざけてハーヴェイの脇腹《わきばら》にパンチを見舞った。

「りっぱな太鼓腹だな」

「おやすみ、ロイド」ハーヴェイは少しむっとして答えた。

つぎの晩ジャン＝ピエールは午後十一時までカジノに姿を見せなかった。ハーヴェイ・メトカーフはすでにロイド抜きでバカラ・テーブルに坐っていた。スティーヴンがバーでこわい顔をしているのを見て、ジャン＝ピエールは目顔で詫《わ》びてからブラックジャック・テーブルに坐った。まずできるだけ負けを少なくし、しかもしみったれた賭《か》け方を目立たせないように努めながら、小手調べを数回やった。とつぜんハーヴェイがバカラ・テーブルを立って、興味よりもひやかし半分で途中のルーレット・テーブルをちらと見ながら、アメリカン・サロンのほうにやってきた。彼は純粋に偶然に左右されるゲームが嫌《きら》いで、バカラとブラックジャックこそ技術のゲームであると考えていた。彼は二番テーブルの、ジャン＝ピエールの左隣りの三番シートに坐った。ふたたびアドレナリンがジャン＝ピエールの体内を駆けめぐり、脈搏《みやくはく》が百二十にあがった。スティーヴンはジェイムズとロビンに、ハーヴェイがジャン＝ピエールの隣に坐ったことを報告するために、数分間カジノをはなれた。それからまたバーに戻って成行きを見守った。

ブラックジャック・テーブルには七人の客がいた。一番ボックスはダイヤモンドで窒息しそうな中年婦人で、夫がルーレットかバカラをやっている間の暇つぶしと見えた。二番はジャン＝ピエール。三番がハーヴェイ。四番は莫大《ばくだい》な不労所得を持つ者に特有の厭世的《えんせいてき》気分を漂わせた遊蕩児《ゆうとうじ》らしい青年。五番は盛装のアラブ人。六番は魅力的でなくもない女優、これはジャン＝ピエールの見るところ、明らかに五番ボックスのアラブ人の連れだった。そして七番はディナー・ジャケットを着た姿勢のよい初老の貴族的なフランス人だった。

「ブラック・コーヒーをたっぷりくれ」と、ハーヴェイがスマートな茶色のジャケットを着た痩せ型のウェイターに命じた。

モンテ・カルロではギャンブリング・テーブルで強い酒を売ることも、女性が客にサービスすることも禁じられている。ラス・ヴェガスとは対照的に、カジノの商売はギャンブルであって、酒や女ではないのだ。ハーヴェイも若いころはラス・ヴェガスで楽しんだものだが、年をとるにつれてフランス人のソフィスティケーションがお気に召すようになった。モナコのカジノのフォーマルな雰囲気と上品さのほうが肌に合うようになったのである。二番テーブルでディナー・ジャケットを着ているのは彼とフランス人とジャン＝ピエールだけだったが、ここではカジュアルという言葉で表現されるどんな服装も、経営者側に眉《まゆ》をひそめられるのがふつうだった。

間もなく大きな金色のカップに入った湯気のたつホット・コーヒーがハーヴェイに届けられた。ジャン＝ピエールが緊張してコーヒー・カップを眺《なが》める間に、ハーヴェイが最低限度額であるジャン＝ピエールの三フラン・チップの隣に最高限度額の百フランを置いた。年のころせいぜい三十どまりの長身の青年で、一時間に百回の勝負をこなせることが自慢のディーラーが、シューのなかから器用にカードを滑らせてよこした。ジャン＝ピエールのカードはキング、ハーヴェイは4、ハーヴェイの左隣りの青年は5、ディーラーは6だった。ジャン＝ピエールの二枚目のカードは7。彼はステイした。ハーヴェイは10で、やはりステイした。ハーヴェイの左の青年も10を引いて、ディーラーにもう一枚要求した。三枚目は8――バスト。

ハーヴェイは何事によらずアマチュアというやつを軽蔑《けいべつ》していたし、ましてやディーラーのさらしたカードが3、4、5、6のとき、12以上の数字を持っていたら三枚目のカードを引かないことぐらい、ばかでも知っている。彼はちょっと顔をしかめた。ディーラーは10と

6を引いた。ハーヴェイとジャン＝ピエールは勝った。ジャン＝ピエールはほかの連中の運命を無視した。

つぎのラウンドは勝目がなかった。ジャン＝ピエールは9が二枚の18だったが、ディーラーがエースだったのでスプリットしなかった。ハーヴェイは8とジャックの18でステイし、左隣りの青年はまたバストした。親はクイーンを引いた——「ブラックジャック」、親の総取りだった。

つぎはジャン＝ピエールが3、ハーヴェイが7、青年が10だった。ディーラーは7。ジャン＝ピエールは8を引いて、賭金を二倍の六フランにふやし、三枚目に10を引いた——21。ジャン＝ピエールは目ばたきもしなかった。われながらうまくやっていると思った。人目を惹《ひ》くような賭け方は禁物だった。事実ハーヴェイは彼のことなど眼中になかった。彼の注意はもっぱら一勝負ごとにカジノに献金したくてたまらないらしい左隣りの青年に向けられていた。ディーラーは続けてハーヴェイには10を、青年には8を配り、二人ともステイするほかなかった。ディーラーは10を引いて17になった。ハーヴェイとは分け、ジャン＝ピエールと青年には負けだった。

シューのなかのカードがなくなった。ディーラーは四パック分のカードをみごとな手さばきでシャッフルしなおし、ハーヴェイにカットさせてからシューに入れた。ふたたびカードが配られた。ジャン＝ピエールには10、ハーヴェイには5、青年には6、そしてディーラー自身は4だった。ジャン＝ピエールは二枚目に8を引いた。数字の出かたは順調だった。ハーヴェイは10を引いて15でステイした。青年は10を引いてもう一枚要求した。ハーヴェイは目を疑い、前歯の隙間《すきま》から口笛を吹いた。案の定つぎのカードはキングで、青年はバストした。ディーラーはジャックと8を引いて22になったが、青年はいっこうに教訓が身にしみていなかった。ハーヴェイはあきれ顔で彼を見た。一パック五十二枚のカードのうち、十六枚までが額面10のカードだということに、この若僧はいつになったら気がつくのだろうか？

ハーヴェイの気が散ったときが、ジャン＝ピエールの待ちに待ったチャンスだった。ポケットに片手を滑りこませて、ロビンから渡されたプロスティグミンの錠剤を左手の掌《てのひら》に握りしめた。それからくしゃみを一つして、何度も練習したとおり右手で胸ポケットからハンカチを引っぱりだした。同時にすばやく、目立たないように、錠剤をハーヴェイのコーヒーのなかに落した。ロビンのいうことが正しければ、一時間後に効果があらわれるはずだった。まずハーヴェイはちょっと気分が悪くなり、やがて痛みが急激に耐えがたいほど激しくなって、苦痛のあまり倒れてしまうだろう。

ジャン＝ピエールはバーのほうを向いて右手の拳《こぶし》を三度握りしめ、その手をポケットにしまった。スティーヴンがすかさず外に出て、プロスティグミンがハーヴェイのコーヒーに入れられたことを、カジノの階段からロビンとジェイムズに連絡した。今度はロビンが重圧に耐える番だった。まず病院に電話をかけて、当直の看護婦に手術室の準備をしておくように頼んだ。つぎに看護婦協会に電話して、前もって頼んである看護婦を、きっかり九十分後に病院の受付で待たせておく手はずをととのえた。それが済むと、ふたたび腰をおろして、そわそわしながらカジノからのつぎの連絡を待った。

　スティーヴンはバーに戻った。ハーヴェイは気分が悪くなりかけていたが、まだ帰る気はなかった。痛みがだんだんひどくなってゆくにもかかわらず、欲の皮をつっぱらせて頑張《がんば》っていた。カップに残ったコーヒーを飲みほして、もう一杯飲めば頭がすっきりするかもしれないと思いながらおかわりを注文した。だが効き目はなく、ますます気分が悪くなっていった。エースとキング、7と4と10、二枚続きのクイーンといったすばらしい手が、かろうじて彼をテーブルに引きとめていた。ジャン＝ピエールは時計をのぞきたい衝動を抑えつけるのに苦労した。ディーラーはジャン＝ピエールに7、ハーヴェイにはまたしてもエース、青年に2を配った。とつぜん、ほぼ正確に予定どおりの時間に、ハーヴェイはもはや苦痛に耐えられなくなった。彼は立ちあがってテーブルをはなれようとした。

「賭けは始まってますよ《ル・ジュ・ア・コマンセ》、ムッシュー」と、ディーラーが切口上でいった。

「勝手にしろ」ハーヴェイはそう答えるなり、苦しそうに腹をおさえて床に倒れた。ジャン＝ピエールはディーラーやギャンブラーたちが右往左往する間、じっと動かずに坐《すわ》っていた。スティーヴンがハーヴェイのまわりにできた人垣《ひとがき》をかきわけて前に進んだ。

「さがってください。わたしは医者です」

　弥次馬《やじうま》は医者と聞いて安心し、すばやくうしろにさがった。

「どうしたんだろう、先生？」今や世の終りが近づきつつあることを知ったハーヴェイが、あえぎながら質問した。

「まだわかりません」と、スティーヴンは答えた。ロビンから、倒れてから意識を失うまではせいぜい十分しかないから、すばやく仕事にかからなければならないと注意されていた。彼はハーヴェイのネクタイをゆるめて脈をとった。それからワイシャツの前をはだけて腹部の触診をはじめた。

「おなかが痛みますか？」

「うん」ハーヴェイは唸《うな》った。

「急に痛くなったんですか？」

「そうだ」

「どんな痛みかいってください。刺すような痛みか、焼けるような痛みか、それともしめつけられるような痛みですか？」

「しめつけられるようだ」

「どこがいちばん痛いですか？」

ハーヴェイは腹の右側を手でさわった。スティーヴンが第九肋骨《ろっこつ》の先端を強く押すと、ハーヴェイは苦痛の叫びを発した。

「ああ、明白なマーフィ症状です。おそらく急性胆囊炎《たんのうえん》で、胆囊に石があるんでしょう」彼は巨大な太鼓腹の触診を続けた。「胆囊から出た石が胆管を通って腸に出かかっており、その圧迫が激痛を惹きおこしているのです。すぐに胆囊と石を取り除く必要があります。病院に緊急手術のできる医者がいるといいんですがね」

それをきっかけに、ジャン＝ピエールが口を出した。

「わたしのホテルにワイリー・バーカー博士が泊っていますよ」

「ワイリー・バーカー、あのアメリカの外科医の？」

「そうそう」ジャン＝ピエールが答えた。「例のニクソンの主治医ですよ」

「やれやれ、そいつは運がいい。これ以上の医者は望めません、しかしあの方は高いですよ」

「金はいくらかかってもかまわん」と、ハーヴェイが泣き声を出した。

「しかし、五万ドルは取られますよ」

「十万ドルでもかまわん」と、ハーヴェイが金切声をあげた。今なら喜んで全財産を投げだすだろう。

「よろしい」と、スティーヴンは答えた。それからジャン＝ピエールに向って、「あなた、救急車を呼んで、それからバーカー博士にすぐ病院へきてもらえるかどうかきいていただけませんか。緊急事態だといってください。この方は最高の外科医を望んでいるのです」

「そのとおりだ」というなり、ハーヴェイは意識を失った。

ジャン＝ピエールはカジノを出て無線で連絡した。

「戦闘配置につけ！——戦闘配置につけ！」

ロビンはオテル・ド・パリを出てタクシーに乗った。今タクシーの運転手と立場を入れかわれるなら、十万ドルやっても惜しくない心境だったが、タクシーは情容赦なく病院に近づきつつあった。もう後戻りしようにも遅かった。

ジェイムズは救急車のギアをローに入れて、サイレンを鳴らしながらカジノへ急いだ。彼のほうがロビンより恵まれていた。運転に気をとられて今自分がしていることの結果を考える暇がなかったからである。

彼は十一分四十一秒後にカジノに到着し、運転席からとびだして後ろのドアをあけると、白衣姿で担架を持ってカジノの階段を駆けあがった。ジャン＝ピエールが階段の上で待っていた。アメリカン・サロンへジェイムズを案内するまで、たがいに一言も交わさなかった。そこではスティーヴンがハーヴェイの上にかがみこんでいた。担架が床に置かれた。ハーヴェイ・メトカーフの百キロあまりの巨体を担架に移すのは三人がかりの仕事だった。スティーヴンとジェイムズが担架を持ちあげて救急車まで運び、ジャン＝ピエールがあとに続いた。

「わたしのボスをどこへ連れて行くんですか？」という声がした。

三人はぎょっとして振り向いた。声の主は白いロールス＝ロイスのそばに立っているハーヴェイの運転手だった。一瞬ためらったあとで、ジャン＝ピエールが答えた。

「ミスター・メトカーフは急病で倒れた、すぐに病院へ運んで手術しなければならない。きみは急いでヨットに戻り、キャビンを用意してつぎの指示を待つように、乗組員に伝えておいてくれ」

運転手は帽子の庇《ひさし》に手を当てて、ロールス＝ロイスのほうへ走った。ジェイムズが救急車の運転席にとびのり、スティーヴンとジャン＝ピエールはハーヴェイに付添って後部に乗りこんだ。

「やれやれ、危ないところだった。上出来だったよ、ジャン＝ピエール。ぼくは口もきけなかった」と、スティーヴンが白状した。

「なあに、どうってことないさ」ジャン＝ピエールは顔に汗をだらだら流しながら答えた。

救急車は火傷《やけど》をした猫《ねこ》みたいに猛然と走りだした。スティーヴンもジャン＝ピエールも上衣《うわぎ》を脱いでシートに用意してあった白衣に着替え、スティーヴンが首に聴診器をかけた。

「まるで死んでるみたいだ」と、ジャン＝ピエールがいった。

「ロビンは死にゃしないといってたよ」と、スティーヴン。

「四マイルもはなれていて、どうしてわかるんだ？」

「知らないね。彼の言葉を信じるよりほかないじゃないか」

ジェイムズは病院の玄関の前でタイヤを軋《きし》らせて停《とま》った。スティーヴンとジャン＝ピエールが大急ぎで患者を手術室に運びこんだ。ジェイムズは救急車を病院の駐車場に戻してから、急いで手術室に駆けつけた。

消毒を済ませて手術衣を着たロビンが戸口で彼らを迎えた。手術室の隣の小部屋の手術台にハーヴェイの体を縛りつけながら、ロビンがはじめて口をきいた。

「みんな着替えてくれ。それからジャン＝ピエール、きみは指示どおりに消毒を頼む」

三人は着替えをし、ジャン＝ピエールはすぐに消毒にとりかかった――たっぷり時間をかけた、念入りな消毒で、ロビンからそのプロセスで手を抜いてはならないと厳重に教えられていた。手術後に敗血症を惹きおこしたりしてはまずいからである。ジャン＝ピエールは万全の用意をして消毒室から出てきた。

「みんな落ちついて。すでに九回も予行演習をやっている。要するにセント・トーマスにいるつもりでやってくれればいいんだ」

スティーヴンは移動ボイル式麻酔装置の後ろにまわった。彼は四週間かかって麻酔医としての訓練を受け、ジェイムズといやがるジャン＝ピエールを実験台にして、セント・トーマス病院で二度ずつ彼らを眠らせていた。いよいよこの新しく体得した技術をハーヴェイ・メトカーフに試すチャンスだった。

ロビンはプラスチックのケースから注射器を取りだして、チオペントン二百五十ミリをハーヴェイの腕に注射した。患者は深い眠りの底に沈んだ。ジェイムズとジャン＝ピエールがすばやく手際《てぎわ》よく衣類を剝《は》ぎとって、裸体をシーツでおおった。スティーヴンが麻酔装置のマスクをメトカーフの鼻にかぶせた。機械の裏側にある二つの流速計が五リットルの笑気と三リットルの酸素を示していた。

「脈を測ってくれ」と、ロビンがいった。

スティーヴンは耳の前方、耳朶《じだ》のすぐ上のところに人差指を当てて、耳介前方の脈を測った。脈搏《みゃくはく》は七十だった。

「手術室に運びこんでくれ」と、ロビンが指示した。

ジェイムズが車つきの手術台を隣の部屋へ押して行って、手術用ライトの真下に止めた。スティーヴンがその後ろから麻酔装置を押して行った。

手術室は窓がなくて冷えびえしていた。真白いタイルが四方の壁を床から天井までおおいつくし、一回の手術に必要なもののほかはなにもなかった。ジャン＝ピエールはハーヴェイをグリーンの無菌シートでおおい、頭部と左腕だけを露出させていた。殺菌した手術器具、ガーゼ、タオルなどをのせたトロリーが、手術室看護婦によって準備され、無菌シートにおおわれていた。ロビンが静注液の壜《びん》とチューブを、手術台の頭のほうのスタンドにとりつけ、チューブの先端をハーヴェイの左腕に貼《は》りつけて準備を完了した。スティーヴンはボイル式麻酔装置と一緒に手術台の頭のほうに坐って、ハーヴェイの口と鼻をおおったマスクの位置を調整した。ハーヴェイの真上にある三個の大きな手術用ライトのうち、一個だけが点燈《てんとう》され、突きでた太鼓腹にスポットライトを投げかけていた。

八つの眼《め》が犠牲《いけにえ》を見おろした。ロビンが続けた。

「ぼくの指示はリハーサルのときとまったく同じだが、聞きちがえないように注意してくれ。まずヨードチンキで腹部を消毒する」

ロビンはハーヴェイの足もとに必要なものをすべて用意させていた。ジェイムズがシートをめくってハーヴェイの脚の上に折りたたみ、つぎにトロリーをおおっている無菌シートを慎重に取りのけて、小さな円形容器にヨードチンキを注いだ。ロビンがピンセットで脱脂綿をつまんでヨードチンキに浸し、すばやく腹の上を上下に往復させて、一フィート四方の範囲を消毒した。その脱脂綿をごみいれに捨てて、新しい脱脂綿でもう一度同じ手順を繰りかえした。つぎにハーヴェイの顎《あご》の下に無菌タオルを当てて胸をおおい、もう一枚で腰から太《ふと》腿《もも》をおおった。さらに腹の左右も一枚ずつのタオルで縦におおって、九インチ四方のしまりのない腹だけを露出させた。そして四隅《すみ》をタオル・クリップで固定してから、その上を開腹手術用ガーゼでおおった。これで準備完了だった。

「メス」

ジャン＝ピエールがさしだされたロビンの掌に、自分ならナイフと呼びそうな器具を、リレー競技のバトン・タッチの要領でしっかり握らせた。ジェイムズが手術台ごしに心配そうにジャン＝ピエールと目を見あわせ、スティーヴンがハーヴェイの呼吸に全神経を集中する間に、ロビンは脂肪層に深さ三センチ、長さ十センチの側正中切開をおこなった。これほどみごとな太鼓腹にお目にかかったことはめったになく、おそらく八センチの深さまでメスを入れても筋肉に達することはあるまいと思われた。いたるところから血が流れだすのを、ロビンは透熱療法《ジアテルミー》で止血した。切開と止血が終るやいなや、彼は傷口を三号の腸線による断続縫合で十針縫った。

「これは一週間以内に溶けてなくなってしまう」と、彼は説明した。

つぎに非外傷性の針を使って、二号の絹糸による断続縫合で皮膚を閉じた。それから傷口を消毒し、こびりついた血を拭《ふ》き取った。そして最後に接着包帯で傷口をおおった。

ジェイムズがガーゼと無菌タオルを取り除いてごみいれに投げこむ間に、ロビンとジャン＝ピエールがメトカーフに病院のガウンを着せて、彼の衣類を注意深くグレーのプラスチックのバッグに詰めた。

「目をさましかけている」と、スティーヴンがいった。

ロビンが別の注射器をとってディアゼパン十ミリを注射した。

「これで少なくともあと三十分は眠り続けるだろう」と、彼はいった。「いずれにしろ約三時間はもうろうとしていて、なにがあったかよく思いだせないはずだ。ジェイムズ、すぐに救急車を取りに行って、病院の玄関につけてくれ」

ジェイムズは手術室を出ると、自分の服に着替えた。今ではわずか九十秒でやってのけられるほど、このプロセスに習熟していた。そして駐車場のほうへ姿を消した。

「さあ、きみたちも着替えして、ハーヴェイを注意深く救急車に乗せてくれ。それからジャン＝ピエール、きみは彼と一緒に後ろに乗りこんで待つのだ。スティーヴン、きみはつぎの仕事にかかってくれ」

スティーヴンとジャン＝ピエールは手早く自分の服に着替え、その上にふたたび白衣をまとって、眠り続けるハーヴェイを静かに救急車まで押して行った。患者を救急車に乗せると、スティーヴンが病院の玄関脇《げんかんわき》の公衆電話に駆け寄り、紙入れの紙きれを見てダイヤルをまわした。

「もしもし、《ニース・マタン》？　わたしは《ニューヨーク・タイムズ》のテリー・ロバーズ。今休暇で当地にきているんだが、耳よりなニュースを……」

ロビンは手術室に戻って、使い終った手術器具のトロリーを滅菌室へ押して行った。そこへ置いておけば、明朝病院の手術室のスタッフが片づけてくれるだろう。彼はハーヴェイの衣類が入ったプラスチックのバッグを取りあげ、更衣室に入って、すばやく手術衣、キャップ、マスクを脱ぐと、自分の服に着替えた。それから手術室の係の看護婦のところへ行って、愛想よくほほえみかけた。

「おかげで無事に終りましたよ、シスター。手術器具は滅菌室に運んでおきました。ムッシュー・バルティーズにくれぐれもよろしく」

「ウィ、ムッシュー。こちらこそ《ノートル・プレジール》。お役に立てて光栄です《ジュ・スイ・ウールーズ・デートル・ア・メーム・ド・ヴー・ゼデ》。看護婦協会の派出《ヴォートル・アンフィルミエール・ド・》看護婦がきてますわ《ロクシリエール・メディカル・エ・タリヴェ》」

間もなくロビンは派出看護婦を伴って救急車に歩みより、彼女に手を貸して後部に乗せた。

「港まで充分注意してゆっくりやってくれ」

ジェイムズはうなずいて葬儀車のようなスピードで走りだした。

「フォベール看護婦」

「はい、バーカー先生」彼女の両手はブルーのケープの下にきちんとしまいこまれ、フランス語訛《なま》りが魅力的だった。ハーヴェイもこんな美人の看護ならまんざらでもないだろう、とロビンは思った。

「わたしの患者はたった今胆石の摘出手術をおえたところで、充分な休養が必要だ」

ロビンはそういいながら、オレンジ大の胆石をポケットから取りだして見せた。「ハーヴェイ・メトカーフ」と書かれた病院の札がついていたが、実はロビンがセント・トーマス病院で手に入れたもので、ロンドンの第十四番路線に乗務する六フィート六インチの西インド人のバスの車掌の腹から出た石だった。スティーヴンとジャン＝ピエールはその石を見て目を丸くした。看護婦は新しい患者の脈搏と呼吸をチェックした。

「フォベール看護婦」と、ジャン＝ピエールがいった。「ぼくがあんたの患者だったら、いつまでも回復しないように気をつけるね」

港のヨットに到着するころ、ロビンは看護婦に食事と休養に関する注意を与え、明朝十一時ごろまたようすを見にくると告げていた。やがて広々としたキャビンでぐっすり眠り続けるハーヴェイと、心配そうに見守る乗組員を残して、彼らは船からおりた。

ジェイムズは三人を病院まで連れて帰り、救急車を駐車場に、キイを受付に返した。それから四人は別々の道を通ってホテルに戻った。ロビンが午前三時三十分を少しまわったころ、いちばん最後に二百十七号室に戻ってきた。そして肘掛椅子《ひじかけいす》に倒れこんだ。

「ウィスキーを一杯もらっていいかい、スティーヴン？」

「もちろん、いいとも」

ロビンはジョニー・ウォーカーをなみなみと注《つ》いで一気に飲みほしてから、ジャン＝ピエールにボトルをまわした。

「彼は大丈夫だろうな？」と、ジェイムズがいった。

「まるで彼のことを気づかっているようだな。大丈夫、一週間で抜糸できるよ。あとは友達に自慢できる醜い傷痕《きずあと》が残るだけさ。ぼくはもう寝なくちゃ。明朝十一時に彼と会う約束だが、そっちのほうが手術よりもむずかしいだろう。今夜はみんなよくやってくれた。セント・トーマスで何度も練習を重ねた甲斐《かい》があったよ。もしもきみたちが失業して、ぼくがカジノのディーラーと運転手と麻酔医を必要とするときは、きみたちに電話するよ」

三人はそれぞれの部屋へ引きとり、ロビンは疲労困憊《こんぱい》してベッドに倒れこんだ。死んだように眠って、八時少しすぎに目をさますと、服を着たままだった。そんなことは昔インターンをしていたころ、十四時間休みなしに仕事をしたあとでさらに夜勤についたとき以来、絶えてないことだった。ロビンはゆっくり熱い風呂《ふろ》につかって元気を回復した。それから新しいシャツとスーツに着替えて、ハーヴェイ・メトカーフとの対決にそなえた。はやしたばかりの口ひげと縁なし眼鏡、それに手術の成功のおかげで、今自分が名を騙《かた》っている高名な外科医にいくぶんか近づいたような気がした。

それから一時間の間に、ほかの三人が部屋にやってきて彼を励まし、二百十七号室で彼の帰りを待つことにきめた。スティーヴンは全員をチェック・アウトさせ、夕方のロンドン行きの飛行機を予約した。ロビンは部屋を出ると、今度もエレベーターを避けて階段をおりた。ホテルを出て少し歩いてから、タクシーを呼びとめて港に向った。

《メッセンジャー・ボーイ》はすぐに見つかった。ペンキを塗ったばかりの、光り輝く百フィートの船体が港の東端に横たわっていた。船尾のマストに大きなパナマ国旗がかかげられていたが、これはおそらく税金対策のためだろうとロビンは想像した。タラップをのぼって行くと、フォベール看護婦が彼を迎えた。

「おはようございます、バーカー先生」

「おはよう。メトカーフさんのぐあいはどうかね？」

「ゆうべはぐっすりお休みになって、今は軽い朝食をとりながら電話をかけているところです。すぐにお会いになりますか？」

「うん、そうしたい」

ロビンは豪華なキャビンに入り、八週間にわたって陰謀をめぐらし、計画を練ってきた相手と向いあった。ハーヴェイは電話中だった。

「ああ、わしは元気だよ。しかしゆうべは危ないところだった。まあ心配するな、わしは死にやせんよ」彼は受話器をおいた。「ああ、バーカー先生、今マサチューセッツの家内に電話して、あんたのおかげで命拾いをしたと話してやったところです。朝の五時に起されたのに、とても喜んでいましたよ。病院も手術も救急車も、なにからなにまで特別扱いで、そうやってあんたに命を救ってもらったそうですな。少なくとも《ニース・マタン》にはそう書いてある」

新聞にはロビンが資料で見て知っている、あの《メッセンジャー・ボーイ》のデッキで撮ったバミューダ・ショーツ姿のハーヴェイの写真が載っていた。見出しは「億万長者カジノから消える《ミリオネール・セヴァヌイ・オ・カジノ》」とあり、その下に「アメリカの大富豪、劇的な緊急手術で一命をとりとめる《ラ・ヴィ・ダン・ミリオネール・アメリカン・ア・エテ・ソーヴェ・パル・ユヌ・オペラシオン・ユルジャント・ドラマティック》」

と続いていた。スティーヴンが見たら大喜びするだろう。

「ところで、先生」と、ハーヴェイが楽しそうにいった。「わしはそんなに危険な状態だったんですか？」

「さよう、あなたは危篤《きとく》状態だった。これを取ってしまわなかったら重大な結果を招いていたでしょうな」ロビンは名札のついた胆石を派手な身ぶりでポケットから取りだした。

ハーヴェイの目が皿になった。

「なんてこった、わしはずっとこんなものを腹のなかに入れて歩きまわっていたわけか。しかしこいつは相当なもんだ！　あんたにはいくら感謝しても感謝しきれませんな。なにかわしにできることがあったら、遠慮なく電話をください」彼はロビンにぶどうをすすめた。

「なあ、先生、わしが全快するまで面倒みてくれるんでしょうな？　どうも看護婦はわしの病気の重大さがわかっておらんようだ」

ロビンはすばやく頭を回転させた。

「残念ながらそれは無理ですな、ミスター・メトカーフ。わたしの休暇は今日で終りです。カリフォルニアへ帰らなければなりません。とくに緊急の用事はないんですが、不急の手術が二つ三つあるのと、講演の予定がかなりたてこんでましてね」彼は残念そうに肩をすくめた。「天下の大事件というほどではないが、それをしないと身についた生活水準を維持できないんですよ」

ハーヴェイはそっと腹をおさえながら急に上体を起した。

「いいかね、バーカー先生。学生のことなどわしの知ったこっちゃない。わしは病人で、全快するまであんたが必要なんだ。しばらくここにいてくれたら決して悪いようにはせん。健康のためなら金を惜しまないのがわしの主義だ。それに、謝礼は現金小切手で支払うといったらどうかね？　資産の額をアメリカ政府に知られるのはまっぴらだからな」

アメリカの医者が診療代という微妙な問題を患者と話しあうときは、どんなふうにするのだろうかと考えながら、ロビンは咳《せき》ばらいで間《ま》を稼《かせ》いだ。

「わたしがここに残っても損をしないためには、相当な金がかかりますよ。ま、八万ドルというところですかな」ロビンは深呼吸をした。

ハーヴェイは目ばたきひとつしなかった。

「よかろう。あんたは最高の医者だ。命の値段としたら高くはないよ」

「いいでしょう。ではホテルへ帰って、スケジュールを調整してみましょう」

ロビンが病室から出てくると、純白のロールス＝ロイスが待っていて、ホテルへ送りとどけてくれた。二百十七号室では、三人がロビンの報告を聞いて目を丸くした。

「スティーヴン、あの男はすごいヒポコンデリー患者だよ。ぼくに回復するまでそばにいてくれというんだ。これは予想外の事態だよ」

スティーヴンが冷やかに見あげた。

「きみはここに残って協力してやるんだね。金額に見合う奉仕をしてやってもいいじゃないか——もちろん費用は先方もちで。さあ、すぐに電話をかけて、毎朝十一時に往診してやると伝えるんだね。われわれは先に引きあげるよ。それからホテル代を忘れずにメモしておいてくれ」

ロビンは受話器を取りあげた……

ロビンを除く三人は、またもやクリューグの六四年を一本あけて二百十七号室でゆっくり昼食をとってから、オテル・ド・パリを出てタクシーでニース空港に戻り、ロンドン・ヒースロー空港行きの十六時十分発BA航空012便に乗りこんだ。帰路も往路と同じようにばらばらに席をとった。ロビンから聞いたハーヴェイ・メトカーフの言葉のなかで、つぎの台詞《せりふ》だけがスティーヴンの心にひっかかっていた。

「なにかわしにできることがあったら、遠慮なく電話をください」

ロビンは白い制服を着た運転手つきの、ホワイトウォール・タイヤをはいた純白のロールス＝ロイス・コルニッシュで、一日に一度ずつ患者を往診した。これほど気障《きざ》なことを臆面《おくめん》もなくやれるのはハーヴェイぐらいのものだろう、と彼は思った。三日目に、フォベール看護婦から内緒の話を打明けられた。

「わたしの患者さんは」と、彼女は悲しそうに訴えた。「包帯をかえるときにいやらしいことをするんです」

ロビンはワイリー・バーカー博士におよそ医者らしからぬ台詞を吐かせた。

「無理もないと思うね。しかし、きっぱりはねつけなさい。きっと前にもそういう経験はあると思うが」

「ええ、でも、大手術から三日しかたっていない患者さんにあんなことをされたのははじめてですわ。いったいあの人の体はどうなっているのかしら？」

「いいことがある、二日間ほどカテーテルを入れておくとしよう。そうすれば彼もお手上げだ。ところで、一日じゅうここに閉じこもりっきりじゃきみも退屈だろう。今夜メトカーフさんが眠ってから、わたしと一緒に軽い夕食でもどうかね？」

「うれしいわ、先生。どこでお会いしましょうか？」

「オテル・ド・パリの二百十七号室で待っている」ロビンは厚かましくもいった。「九時でどうかね」

「楽しみにしてますわ、先生」

「シャブリをもう少しどうかね、アンジェリーヌ？」

「もう結構よ、ワイリー、すばらしいお食事だったわ。たぶんあなたはまだすっかり満足してないんでしょう？」

彼女は立ちあがって二本の煙草《たばこ》に火をつけ、一本を彼にくわえさせた。それからロング・スカートの腰のあたりをかすかに揺らしながら、つとそばをはなれた。ピンクのシャツの下はノーブラだった。彼女はふうっと煙を吐きだしながら彼をみつめた。

ロビンはオーストラリアにいる高潔なバーカー博士のこと、ニューベリにいる妻や子供たちのこと、ロンドンにいる三人の仲間のことを思った。だが、やがて彼らを一人残らず頭からしめだした。

「わたしがいやらしいことをしたら、きみはメトカーフさんにいいつけるかね？」

「あなただったら」彼女はにっこり笑った。「ちっともいやらしくないわ、ワイリー」

ハーヴェイは話の種になるほどの回復ぶりを示し、ロビンは六日目にもったいぶって抜糸した。

「傷口はきれいにくっついていますよ、ミスター・メトカーフ。もう安心です、来週のなかばにはふだんの体に戻っているでしょう」

「それはありがたい。アスコット・ウィークが近いからすぐにイギリスへ出発しなければならん。今年はわしのロザリーが本命でね。わしのゲストとしてあんたにアスコットへきてもらうのは無理だろうな？　万一再発したらどうするかね？」

ロビンは笑いを嚙《か》み殺した。

「心配ありませんよ。あなたはもう大丈夫です。アスコットでロザリーの活躍を見られなくて残念です」

「わしも残念だよ、先生《ドック》。それはそれとして、もう一度礼をいわせてもらおう。あんたみたいな名医には会ったことがないよ」

おそらく今後も会えないだろう、とロビンは思った。にわか仕込みのアメリカ訛りもそろそろぼろが出かかっていた。ハーヴェイから逃げだせることにほっとしながら、そしてアンジェリーヌには心残りをおぼえながら、別れを告げ、運転手に銅版刷りの請求書を持たせてホテルから帰した。

ワイリー・フランクリン・バーカー博士は
　ハーヴェイ・メトカーフ氏の
　　全快を祝し
　手術および術後治療費として
　　八万ドル
　を請求します。

運転手は一時間とたたないうちに、八万ドルの現金小切手を持って戻ってきた。ロビンは意気揚々とそれをロンドンに持ち帰った。

ツー・ダウン、残るは二つ。

13

その翌日、金曜日、スティーヴンはハーレー・ストリートのロビンの診察台に腰かけて、チームの面々に話しかけた。

「モンテ・カルロ作戦はロビンの沈着冷静のおかげで、あらゆる点で百パーセントの成功をおさめた。しかし費用もたくさんかかった。病院とホテルの支払いが総計一万一千三百五十一ドル、これに対して受けとった金は八万ドルだ。したがってこれまでの回収額は五十二万七千五百六十ドル、それに要した費用は二万二千五百三十ドルだ。つまりミスター・メトカーフにはまだ四十九万四千九百七十ドルの貸しがある。ここまでは異論はないね？」

三人の口から承認の呟《つぶや》きがもれた。スティーヴンの計算能力に対する彼らの信頼は無限だった。もっともすべての代数学者の例にもれず、スティーヴンも単純な数字には少々退屈していた。

「ところで、ロビン、水曜の晩の食事にいったいどうやって七十三ドル五十セントもかけたんだ？　キャヴィアとシャンペンでもとったのかい？」

「ちょっとばかり奮発したんだよ」と、ロビンが答えた。「あのときはそれぐらい必要だと思ったからね」

「だれが一緒だったのかぼくにはわかっている、なんならモンテ・カルロで賭《か》けた以上の金を賭けてもいいぜ。しかも彼女がきみとともにしたのはテーブルだけじゃないだろう」と、ジャン＝ピエールがポケットから紙入れを取りだしながらいった。「スティーヴン、ここに二百十九フランある――水曜の晩にカジノで勝った分だ。あのままぼくをそっとしといてくれたら、ロビンが肉屋の真似《まね》をする必要なんかなかったんだ。ぼく独りで全額とり返せたよ。だからフォベール看護婦の電話番号ぐらい教えてくれたっていいじゃないか」

ジャン＝ピエールの苦情はスティーヴンの頭の上を素通りした。

「上出来だったよ、ジャン＝ピエール、きみの稼ぎは経費から差引かれる。今日現在の交換レートで、きみの二百十九フランは」――彼は言葉を切って計算機のボタンを押した――「四十六ドル七十六セントに相当する。だから経費は差引二万二千四百八十三ドル二十四セントになる。

「さて、ぼくのアスコット計画はいたって簡単だ。ジェイムズが十ポンド払って馬主《メンバーズ》・下見席《エンクロージャー》のバッジを二個手に入れてくれた。ハーヴェイ・メトカーフもすべての馬主と同じようにそのバッジを持っているから、タイミングさえ間違えなければ、そして不自然に見えないように注意すれば、彼がもう一度われわれの罠《わな》にかかることは確実だ。ジェイムズはトランシーバーでわれわれに状況を報告し、到着から出発までハーヴェイの動きを監視する。ジャン＝ピエールは馬主下見席の入口で彼を待ち受けて、なかまで尾行する。ロビンは午後一時にヒースロー空港から電報を打って、ハーヴェイがプライヴェート・ボックスで昼食をとっている最中にそれを受け取るようにする。計画のこの部分はいたって簡単だ。全員に最高の努力が要求されるのは、彼をオクスフォードにおびき寄せるときだ。正直いって第一段階のアスコットのほうは楽しい気晴らしというところだろう」

スティーヴンはにんまり笑った。

「そうなればオクスフォード計画を復習する余分な時間ができる。なにか質問は？」

「オクスフォード計画のパート(a)はわれわれを必要としない、必要なのはパート(b)のときだけなんだね？」と、ロビンがスティーヴンのメモをチェックしながら質問した。

「そのとおり。パート(a)はぼく一人でなんとかやれそうだ。というより、その晩はきみたちみんなにロンドンにいてもらうほうがいい。われわれがつぎに優先しなければならないのは、ジェイムズのためになにかいいプランを考えだすことだが、ひょっとするとジェイムズ自身がなにか思いつくかもしれない。ぼくが今心配しているのはそのことなんだ」と、スティーヴンは続けた。「というのは、ハーヴェイがいったんアメリカに帰ってしまうと、われわれは彼のホーム・グラウンドで戦わなければならなくなる。これまでは常にわれわれの選んだ場所で彼を相手にしてきた。ボストンではいくらジェイムズが四人のうちで最高の役者だといっても、一目瞭然《いちもくりようぜん》で見破られてしまうだろう。ハーヴェイ流にいえば、『こいつはまるで違うゲームだ』ということになる」

ジェイムズは悲しげに溜息《ためいき》をついて、アクスミンスター・カーペットに視線を落した。

「かわいそうなジェイムズ――だが心配しなくていいよ、きみの救急車の運転はみごとだった」と、ロビンがいった。

「いっそ飛行機の操縦を習って、彼をハイジャックでもするか」と、ジャン＝ピエールが茶化した。

ミス・ミクルはオークリー先生の診察室から聞えてくる笑い声を聞いて、なんと不謹慎なことだろうと思っていたので、奇妙な三人組が帰って行くのを見てほっとした。彼らを送りだしてドアをしめると、彼女はロビンの診察室へ戻った。

「患者を入れてもよろしいですか、オークリー先生？」

「ああ、仕方ないな、ミス・ミクル」

ミス・ミクルは口をとがらせた。先生はいったいどうしてしまったのかしら？　きっと最近つきあいはじめたあのいかがわしい連中の影響だわ。なんだかひどく投げやりになってしまって。

「ミセス・ウェントワース＝ブルースター——診察室へどうぞ。お帰りまでに、イタリア旅行へ持ってゆくお薬ができておりますから」

スティーヴンはモードリン・カレッジへ戻って数日休養した。この作戦を開始したのは八週間前だったが、チームの二人は彼の期待をはるかに上まわる成果をあげていた。こうなったら自分がアメリカへ帰ってからもオクスフォードの伝説として語りつがれるようなはなばなしい成功で、二人の努力に花を添えてやらなくては、と彼は考えていた。

ジャン＝ピエールはボンド・ストリートの画廊の仕事に戻った。アスコットでは台詞を一行しゃべるだけだから、べつに重荷にはならないだろう。もっともオクスフォード計画のパート(b)にそなえて、夜ごと鏡の前でリハーサルを怠らなかった。

ジェイムズはアンを伴ってストラトフォード・オン・エイヴォンへ週末を過しに出かけた。ロイヤル・シェークスピア・カンパニーの『空騒ぎ』の溌剌《はつらつ》とした舞台を楽しんだあと、エイヴォンの川岸を散歩しながら、彼女にプロポーズした。アンの返事が聞けたのは川面《かわも》に遊ぶ白鳥だけだったろう。ハーヴェイ・メトカーフがジャン＝ピエールの画廊に入るのを待つ間に、カルティエのウィンドーで見つけたダイヤモンドの指輪は、彼女のほっそりした指にはめられていちだんと美しさを増した。ジェイムズは申し分なくしあわせだった。これで名プランを思いついて仲間を驚かすことさえできたら、あとはなにも要らない心境だった。その夜ふたたびアンと話しあい、新旧のアイディアを検討したが、結局どこへも行きつかなかった。

14

月曜の朝、ジェイムズは車でアンをロンドンに送りとどけてから、いちばん派手なスーツに着替えた。一緒にアスコットへ行こうと誘ったのだが、アンは仕事を理由に断わった。ほかの三人が彼女の顔を見たらいい顔をしないだろうし、ジェイムズが秘密を打明けたのではないかと疑われるおそれもあった。

ジェイムズはモンテ・カルロ作戦の詳細こそアンに話さなかったが、彼女はアスコットでなにが起るかをつぶさに知っており、ジェイムズが神経質になっているのを見抜いていた。しかも、その晩ジェイムズと会う約束になっており、そのときには最悪の事態を知ることになるかもしれなかった。ジェイムズは途方に暮れていた。アンはこのリレー・チームでスティーヴンとロビンとジャン＝ピエールが主としてバトンを握っていることを感謝した——とはいうものの、三人をあっといわせるようなあるアイディアが、彼女の頭のなかで徐々に形をとりつつあった。

スティーヴンはその朝早起きして、鏡にうつった自分の白髪頭《しらがあたま》に感心した。それは前の日デブナムの美容院で高い料金を払った成果だった。一張羅《いっちょうら》の上品なグレーのスーツを念入りに着こんで、ブルー・チェックのタイをしめた。いずれもサセックス大学の学生相手の講演から、アメリカ大使との夕食にいたる特別の場合に、いつも引っぱりだされる代物《しろもの》だった。そのスーツとタイの色がマッチせず、肘《ひじ》と膝《ひざ》のあたりがいささかくたびれていることは、だれも指摘しなかった。スティーヴンの基準からすればエレガンスそのものだったからである。

彼はオクスフォードからアスコットまで列車に乗ったが、ジャン＝ピエールはロンドンから車で駆けつけた。彼らは競馬場から一マイル近くはなれたベルヴェデア・アームズで十一時にジェイムズと落ち合った。

スティーヴンはただちにロビンに電話して、三人とも到着したことを伝え、電文を読みあげさせた。

「完璧《かんぺき》だよ、ロビン。ではヒースロー空港へ行って、午後一時ちょうどに打電してくれ」

「幸運を祈るよ、スティーヴン。やつを思いっきり踏みにじってやってくれ」

スティーヴンは二人のところへ戻って、ロンドンではロビンが万事抜かりなくやっていると報告した。

「さあジェイムズ、きみの出番だ、ハーヴェイが到着したらすぐに知らせてくれ」

ジェイムズはカールスバーグを一本あけて出発した。いたるところで知った顔と鉢合《はちあわ》せしたが、誘いを断わる理由を話せないために苦労した。

ハーヴェイは純白のロールス＝ロイスをパーシルのコマーシャルのように輝かせて、正午少しすぎに馬主専用の駐車場に到着した。競馬場へ行く人々はみなイギリス流の侮蔑《ぶべつ》の目でこの車を見たが、ハーヴェイはそれを讃嘆《さんたん》のまなざしととり違えた。彼は連れの一行をプライヴェート・ボックスに案内した。彼の新調のスーツはバーナード・ウェザリルの才能を極限まで引きだしてできあがったものだった。ボタンホールの赤いカーネーションと、禿頭《はげあたま》を隠す帽子のせいでほとんど見分けがつかず、ジェイムズは純白のロールス＝ロイスがなければ彼とは気がつかなかったかもしれない。彼はハーヴェイが「ハーヴェイ・メトカーフ様ご一行」と書かれたドアのなかに入るまで、目立たない距離をおいて一行を尾《つ》けていった。

「彼がプライヴェート・ボックスに入ったぞ」と、ジェイムズはいった。

「きみの現在位置は？」と、ジャン＝ピエール。

「彼のところから真下にグラウンド・レヴェルまでさがって、サム・オフラハティという場内賭屋の隣にいる」

「おい、アイリッシュをばかにするなよ、ジェイムズ」と、ジャン＝ピエールがいった。

「二、三分したらそっちへ行く」

ジェイムズは一万人の観客を余裕たっぷりに呑《の》みこんだ、コースを一望のもとに見渡す白い大スタンドを見あげた。またしても親戚《しんせき》や友人を避けなければならないので、任務に集中することが難しくなってきた。最初にぶつかったのがハリファックス伯爵《はくしゃく》で、つぎは不用意にも春にシャーロット王妃記念舞踏会に連れて行くことを承知した、あのぞっとするような女だった。えーと、名前はなんていったっけ？　そうそう、セリーナ・ウォロップ嬢だ。よたよた歩《ウォロップ》きとはいいえて妙ではないか。彼女は完全に四年は流行遅れのミニ・スカートをはいて、とうてい流行には縁のなさそうな帽子をかぶっていた。ジェイムズはトリルビーを目深に引きさげてそっぽを向き、三時二十分出走のキング・ジョージⅥ・アンド・クイーン・エリザベス・ステークスについて、サム・オフラハティとおしゃべりしながら時間をつぶした。オフラハティは大声を張りあげて本命馬の最新のオッズを叫んだ。

「アメリカ人ハーヴェイ・メトカーフの持馬、ロザリーの賭率が四対六、騎手はパット・エダリー」

エダリーは史上最年少のチャンピオン・ジョッキーをめざしていた――そしてハーヴェイ

は常に勝者を応援した。

スティーヴンとジャン＝ピエールがサム・オフラハティの鞄《かばん》の横に立つジェイムズのそばへやってきた。サムの手下が逆さにしたみかん箱の上に立って、沈みかけた船の手旗信号手のように両手を振りまわしていた。

「あんた方、なにを買うかね？」と、サムが三人にきいた。

ジェイムズはスティーヴンのしかめっ面《つら》を無視した。

「ロザリーの単 複《イーチ・ウエイ》を五ポンドずつ」と彼はいい、手の切れるような十ポンド紙幣を一枚渡して、ひきかえに一組の番号を書き、真中に「サム・オフラハティ」とスタンプをおした小さなグリーンのカードを受けとった。

「ジェイムズ、おそらくその馬券は未発表のきみのプランの一部だと思うが」と、スティーヴンがいった。「かりに的中したとして、いったいいくらになるんだ？」

「ロザリーが勝てば税金を差引いて九ポンド十ペンスだ」と、サム・オフラハティが口にくわえた太い葉巻を上下させながら、横から口をはさんだ。

「目標百万ドルへの偉大なる貢献とはとてもいえないな、ジェイムズ。ぼくたちは馬主《メンバーズ・》下見席《エンクロージャー》へ行く。ハーヴェイがプライヴェート・ボックスから出たらすぐに知らせてくれ。おそらく二時のレースの出走馬と騎手を見るために、一時四十五分ごろに出てくるだろうから、まだたっぷり一時間はある」

ウェイターがクリューグ一九六四年のシャンペンを新たに一本抜いて、ハーヴェイの招待客の二人の銀行家、二人のエコノミスト、二人の船主、それにシティの有力新聞記者一人のグラスに注《つ》ぎはじめた。

ハーヴェイは昔から有名人や有力者を招待するのが好きで、ビジネスの関係でまず断わられるおそれのない相手に目星をつけて招待するのが常だった。今日という晴れの日に呼び集めた顔ぶれに、彼はおおむね満足していた。招待客のなかの最年長者は、個人名を冠したマーチャント・バンクの老齢の頭取、サー・ハワード・ドッドだった。もっとも銀行名の由来する創立者は、彼自身ではなく彼の曾祖父《そうそふ》だった。サー・ハワードは六フィート二インチの長身で、棒のように背筋が通り、一流の銀行家というよりはむしろ近衛《このえ》歩兵を思わせる風貌《ふうぼう》の持主だった。ハーヴェイとの唯一《ゆいいつ》の共通点は頭髪の量というか、その少なさだった。彼はジェイミー・クラークという若い社員のお供をつれていた。三十ちょっと過ぎの切れ者のクラークは、頭取があとで後悔するような取引に言質《げんち》を与えないように、お目付役として同行したのだった。彼はハーヴェイという男に内心感嘆していたものの、銀行の取引相手としてふさわしい人物とは思っていなかった。それはともかく、アスコットの一日は彼にとっても大いに歓迎すべきものだった。

二人のエコノミスト、ハドソン・インスティチュートのコリン・エムスン氏とマイケル・ホーガン博士は、イギリス経済の危険な状態について、ハーヴェイに情報を提供するためにやってきた。およそこの二人ほど対照的な取合せは考えられなかった。エムスンは十五歳で学校を出て、あとは独学で今日を成した独立独歩の人だった。彼は社交界のコネを利用して税金専門の会社を設立し、数週間ごとに新しい財政法を制定するイギリス政府のおかげで、会社は大いに繁昌《はんじょう》していた。身長六フィートの温厚篤実《とくじつ》な人物で、今日はハーヴェイの馬が勝っても負けてもなごやかな雰囲気《ふんいき》を盛りたてるつもりでいた。彼と対照的に、ホーガンはウィンチェスター、トリニティ・カレッジ、オクスフォード、そしてペンシルヴェニアのウォートン・ビジネス・スクールと、エリート・コースを歩き続けてきた。ロンドンの経営コンサルタント、マッキンゼーに短期間籍をおいたおかげで、今はヨーロッパ有数の情報通のエコノミストで通っていた。彼のひきしまった筋肉質の体を見た人間は、かつては国際的なスカッシュ・プレイヤーだったと聞いても驚かないだろう。黒い髪、絶えずハーヴェイに注がれている茶色の目、彼はハーヴェイに対する侮蔑を隠せなかったが、この日はアスコットへの五度目の招待であり、どうしても断わりきれなかった。

二代目のギリシャ人船主で、船に劣らず競馬が好きなクンダス兄弟は、どちらも黒い髪と、浅黒い肌《はだ》と、黒く濃い眉毛《まゆげ》の持主で、兄と弟の区別がつかなかった。年齢はいくつぐらいなのか見当もつかず、彼らの資産がいくらあるのかだれも知らなかった。おそらく彼ら自身にも正確なところはわからないだろう。ハーヴェイの最後の招待客、《ニューズ・オヴ・ザ・ワールド》のニック・ロイドは、暇さえあれば今日の招待主のあらさがしばかりしてきた男だった。六〇年代のなかばには、あわやメトカーフの正体を暴露するところまで漕《こ》ぎつけたが、別のスキャンダルが数週間にわたって第一面を占める間に、まんまとハーヴェイに逃げられてしまった。ロイドは少量のトニックを加えたトリプル・ジンを飲みながら、不思議な取合せの招待客の顔ぶれを興味津々《しんしん》で見守っていた。

「電報です」

ハーヴェイは乱暴に封を切った。何事につけてもこの調子で、やることが荒っぽい。

「娘のロザリーからだ。レースをおぼえていてくれたとはいいところがあるよ。なにしろ彼女にちなんで馬の名前をつけたんだからね。さあ、みんな、食事にしよう」

彼らは昼食の席についた——冷えたヴィシソワーズ、雉《きじ》にストローベリという献立だった。ハーヴェイはふだんより多弁だったが、客は彼が念願のレースを前にして神経質になっていることを知っていたので、みなそしらぬ顔をしていた。彼はアメリカのどんなレースよりもこのレースのトロフィーがほしかった。理由はハーヴェイ自身にもよくわからなかった。おそらく彼の心に強く訴えるアスコット独得の雰囲気——豊かなグリーンの芝と優美な環境の、エレガントな観客とアスコットを競馬界の羨望《せんぼう》の的たらしめている巧みな運営の取合せ——のせいかもしれなかった。

「今年はきっと今まで以上にチャンスがあるよ、ハーヴェイ」と、年長の銀行家がいった。

「しかし、サー・ハワード、レスター・ピゴットがデヴォンシア公のクラウン・プリンセスに乗るし、女王のハイクリアが対抗馬だから、楽観はできない。これまで三着が二度で、一度は本命でありながら二着にも入らなかったとなると、本当にいつかは勝てるのかと心配になるよ」

「また電報です」

ハーヴェイはふたたび太く短い指で乱暴に封を切った。

「『キング・ジョージVI・アンド・クイーン・エリザベス・ステークスにおける健闘と幸運を祈ります』あんたの銀行のスタッフからだよ、サー・ハワード。大いに結構《ジョリー・グッド・ショー》！」

ハーヴェイのポーランド系アメリカ訛《なま》りにかかると、このイギリス風のいいまわしがいくぶん滑稽《こっけい》に聞えた。

「シャンペンのおかわりをどうぞ、みなさん」

また電報が届いた。

「この調子じゃ郵便局にきみのための特別室が必要だな、ハーヴェイ」一同はサー・ハワードの冴《さ》えない冗談にどっと笑った。ハーヴェイはまた電文を読みあげた。

「『アスコットにうかがえなくて残念。間もなくカリフォルニアへ発《た》つ予定。オクスフォードのノーベル賞受賞者で友人のロドニー・ポーター教授をよろしく。イギリスの賭屋《かけや》に騙《だま》されないように。ワイリー・B。ヒースロー空港にて』ワイリー・バーカーといって、モンテ・カルロでわしの腹を縫った医者でね。おかげで命拾いをしたよ。あんたが今食べているロール・パンほどの大きさの胆石を取りだしたんだよ、ホーガン博士。ところで、そのポーター教授とやらをどうやって捜せばいいんだろう？」ハーヴェイはヘッド・ウェイターに命じた。「わしの運転手を呼んでくれ」

すぐにスマートな制服を着たガイ・サーモンの運転手がやってきた。

「オクスフォードのロドニー・ポーターという教授がきてるはずだ。捜してくれ」

「どんな方でしょう？」

「知るもんか」と、ハーヴェイは答えた。「教授らしいやつを捜すんだ」

運転手はコースの柵《さく》のそばで午後を過す予定を諦《あきら》めて立ち去った。ハーヴェイの客たちはストローベリとシャンペンを楽しみ、電報はなおも続々と到着した。

「ねえ、もしもあんたの馬が勝てば、優勝カップは女王の手からじかに渡されるんだよ」と、ニック・ロイドがいった。

「そのとおり。キング・ジョージ・アンド・エリザベス・ステークスに勝って、女王陛下に拝謁《はいえつ》をたまわるときが、わしの生涯《しょうがい》の栄光の瞬間になるだろう。もしもロザリーが勝ったら、わしは娘にチャールズ殿下との結婚をすすめるよ——二人は同じ年ごろだからね」

「あんたの力をもってしてもそれだけは無理だろうな、ハーヴェイ」

「八万一千ポンドあまりの優勝賞金をどうなさるつもりですか、ミスター・メトカーフ？」と、ジェイミー・クラークが質問した。

「慈善事業にでも寄付するさ」とハーヴェイは答えて、その言葉が客たちに与えた印象に満足した。

「えらく気前がいいね、ハーヴェイ。まさに評判どおりだ」ニック・ロイドはマイケル・ホーガンに向って意味ありげにめくばせした。ほかの連中はともかく、彼ら二人はハーヴェイの評判がどんなものかを知っていた。

運転手が戻ってきて、シャンペン・バーにも、バルコニーのランチ・ルームにも、パドックのビュッフェにも、連れのいない教授は見当らないし、馬主下見席には入れなかったと報告した。

「当り前だ」と、ハーヴェイはややもったいぶった口調でいった。「仕方がない、わしが自分で捜そう。みなさん、遠慮なく飲んで楽しくやってくれ」

ハーヴェイは立ちあがって、運転手と一緒にドアのほうへ歩いて行った。客の耳に届かないところまでくると、彼は運転手にいった。「とっとと出て行け、教授が見つからんなどとでたらめをいうな。さもないと、自分の職捜しをするはめになるぞ」

運転手ははじかれたようにとびだして行った。ハーヴェイは客のほうを振りかえって愛想笑いをうかべた。

「ちょっと二時のレースの出走馬と騎手を見に行ってくるよ」

「彼がプライヴェート・ボックスを出るところだ」と、ジェイムズがいった。

「なにをいってるんだ、きみは？」と、聞きおぼえのある威厳にみちた声が話しかけた。

「ひとりごとかね、ジェイムズ？」

ジェイムズは驚いて振りかえった。第一次大戦の戦功十字勲章《エム・シー》と殊勲章《ディー・エス・オー》を持つ六フィート一インチの長身のサマーセット卿《きょう》は、いまだに若い者のように背筋がまっすぐだった。顔の皺《しわ》こそ造物主がその契約を履行し終る年齢に達したことを示していたが、ほかの点では今なお矍鑠《かくしゃく》たるものだった。

「ああ驚いた。いや、なに、ちょっとその……咳《せき》をしただけですよ」

「キング・ジョージⅥ・アンド・クイーン・エリザベス・ステークスだが、きみはどの馬がくると思うかね？」

「そのう、ぼくはロザリーの単複に五ポンドずつ賭けましたよ」

「ジェイムズは無線を切ったようだ」と、スティーヴンがいった。

「じゃ、もう一度呼出せ」と、ジャン＝ピエール。

「その音はなんじゃ、ジェイムズ？　きみは補聴器でも使っているのか？」

「いや。これは、その、トランジスター・ラジオですよ」

「そんなものは禁止すべきだな。プライヴァシーの侵害もいいところじゃ」

「まったくです」

「あいつはなにをしてるんだ、スティーヴン？」

「わからない——きっとなにかあったんだろう」

「しまった、ハーヴェイがこっちへやってくる。きみは馬主下見席へ入れ、スティーヴン、ぼくはあとから行く。深呼吸をして落ちつくんだ。大丈夫、まだ見つかっちゃいない」

ハーヴェイは馬主下見席の入口を固める係員のほうへ進んで行った。

「わしはロザリーの馬主のハーヴェイ・メトカーフだ、バッジも持っている」

係員はハーヴェイを通した。三十年前なら、たとえレースの全出走馬がわしの持馬だとしてもここを通してはもらえなかっただろう、と彼は思った。当時アスコットのレースは年間わずか四日間だけしか開催されないきわめて社交的な行事だった。今は年間に二十四日間も開催され、巨大なビジネスと化している。時代が変ったのだ。ジャン＝ピエールは無言で係員にパスを見せて、すぐあとから馬主下見席に入った。

一人のカメラマンが、アスコット名物のとっぴな帽子をかぶって闊歩《かっぽ》する貴婦人の群れからはなれて、ロザリーがレースに勝ったときのためにハーヴェイの写真を撮りにきた。彼はフラッシュを焚《た》くより早く別の入口へ急いだ。ニューヨークでは大入り満員だがイギリスでは上映禁止になった映画、『ディープ・スロート』の主演女優リンダ・ラヴレースが、馬主下見席に入りこもうとしていたからである。だがロンドンの著名な銀行家リチャード・スピローと一緒だったにもかかわらず、彼女は入場を断わられた。彼女はトップ・ハットにモーニング・スーツといういでたちで、上衣《うわぎ》の下はなにも着けていなかった。彼女がいる間はハーヴェイに目をくれる者など一人もいなかった。すべてのカメラマンが馬主下見席に入ろうとする自分を撮り終ったことを確認すると、彼女はあらんかぎりの声を振りしぼって悪態をつきながら、宣伝目的を達して引きあげた。

ハーヴェイが馬の検討に戻ったとき、スティーヴンが数フィートの距離に近づいた。

「いよいよだ」と、ジャン＝ピエールがフランス語でいい、すばやくスティーヴンに近づいて二人の間に立つと、親しげにスティーヴンと握手しながらハーヴェイの耳にも聞えるように大きな声でいった。

「こんにちは、ポーター教授。あなたが競馬に関心をお持ちとは知りませんでしたよ」

「いや、べつに関心があるわけではないんですが、たまたまロンドンでセミナーがあったもんですから、ちょうどよい機会だと思って……」

「ポーター教授」と、ハーヴェイが叫んだ。「お近づきになれて光栄です。わしはマサチューセッツ州ボストンのハーヴェイ・メトカーフというものです。わしの命を救ってくれた親友のワイリー・バーカー博士から、あなたが独りでお見えになることをうかがっておりました。今日の午後は楽しく過していただきます」

ジャン＝ピエールはこっそりその場をはなれた。あまりに簡単すぎて信じられないほどだった。電報は魔法のような効果を発揮した。

「女王陛下、エジンバラ公、エリザベス皇太后陛下《こうたいごうへいか》、アン王女がロイヤル・ボックスにお入りになります」

近衛旅団の軍楽隊が国歌を演奏した。

「ゴッド・セーヴ・ザ・クイーン」

二万五千の観衆が起立して、調子はずれの国歌を歌った。

「アメリカにもああいう存在が必要ですな」と、ハーヴェイがスティーヴンにいった。「ニクソンのかわりに。そうすればウォーターゲートのような問題は起りませんよ」

スティーヴンはこの同国人はいささか公正さに欠けると思った。ハーヴェイ・メトカーフと比べたら、リチャード・ニクソンは聖人といってもよいほどだった。

「わしのボックスに仲間入りしてください、教授、ほかの客たちを紹介しましょう。あのボックスは七百五十ポンドも払ったんだから、あけておくのはもったいない。昼食は済みましたか?」

「ええ、すばらしい昼食をすませましたよ」スティーヴンは嘘《うそ》をついた——これもハーヴェイに教わったことの一つだった。実は一時間もいらいらしながら馬主下見席のそばに立っていたので、サンドイッチをつまむ暇さえなく、腹ぺこだった。

「では、シャンペンでも飲んでください」と、ハーヴェイがいった。

空《す》きっ腹にシャンペンか、とスティーヴンは思った。

「ありがとう、ミスター・メトカーフ。どうも勝手がわからなくて。なにしろロイヤル・アスコットははじめてなもんですから」

「これはロイヤル・アスコットじゃありませんよ、教授。ロイヤル・アスコットというのはアスコット・ウィークの最終日のことなんですが、キング・ジョージ・アンド・エリザベス・ステークスには毎年王室がお見えになるので、観客はみな正装してくるわけです」

「なるほど」スティーヴンはわざと間違えたことに満足しながら、遠慮がちにいった。

ハーヴェイは掘出物に首輪をつけて、プライヴェート・ボックスに連れて行った。

「みなさん、わしの著名な友人ロドニー・ポーター教授を紹介します。ご存じのように彼はノーベル賞受賞者です。ところで、あんたの専門はなんだっけ、ロッド？」

「生化学です」

スティーヴンはハーヴェイのやり口を呑みこみつつあった。よほどのへまをやらないかぎり、銀行家や船主はおろか新聞記者にも、自分がアインシュタイン以来の天才ではないことを見抜かれる気づかいはなさそうだった。いくらか気が楽になって、人が見ていない隙《すき》にサーモン・サンドイッチをつまむ余裕さえ生じた。

レスター・ピゴットが二時のレースをオリンピック・カジノで、二時三十分のレースをルサルカで勝って、三千勝の大記録を達成した。ハーヴェイはますます落ちつきをなくして、ひっきりなしに無意味なことをしゃべりちらした。二時三十分のレースの結果にはまるで関心を示さず、たて続けにシャンペンのグラスを空にした。三時十分前に、自分の有名な牝馬《ひんば》を見に行こうと、全員を馬主下見席に誘った。スティーヴンもほかの連中と同じように、王侯の取巻きを思わせる一団の一人となってあとからついて行った。

ジャン＝ピエールとジェイムズははなれた場所からその行列を見守った。

「もう後戻りはきかないぞ」と、ジャン＝ピエールがいった。

「結構楽しんでいるようじゃないか」と、ジェイムズがいった。「ぼくらは退散しよう。こうなったら彼にまかせるしかない」

彼らはシャンペン・バーに向った。バーにはかなりの人数の赤い顔をした男たちがいて、レースを見るよりも飲んでいる時間のほうが多いようだった。

「どうです、美しい馬でしょう、教授？　わしの娘に匹敵するほどの美しさだ。今日のレースに勝てなかったら、わしには永久にチャンスがないだろう」

ハーヴェイは一行からはなれて、騎手のパット・エダリーを励ましに行った。調教師のピーター・ウォルウィンが、騎手が騎乗して馬主下見席を出る前に最終的な指示を与えていた。十頭の出走馬がレース前にスタンド正面でパレードをおこなった。これはキング・ジョージⅥ・アンド・クイーン・エリザベス・ステークスに限っておこなわれるアスコットの習慣だった。女王陛下のハイクリアの金、紫、赤の服色が先頭に立ち、そのあとに続くクラウン・プリンセスは騎手のレスター・ピゴットを少々手こずらせていた。三番目のロザリーはたいそう落ちついていて、色つやもよく、闘志満々だった。ロザリーの後ろにはブイ、ダンカロの二頭が続き、しんがりはメソポタミア、ポパイ、ミノーといった人気薄の馬だった。観客は総立ちになって馬群に声援を送り、ハーヴェイはまるで全出走馬が自分の持物であるかのように、得意げな笑みをうかべた。

「……今日ここに有名なアメリカの馬主、ハーヴェイ・メトカーフ氏が見えております」と、ジュリアン・ウィルスンがBBCテレビの実況放送カメラに向っていった。「キング・ジョージⅥ・アンド・クイーン・エリザベス・ステークスに対抗馬ロザリーを出走させている彼に、レースの感想をうかがってみましょう。イギリスへようこそ、メトカーフさん。この大レースについて感想を一言お願いします」

「ふたたびこのレースに参加するために、今日ここへこられたのは大きな喜びです。しかし、問題は勝つことではありません。参加することに意義があるのです」

スティーヴンは辟易《へきえき》した。一八九六年のオリンピックの開会宣言ではじめてその言葉を口にしたクーベルタン男爵《だんしゃく》が聞いたら、墓のなかで動きだすにちがいない。

「最新の賭率《かけりつ》ではロザリーが女王陛下のハイクリアと並んで本命になっています。これをどう思いますか？」

「デヴォンシア公のクラウン・プリンセスも侮《あなど》れません。レスター・ピゴットは大レースに強いですからね。彼は最初の二レースに勝って、このレースもやる気充分でしょうし、クラウン・プリンセスはすばらしい牝馬です」

「一マイル半という距離はロザリーにとってどうですか？」

「今シーズンの成績を見れば、一マイル半は彼女のいちばん得意の距離だということがはっきりしています」

「八万一千二百四十ポンドの賞金をなにに費《つか》いますか？」

「金は問題じゃありません、賞金のことは考えもしませんでした」

逆にスティーヴンは賞金のことばかり考えていた。

「ありがとう、メトカーフさん、幸運を祈ります。さて、最新の馬券情報ですが……」

ハーヴェイは取巻きのところへ戻ってきて、ボックスのすぐ外のバルコニーからレースを観戦しようと提案した。

スティーヴンはハーヴェイを至近距離で観察して興味津々《しんしん》だった。ハーヴェイは落ちつきをなくし、緊張のためふだん以上に心にもないことを口にした――四人がおそれていた冷静な策略家とは似ても似つかなかった。この男もやはり人間なのだ、つけ入る隙がないわけではない。

彼らは手摺《てすり》から身を乗りだして、馬群がゲートに入るのを見守った。クラウン・プリンセスは依然として手を焼かせていたが、ほかの馬はゲートに入って待機していた。緊張は耐えがたいほどだった。

「各馬いっせいにスタートしました」と、場内放送が響きわたった。

二万五千の観客がいっせいに双眼鏡をのぞき、ハーヴェイがいった。「いいスタートを切った、位置もいい」

彼は休みなしにレース展開を論評し続けたが、あと一マイルというところで急に沈黙した。ほかの連中も無言でスピーカーの声に耳を傾けた。

「直線の一マイルにさしかかります――ミノーがトップでコーナーをまわりました――ブイとダンカロが余裕のある脚色《あしいろ》ですぐ後ろに続いています――続いてクラウン・プリンセス、ロザリー、ハイクリアの順です。

「六ハロンの標識に近づきます――ロザリーとクラウン・プリンセスが外からきた、続いてハイクリアも……

「あと五ハロン――依然ミノーがトップ、しかしそろそろいっぱい、クラウン・プリンセスとブイが差をつめる……

「あと半マイル――依然として僅差《きんさ》でミノーが先頭、続いて二番手にあがったブイ、だが仕掛けが早すぎるか……

「ゴールまであと三ハロン――各馬少しピッチがあがった――ミノー内らちでトップ――約一馬身おくれてブイとダンカロ――続いてロザリー、クラウン・プリンセス、女王のハイクリアがいっせいに追いこんだ……

「二ハロンの標識を通過――ハイクリアとロザリーがブイを追いこむ――クラウン・プリンセスは圏外……

「あと一ハロン……」

アナウンサーの口調が早くなり、声も高くなった。

「トップはハイクリアのジョー・マーサー、僅差でロザリーのパット・エダリー――あと二百ヤード――完全に並んだ――あと百ヤード――どっちが先か、今ゴール、女王陛下の金、紫、赤と、アメリカ人馬主ハーヴェイ・メトカーフの白と緑の市松《いちまつ》の写真判定になるでしょう――ムッシュー・ムーサックのダンカロが三着です」

ハーヴェイは凍りついたように微動だにせず、結果の発表を待った。スティーヴンでさえこの瞬間彼に共感をおぼえた。ハーヴェイの客たちは早とちりをおそれて、だれもハーヴェイに話しかけなかった。

「キング・ジョージVI・アンド・クイーン・エリザベス・ステークスの結果を発表します」

ふたたびスピーカーの声が響きわたり、場内がしんと静まりかえった。

「一着は五番、ロザリー――」

その先は群衆の歓声とハーヴェイの感きわまった勝利の叫びにかき消された。彼は客たちを従えて最寄りのエレベーターまで走り、エレベーター・ガールの手に一ポンド紙幣を押しつけて叫んだ。「こいつを動かしてくれ」彼と一緒にエレベーターにとびこめたのは客の半分だけだった。スティーヴンもかろうじてそのなかに入っていた。一階に到着してドアがあいたとたんに、ハーヴェイがサラブレッドのような勢いでとびだし、シャンペン・バーを通りすぎ、馬主下見席の裏手を通って表彰台に駆けつけると、ほとんど騎手を振り落さんばかりの勢いで馬の首に抱きついた。数分後に、彼は「一着」と書かれた小さな柱のほうへ、意気揚々とロザリーを引いて行った。人々が彼のまわりに押し寄せて、口々におめでとうと声をかけた。

競馬場書記のボーモント大尉《たいい》が、女王の拝謁《はいえつ》をたまわるときの作法をハーヴェイに教えていた。アスコットにおける女王の代理人であるアヴァーガヴェニー卿《きょう》が、女王陛下を表彰台に案内してきた。

「キング・ジョージⅥ・アンド・クイーン・エリザベス・ステークスの優勝馬――ハーヴェイ・メトカーフ氏のロザリーです」

ハーヴェイは夢見心地だった――フラッシュが炸裂《さくれつ》し、ムーヴィ・カメラがまわるなかを、女王のほうへ進んで行った。深々とお辞儀をして、トロフィーをおしいただいた。まぎれもなくノーマン・ハートネルのデザインになる、トルコ玉色のシルクのスーツに、同色のターバンという、まばゆいばかりの服装の女王が、二言三言お声をかけたが、ハーヴェイは生れてはじめて緊張のあまり口もきけない状態だった。そのまま後ずさりして、もう一度お辞儀をすると、盛大な拍手に送られて自分の席に戻った。スプライヴェート・ボックスではシャンペンが流れ、だれもがハーヴェイの友人だった。スティーヴンは今はなにをするにも時期が悪いと判断した。時間をつぶしながら、この状況の変化に対する獲物の反応を観察しなければならなかった。そこでボックスの隅《すみ》のほうに坐《すわ》って、興奮が静まるのを待ちながら、ハーヴェイを注意深く観察した。スティーヴンはいよいよ行動開始のときがきたと判断した。彼は立ちあがって帰るそぶりを見せた。ハーヴェイがなかばふだんの状態にかえったのは、もう一レース終ってからだった。

「もうお帰りかね、教授？」

「ええ、メトカーフさん。オクスフォードへ帰って、明日の朝までに試験の採点をしなきゃならないもんですから」

「あんた方の勤勉さにはほとほと感心するよ。どうだ、楽しかったかね？」スティーヴンはジョージ・バーナード・ショーの有名なしっぺ返し、「ほかに楽しむことがなかったから、仕方なしにね」を思いだしたが、口には出さなかった。

「ええ、おかげさまで。とうとうやりましたね。きっと鼻が高いでしょう」

「ま、そういうところかな。実際長い道のりだった、だが苦労のしがいがあったというもんだよ。ロッド、もう少しここにいて、今夜クラリッジズのわしのパーティにも出てもらいたいんだが、残念だな」

「そうしたいのは山々なんですがね、メトカーフさん。それより一度オクスフォードのわたしのカレッジにおいでください。大学を案内してさしあげますよ」

「そいつはいい思いつきだ。アスコットのあと二日ほど暇ができるし、前々からオクスフォードというところを見物したかったが、なかなか暇がなくてね」

「水曜日は大学のガーデン・パーティの日です。火曜の晩わたしのカレッジで食事をして、翌日学内を見物してからガーデン・パーティに出るというのはどうでしょう?」彼はカードにこまごまと案内を書いて渡した。

「すばらしい。今年はヨーロッパでこれまでにない最高の休暇が楽しめそうだ。ところでオクスフォードへはどうやってお帰りかね、教授?」

「列車で帰ります」

「いやいや。わしのロールス゠ロイスで送らせるよ。どうせ最終レースまでには帰ってこれるだろう」

そしてスティーヴンが抗議する間もなく、運転手が呼ばれた。

「ポーター教授をオクスフォードまでお送りして、またここへ戻ってきてくれ。では気をつけてお帰りを、教授。火曜日の午後八時にまたお会いするのが楽しみだ。あんたに会えてうれしかったよ」

「おかげで一日楽しませてもらいました、それから優勝おめでとう」

オクスフォードへの帰り道、ロビンがあの車に乗れるのは自分だけだと自慢した純白のロールス＝ロイスのバックシートでくつろぎながら、スティーヴンは独り笑いを浮かべた。やがてポケットから手帳を取りだして、メモを記した。

「アスコットからオクスフォードまでの二等切符代九十八ペンスを経費から差引くこと」

15

「ブラッドリー」と、学監が話しかけた。「このところきみの髪が少し白くなったようだな。副学監としての職務が体にこたえるせいかね？」

スティーヴンは社交室のだれかが髪の毛のことをいいだしはしないかと考えていたところだった。ふつう教授たちは同僚がなにをしてもめったに驚いたりはしない。

「ぼくの父も若白髪《わかしらが》でしたよ、学監、どうも遺伝というやつは逆らえないもののようですね」

「なに、来週のガーデン・パーティでは、そのほうがかえって貫禄《かんろく》があっていい」

「そうでした」実はそのことしか頭にないスティーヴンが答えた。「すっかり忘れてましたよ」

スティーヴンはチームの三人がつぎの作戦の指示を聞くために集まっている自分の部屋へ

戻った。

「水曜日は創立記念祭《エンシーニア》で、ガーデン・パーティの日だ」スティーヴンは「おはよう、諸君」ともいわずに切りだした。「われわれがこれまでにハーヴェイ・メトカーフについて学んだことの一つは、たとえ自分のホーム・グラウンドからはなれても、彼はなにも知らないことはないかのように自信満々で行動するということだ。しかし、つぎになにが起るかをこっちだけが知っていて、向うは知らないということを念頭におくかぎり、われわれは彼の手の内を見破ることができる。要はプロスペクタ・オイルのときの彼のやり口を真似《まね》て、常に彼の一歩先を行くことだ。さて、われわれは今日リハーサルをおこない、明日もう一度衣裳稽古《いしようげいこ》を繰りかえすことによって、彼の二歩先を行くことになる」

「偵察《ていさつ》にかけた時間はめったに無駄《むだ》にはならない」と、ジェイムズが呟《つぶや》いた。その言葉は彼の陸軍士官候補生時代のほとんど唯一《ゆいいつ》の思い出だった。

「きみ自身のプランは偵察にあまり時間をかける必要がなかったな」と、ジャン＝ピエールが茶々を入れた。

スティーヴンは邪魔を無視した。

「当日の全作戦に要する時間はぼくが約七時間、きみたちが四時間だ。これにはメーキャップの時間も含まれる。それからきみたちは当日ジェイムズからもう一度指導を受ける必要がある」

「ぼくの二人の息子は何度ぐらい必要になるのかな？」と、ロビンが質問した。

「水曜日に一度だけだ。あまりやりすぎるとかえって固くなるおそれがある」

「ハーヴェイは何時にロンドンへ帰るといいだすかな？」と、ジャン＝ピエールがきいた。

「ガイ・サーモンに電話して、予定表をチェックしてみたら、午後七時までにクラリッジズへ戻る予定になっていた。つまり彼がこっちにいるのは五時三十分までだろう」

「さすがに抜目がないね」と、ロビン。

「ひどい話さ」と、スティーヴンがいった。「今じゃ考え方まで彼と似てきた。よし、もう一度計画全体を復習しよう。赤の資料の十六ページからだ。ぼくがオール・ソウルズ・カレッジを出たら……」


　彼らは日曜日と月曜日にフル・リハーサルをおこなった。火曜日までには、ハーヴェイが通る可能性のあるすべての道筋と、当日午前九時三十分から午後五時三十分までのどの時間にはどこにいるかということが、残らず頭に入っていた。スティーヴンはあらゆる可能性に対してそなえができていることを祈った。選択の余地はほとんどなかった。今度の計画ではチャンスはたった一度しかない。モンテ・カルロのときのような手違いが生じたら、もう二度とやりなおしはきかないのだ。


「こんな服を着るのは六歳のときの仮装パーティ以来だよ」と、ジャン＝ピエールがいった。

「それにしてもひどく目立ちそうだな」

「当日はそこらじゅう赤や青や黒の衣裳だらけさ」と、スティーヴンがいった。「まるで孔《く》雀《じゃく》のサーカスだ。きみがその格好をしていても、振りかえって見るやつはいやしないよ、ジャン＝ピエール」

彼らはふたたび緊張して幕あきを待っていた。スティーヴンはむしろその状態を歓迎した。ハーヴェイ・メトカーフが相手では、気を抜いたらたちまち見破られてしまうことを知っていたからである。

チームは静かな週末を過した。スティーヴンはカレッジ演劇部の年一回の熱演をモードリンの庭で見物し、ロビンは妻をグラインドボーンへ連れて行って、いつになく家庭サービスに身を入れ、ジャン＝ピエールはデイヴィッド・ダグラス・ダンカンの『グッドバイ、ピカソ』を読み、ジェイムズはアンを連れて、リンカーンシアのタスウェル・ホールまで、父親の五代目伯爵《はくしゃく》に会いにでかけた。

さすがのアンもこの週末は緊張気味だった。

「ハリーか？」

「はい、ブラッドリー先生」

「今夜わたしの部屋でアメリカ人の客と食事をすることになっている。ハーヴェイ・メトカーフという方だ。お見えになったら部屋にお通ししてくれ」

「かしこまりました」

「それからもうひとつ、彼はわたしをトリニティ・カレッジのポーター教授とかん違いしているようだ。かまわんからそのままにしておいてくれ。適当に調子を合わせてくれればいい」

「承知しました」

ハリーは悲しそうに首を振りながらポーター詰所へ帰って行った。学者というやつはいずれみんな頭がおかしくなるものと相場がきまっているが、それにしてもブラッドリー先生ときたら、あの若さで。

ハーヴェイは八時に到着した。イギリスにいるときはいつも時間に正確だった。ヘッド・ポーターが回廊を通り、古めかしい石の階段をあがって、スティーヴンの部屋へ案内した。

「メトカーフ様がお見えです」

「やあ、教授」

「ようこそ、メトカーフさん。約束の時間ぴったりですね」

「時間厳守は貴族の礼儀というからね」

「いや、それは王侯の礼儀の間違いでしょう。ルイ十八世の言葉ですよ」スティーヴンは一瞬ハーヴェイが生徒ではないことを忘れていた。

「そうか、きっとあんたのいうとおりだろう」

スティーヴンは大きなマンハッタンを作ってすすめた。客は部屋のなかをひと通り見まわしてから、机の上に視線を止めた。

「ほう――すばらしい写真があるね。故ケネディ大統領とあんた、女王とあんた、それにローマ法王と並んで撮った写真まである」

それはジャン＝ピエールのアイディアで、彼の友人の画家デイヴィッド・スタインと一緒に刑務所に入っていたある写真家をスティーヴンに紹介したのだった。スティーヴンはいずれそれらの写真を焼き捨てて、証拠を抹殺《まっさつ》してしまうつもりだった。

「あんたのコレクションにもう一枚加えさせてくれ」

ハーヴェイは女王からキング・ジョージⅥ・アンド・クイーン・エリザベス・ステークスのトロフィーを授与される自分の大きな写真をポケットから取りだした。

「お望みならサインするよ」

そして返事を待たずに、女王の上に斜めに跳びはねるようなサインを書きなぐった。

「ありがとう。ほかの写真と同じように大切にしますよ。それからわたしのために時間をさいてくださったことを感謝します」

「オクスフォードを訪問するのはわしにとっても名誉なことだ、それにこの由緒《ゆいしょ》あるカレッジはとてもすばらしい」

スティーヴンはそれが相手の本心から出た言葉であることを信じた。ふと、モードリンにおける故ナフィールド卿《きょう》の晩餐会《ばんさんかい》の話をハーヴェイに聞かせてやりたい誘惑に駆られたが、あやうく思いとどまった。ナフィールド卿の大学に対する莫大《ばくだい》な寄付にもかかわらず、両者の関係は決してしっくりしたものではなかった。モードリンでの晩餐会のあと、従僕が客を送りだすとき、ナフィールド卿は差しだされた帽子を無愛想に受けとった。「これはわたしの帽子かね？」と、彼はきいた。「存じません、閣下」と、従僕は答えた。「ですが、閣下はその帽子をかぶっていらっしゃいました」

ハーヴェイはややぼうっとした表情でスティーヴンの書棚《しょだな》の本を眺《なが》めていた。スティーヴンの専門の純粋数学と、ポーター教授の専門である生化学の相違は、さいわいなことにハーヴェイにはわからなかったらしい。

「明日の予定を教えてくれ」

「いいですとも」と、スティーヴンは答えた。どうせほかのみんなには教えてあった。「食事をしながらあなたのために立てたプランを説明しましょう。希望があったら遠慮なくいってください」

「どんなプランでも大歓迎だ。このたびのヨーロッパ旅行以来、わしは十年も若返ったような気がする——たぶん手術のおかげだろう。今もオクスフォード大学に招かれたことで胸がわくわくしているんだ」

スティーヴンはハーヴェイ・メトカーフを相手にして七時間も耐えられるかどうか自信がなかったが、とり返さなければならない二十五万ドルと、チームのほかの連中の手前を考えると……

カレッジの召使がシュリンプ・カクテルを運んできた。

「わしはこいつが大好物でね」と、ハーヴェイがいった。「どうしてわかったのかな？」

スティーヴンは、「あなたについては知らないことはほとんどない」といってやりたかったが、じっとこらえて続けた。「まぐれ当りですよ。ところで、明日十時にお会いするというのはどうでしょう、そうすれば大学の予定表のなかで最も興味ある一日と考えられる行事に参加できます。エンシーニアと呼ばれているものですがね」

「なんだね、それは？」

「つまりその、一年に一度、アメリカの大学の夏学期に相当する第三学期《トリニティ・ターム》の終りに、われわれは大学年度の終了を祝うのです。いくつかの儀式のあとで盛大なガーデン・パーティが開かれるんですが、これには大学の総長と副総長も出席します。総長は元イギリス首相のハロルド・マクミラン、副総長はハバクック氏です。できればこの二人にあなたを紹介したいし、七時までにはロンドンへ帰れるように全予定を消化したいと思っています」

「わしが七時までに帰らなきゃならないことがどうしてわかったのかね？」

「アスコットでそう聞きましたよ」スティーヴンは今ではとっさに嘘《うそ》が口をついて出るようになっていた。この調子では、早いところ百万ドルとり返さないと、やがてしたたかな犯罪者になってしまうだろう。

ハーヴェイは食事を堪能《たんのう》した。いささか気《き》を利かせすぎたきらいはあったが、スティーヴンがハーヴェイの好物ばかりを選んだのだから当然である。ハーヴェイが食後のブランディをがぶ飲みしたあとで（ボトル一本につき七ポンド二十五ペンスだ、とスティーヴンは思った）、彼らは静かなモードリンの回廊を散策し、ソング・スクールの前を通りすぎた。ガブリエリのミサ曲を歌う聖歌隊の声が、穏やかに空中を漂っていた。

「こいつは驚いた、こんな大きな音でレコードをかけてもいいのかね？」と、ハーヴェイがいった。

スティーヴンはランドルフ・ホテルまで客を送って行き、ベイリオル・カレッジの前のブロード・ストリートに立っている鉄の十字架を指さして、ここで一五五六年にクランマー大主教が異端の罪で焚刑《ふんけい》に処せられたのだと説明した。ハーヴェイはそんな坊さんの名前は聞いたことがないといいかけてやめた。

スティーヴンとハーヴェイはランドルフの階段の上で別れた。

「では明朝また。おかげで楽しい晩を過させてもらったよ」

「どういたしまして。十時に迎えにきます。ぐっすりやすんでください——明日は予定がぎっしりですから」

スティーヴンはモードリンへ帰るとすぐにロビンに電話した。

「万事順調だ、ただあやうくやりすぎるところだった。メニューにはとくに気をつかって、ブランディまで彼の好みの銘柄《めいがら》を用意しておいた。だが、明日は慎重にやるよ。過ぎたるは及ばざるがごとしというからな。じゃ、明日会おう、ロビン」

スティーヴンはジャン＝ピエールとジェイムズにも同じ内容の電話をかけてから、満足してベッドに入った。明日の今ごろはもっと賢くなっているだろう、だがはたしてもっと金持になっているだろうか？

16

午前五時にチャーウェル川の上に陽《ひ》が昇った。この早い時間から起きている数少ないオクスフォードの住民は、眼識のある人々がオクスフォード、ケンブリッジの両大学を通じて最も美しいカレッジはモードリンであると折紙をつける理由を理解するだろう。川岸に横たわる垂直の建築はいかにも人目を惹《ひ》きやすい。国王エドワード七世、ヘンリー王子、ウォズレー枢機卿《すうきけい》、エドワード・ギボン、オスカー・ワイルドといった人々がこのカレッジで教育を受けた。しかしこの朝目ざめてベッドに横たわっているスティーヴンの心に浮かんだのは、ハーヴェイ・メトカーフの教育の問題だけだった。

彼は自分の心臓の鼓動を耳にして、ロビンとジャン＝ピエールがどれほどの緊張に耐えなければならなかったかを今にして知った。わずか三カ月前に四人がはじめて顔を合わせたときから、すでに一生に匹敵する時間が過ぎたような気がした。ハーヴェイ・メトカーフを痛い目にあわせるという共通の目的が、四人の結束をかためたことを思うと、ひとりでに顔がほころんだ。スティーヴンもジェイムズと同じように、今ではこの男にひそかな讃嘆《さんたん》の念をいだくようになっていたが、敵を彼のホーム・グラウンドから引っぱりだせば、裏をかいて勝てるという自信はいちだんと深まっていた。スティーヴンは二時間以上もベッドのなかで身じろぎもせずに考えにふけり、自分のプランを何度もおさらいした。やがていちばん高い木々の上に太陽が顔をのぞかせるころ、ようやく起きだしてシャワーを浴び、ひげをそり、今日という一日にそなえてゆっくりと入念に着替えを済ませた。たいそう時間がかかった。

彼は十五歳は老《ふ》けて見えるように丹念にメーキャップをほどこした。女性が逆の効果を出すときも、鏡の前でこんなに長い時間苦心しなければならないのだろうか、と思った。それからオクスフォード大学哲学博士であることを示す荘厳《そうごん》な緋色《ひいろ》のガウンをまとった。オクスフォードだけが違う方式をとっているのが彼には面白かった。ほかの大学はどこも、学問研究に対して与えられるこの普遍的な肩書を Ph. D. と省略するが、オクスフォードでは D. Phil. だった。彼は鏡にうつった自分の姿をしげしげと眺めた。

「これでハーヴェイ・メトカーフに感銘を与えられないとしたら、ほかのどんな格好をしても無駄だろう」

しかも彼にはそれを着る資格があった。腰をおろして、最後にもう一度だけ赤の資料に目を通した。もうほとんど暗記してしまうほど何度も繰りかえして読んでいた。

朝食は抜いた。五十間近に見えるこのメーキャップで現われたら、きっと同僚たちは大騒ぎするだろう。もっとも老齢の教授たちは彼の風貌《ふうぼう》がいつもと違うことに気がつかないかもしれないが。

スティーヴンはだれにも気づかれずにカレッジからハイ・ストリートに出て、十四世紀の大主教のような服装をした無数のオクスフォード卒業生の群れにまぎれこんだ。この日は人目につかないようにするのはいとも容易だった。そのことと、ハーヴェイはおそらく古い大学のなじみのない伝統に面くらってしまうだろうという計算が、スティーヴンに創立記念祭《エンシーニア》を戦場として選ばせた二つの理由だった。

彼は九時五十五分にランドルフに到着して、年若いボーイの一人にポーター教授がミスター・メトカーフを迎えにきたと告げた。そしてラウンジに腰をおろした。ボーイは小走りに立ち去り、すぐにハーヴェイを案内して戻ってきた。

「ミスター・メトカーフ——ポーター教授です」

「ありがとう」と、スティーヴンはボーイに礼をいい、あとで戻ってきてチップをやること、と自分にいい聞かせた。たとえそれがボーイの仕事の一部だとはいえ、そうしておけばなにかのときに役に立つものだ。

「おはよう、教授」と、ハーヴェイは坐《すわ》りながらいった。「さて、わしはなにをするのかな？」

「そうですね」と、スティーヴンはいった。「創立記念祭はジーザズ・カレッジでおこなわれるナサニエル・クルー卿の施しで始まります。そこでは大学の名士たち全員がシャンペンとストローベリ・クリームの朝食をとります」

「そのクルー卿というのはだれかね？　彼も朝食会に出るのか？」

「精神的な意味ではね。この偉大な人物はおよそ三百年前に死んでいます。ナサニエル・クルー卿はオクスフォードの博士であると同時にダラムの主教でもあった人物で、朝食と、あとで聞く演説の費用として、年額二百ポンドを大学に寄付しました。もちろん、物価上昇やらインフレやらで、いまじゃその金額ではとても費用を賄《まかな》えないので、大学は伝統の行事を続けるために大学予算から支出しなきゃなりません。朝食が終るとシェルドニアン講堂までパレードがおこなわれます」

「そのあとは？」

「パレードのあとにくるのが本日最大のみもの、オナランドの発表ですよ」

「なんの発表だって？」

「オナランド。これは大学の長老たちによって名誉学位を与えるべく選ばれた男女の名士のことです」スティーヴンは時計を見た。「そろそろ出かけないと、パレードの通り道のいい場所がとれません」

スティーヴンは立ちあがって、客をランドルフ・ホテルから連れだした。ブロード・ストリートを歩いて行くと、シェルドニアン講堂の真ん前に格好の場所が見つかった。警察がスティーヴンの緋色のガウンに敬意を表して、わずかな隙間《すきま》を作ってくれた。数分後にタールの角を曲ってパレードが見えてきた。警察が通行止めをして、見物人を歩道までさがらせた。

「先頭に立って棍棒《こんぼう》を持っている連中は何者かね？」と、ハーヴェイが質問した。

「大学の巡視係と先導係です。総長の行列を護衛するために矛の形をした権標を持っているんですよ」

「しかし、もちろん危険はないだろう。ここはニューヨークのセントラル・パークじゃないからな」

「それはそうです。しかし、過去三百年間常に安全というわけではなかった、イギリスでは伝統がしぶとく生きのびるんですよ」

「で、先導係の後ろの男は？」

「金で縁どりした黒のガウンを着た人が、小姓を従えた当大学の総長です。つまり、五〇年代の終りから六〇年代のはじめにかけてイギリスの首相だったハロルド・マクミラン閣下ですよ」

「そうか、あの男ならおぼえている。イギリスをヨーロッパに仲間入りさせようとして、ドゴールに反対された男だ」

「なるほど、そういうおぼえ方もあるんですね。彼の後ろが副総長のハバクック氏で、ジーザズ・カレッジの学寮長も兼ねています」

「どうもよくわからんね、教授」

「つまりこういうことですよ。総長になるのはオクスフォードで教育を受けた著名なイギリス人ときまっているんですが、副総長は学内の指導的立場にある人物で、ふつうは学寮長のなかから選ばれるんです」

「なるほど、そういうことか」

「さて、副総長の後ろは学籍部長のキャストン氏で、マートン・カレッジのフェローでもあります。大学の上級管理者で、いってみれば大学の最高級官吏というところでしょう。彼は副総長と、大学の内閣ともいうべき週間会議に直接の責任を負っています。その後ろが学監のウースター・カレッジのキャンベル氏と、副学監のニュー・カレッジのベネット師です」

「学監というのはどういう役目かね？」

「七百年以上もの昔から、彼らのような人たちが大学の礼節と規律を守ってきたんですよ」

「なんだって？　あのじいさんたち二人で九千人のあばれん坊どもを監視するのかね？」

「もちろん、ブルドッグの助けをかりてですよ」

「そうか、それなら少しはましだろう。イギリスのブルドッグに二度も咬《か》まれたら、どんなやつだっておとなしくなる」

「いやいや」スティーヴンは必死に笑いをこらえながら訂正した。「ブルドッグというのは、秩序維持に当って学監を助ける役目の人間のことですよ。それから行列のおしまいにあざやかなガウンを着た一団が見えるでしょう。あれは大学の博士《ドクター》である学寮長たち、学寮長でない大学の博士たち、大学の博士でない学寮長たちが、その順で並んでいるのです」

「いいかね、ロッド、わしにいわせれば医者《ドクター》というのは人に痛い思いをさせて金を請求するやつのことだけだ」

「いやいや、そのドクターのことじゃないですよ」と、スティーヴンは答えた。

「もういい。なにもかもすばらしいが、わしが理解することを期待しないでくれ」

スティーヴンはハーヴェイの顔を注意深く観察した。彼はうっとりと行列に見とれ、いつもより口数が少なくなっていた。

「あの長い行列はシェルドニアン講堂に入り、全員がヘミサイクルでそれぞれの席につきます」

「失礼だが、それはどういうサイクルかね？」

「ヘミサイクルとは半円形の階段席で、ヨーロッパで最も坐り心地の悪い座席ということだけで有名です。しかしご心配なく。あなたはハーヴァードの教育に関心を持っていることで有名な人物だから、特別席に坐れるようにちゃんと手配しておきました。行列よりも先に席につく時間があるはずです」

「とにかく案内を頼むよ、ロッド。ところでここの連中はほんとにハーヴァードのことを知ってるのかね？」

「もちろん知ってますよ、メトカーフさん。あなたは学問研究への財政援助に熱心な篤志家《とくしか》として、大学教育界では有名な方ですからね」

「いや驚いたな、まったく」

驚くのが当り前だ、とスティーヴンは肚《はら》のなかで呟《つぶや》いた。

彼はハーヴェイをバルコニーの予約席に案内した。ハーヴェイの目に個々の列席者の顔がはっきり見えるのは望ましくなかったからである。実際には半円形の席についた大学の長老たちは、頭のてっぺんから足の爪先《つまさき》までガウン、帽子、蝶《ちょう》ネクタイ、白い垂《た》れ襟《えり》などにすっぽりおおわれて、母親にさえ見分けがつかないほどだった。オルガニストが最後の和音を奏《かな》で、来賓が着席した。

「オルガニストは」と、スティーヴンが説明した。「わたしのカレッジの所属で、合唱団長と音楽教授代理を兼任している人です」

ハーヴェイはヘミサイクルと緋色のガウンをまとった人々から目をはなすことができなかった。こういう光景を見るのは生れてはじめてだった。音楽が鳴りやみ、総長が立って列席者に通俗ラテン語で話しかけた。

「Causa hujus convocationis est ut……」

「彼はなにをいってるのかね？」

「われわれがここに集まった理由を話しているんですよ」と、スティーヴンは説明した。

「できるだけ通訳しましょう」

「行け《イテ》、先導係《ベデリ》」と、総長がいうと、巨大な扉《とびら》が開かれて、先導係たちが神学校からオナランドたちを案内してくるために出て行った。代表演説者のJ・G・グリフィス氏がオナランドたちを導き入れた瞬間、場内は水を打ったように静まりかえった。グリフィス氏は洗練され、機知に富んだラテン語で各人の経歴と業績を讃《たた》えながら、一人ずつ総長に紹介した。しかしながら、スティーヴンの通訳は逐語訳とはほど遠く、彼らに授与される博士号は学問的業績よりもむしろ経済的援助の結果であるということを、言外に匂《にお》わせるものだった。

「あれはエイモリー卿《きょう》です。彼が教育の分野に残したすべての業績が今讃えられているところですよ」

「彼はいくら寄付したのかね？」

「さあ、なにしろ元大蔵大臣ですからね。それからヘイルシャム卿、彼は教育相を含む七つの閣僚のポストを歴任し、最後に大法官をつとめた人物です。彼とエイモリー卿はともに民法学博士号を授与されることになっています」

ハーヴェイは女優のデーム・フロラ・ロブスンを知っていた。彼女は演劇界における長年の輝かしい業績を買われて、桂冠《けいかん》詩人のサー・ジョン・ベッチマンとともに文学博士号を授与されることになっている、とスティーヴンは説明した。オナランドたちは一人ずつ総長から学位を授与され、握手をかわしたのち、ヘミサイクルの前列に案内された。

最後のオナランドは王立科学研究所長でノーベル賞受賞者のサー・ジョージ・ポーターだった。彼は名誉理学博士号を贈られた。

「わたしと名前は同じだが、親戚《しんせき》じゃありません。これでだいたい終りです」と、スティーヴンはいった。「あとは詩学教授のジョン・ウェインから、大学の後援者たちに関して短い話があるだけです」

ウェイン氏は十二分ばかりかけてクルー記念演説をおこなった。スティーヴンは自分たちに理解できる言葉でかくも生き生きと語られる演説に感謝した。式典をしめくくる学生の詩文の受賞作の朗読は、もうほとんど彼の注意を惹《ひ》かなかった。

総長は席を立って、行列を先導しながら講堂の外に出た。

「今度はどこへ行くのかね？」と、ハーヴェイがきいた。

「オール・ソウルズ・カレッジへ行って昼食をとるんですが、そこではまた新たに著名な招待客がたくさん食卓に加わります」

「わしもその席に仲間入りしたいもんだな」

「ちゃんと手配しておきましたよ」

ハーヴェイは有頂天になった。

「いったいどんな手を使ったのかね、教授？」

「学籍部長はあなたのハーヴァードに対する援助に深い感銘を受けており、わがオクスフォードも多少の援助を期待できるかもしれないと考えたわけですよ。とりわけアスコットですばらしい勝利をものにした直後ですからね」

「そいつはすばらしいアイディアだ。なんでそれを思いつかなかったんだろう？」

スティーヴンは相手が今日の終りには思いついていることを願いながら、大して関心がなさそうなふりをした。何事もやりすぎは禁物だった。学籍部長はハーヴェイ・メトカーフという名前など聞いたこともなく、スティーヴンは、これがオクスフォードにおける彼の最後の学期なので、オール・ソウルズのフェローである友人によって招待リストに加えられたというのが真相だった。

彼らはシェルドニアン講堂から道路をへだてた向い側にあるオール・ソウルズまで歩いて行った。スティーヴンはハーヴェイにオール・ソウルズ・カレッジの性格を説明しようと試みたが、あまりうまくゆかなかった。実際のところ、多くのオクスフォード人にとってもこのカレッジの存在は一つの謎《なぞ》なのだ。

「正式の名称は」と、スティーヴンはいった。「『オクスフォードの忠実なる死者たちのす《ザ・カレッジ・オヴ・オール・ソウルズ・オヴ・ザ・フェイスフル・デパーテ》べての魂の学寮《ツド・オヴ・オクスフォード》』といって、アジャンクールでフランス軍を破った勝利者たちを記念したものです。このカレッジは彼らの魂の安息のために、永遠にミサをおこない続けるべく設立されました。近代におけるその役割は、学究的生活のなかでもきわめてユニークなものです。オール・ソウルズは主として学問的な業績によって傑出した国内外の卒業生の団体であり、学問以外の分野で名をあげた人々もわずかながら含まれています。このカレッジには学生は一人もいないし、一般に外部からは、その豊富な資力と知的資産にものをいわせて好き勝手にやっていると考えられています」

スティーヴンとハーヴェイは百人以上の来賓に加わって、由緒《ゆいしょ》あるコドリントン・ライブラリーの長いテーブルについた。スティーヴンは終始ハーヴェイをあまり目立たせないように気をつかいながら、あれこれ説明して彼の注意を自分にひきつけておいた。ありがたいことに、こういう席では出席者はだれと会ってなにを話したかをあまりおぼえていないものなので、安心して周囲のだれかれなしにハーヴェイをアメリカの有名な慈善家として紹介した。さいわい副総長、学籍部長、財務部長からはかなりはなれた席だった。

ハーヴェイは生れてはじめての経験にすっかり感激し、錚々《そうそう》たる名士たちの話に喜んで耳を傾けた――スティーヴンがおしゃべりが止まらなくなるのではないかと恐れていたこの男にしては珍しいことだった。食事が終って来賓が立ちあがると、スティーヴンは深呼吸をして、より危険なカードを切り出した。ハーヴェイを総長のところへ連れて行ったのである。

「総長」と、彼はハロルド・マクミランに呼びかけた。

「なにかね？」

「ボストンのハーヴェイ・メトカーフ氏をご紹介します。ご存知かと思いますが、メトカーフ氏はハーヴァードの偉大な後援者です」

「もちろん知っている。結構なことです。イギリスへはどんな用件でおいでになりましたか、メトカーフさん？」

ハーヴェイはろくに口がきけなかった。

「はい、総長閣下、わたしの持馬のロザリーがキング・ジョージ・アンド・エリザベス・ステークスで走るのを見にきたのです」

スティーヴンはハーヴェイの後ろに立って、ハーヴェイの馬がそのレースで優勝したことを身ぶりで総長に伝えた。いたずらには目のないハロルド・マクミランが答えた。

「そうですか、レースの結果にはさぞご満足でしょうな、メトカーフさん」

ハーヴェイは顔を真っ赤にした。

「はあ、たぶん運がよかったんでしょう」

「あなたは運に頼るような方とも見えませんが」

スティーヴンは自分の成功を両手にしっかりと握りしめた。

「実は総長、われわれがオクスフォードでおこなっているある研究の後援に、メトカーフさんの目を向けていただこうとしているところなのです」

「それはいい思いつきだね」七年間政党を率いた経験のあるハロルド・マクミランは、このような場合のお世辞の効用をだれよりもよく知っていた。「また連絡してくれたまえ、きみ。ところで、ボストンからとおっしゃいましたな、メトカーフさん？　ケネディ家の方々によろしくお伝えください」

マクミランはガウンの裾《すそ》をひるがえして立ち去った。ハーヴェイは茫然《ぼうぜん》として立ちつくしていた。

「まったく大した人物だ。いや、またとない機会だった。まるで自分が歴史のひとこまになったような気がする。これでわしがここにいる資格があればいうことはないんだが」

スティーヴンは任務を完了して、あとは間違いが起らないうちに一刻も早くここを出ようと決心していた。ハロルド・マクミランは今日だけで千人以上の人間と握手をし、言葉を交わすことになるだろうから、ハーヴェイのことをおぼえている可能性は皆無といってよかった。万一おぼえていたとしても大して問題はない。結局、ハーヴェイは実際にハーヴァードの後援者なのだから。

「長老たちより先にここを出なければならないんですよ、メトカーフさん」

「いいとも、ロッド。あんたのいうとおりにするよ」

「それはどうも」

外の通りへ出ると、ハーヴェイはジャガー・ル・クールトルの大きな腕時計を見た。二時三十分だった。

「ちょうどいい」つぎの約束に三分遅れているスティーヴンがいった。「ガーデン・パーテイまで一時間少々あります。カレッジを一つ二つ見物しましょう」

ブレイズノーズ・カレッジの前をゆっくり通りすぎながら、スティーヴンはその名前が実は真鍮の鼻《ブラス・ノーズ》に由来すること、有名な真鍮《しんちゆう》の鼻の形をした十三世紀の聖堂の扉のノッカーが、現在もホールに飾られていることを説明した。さらに百ヤード進んだところで、スティーヴンはハーヴェイを案内して右に曲った。

「彼は右に曲ったぞ、ロビン、そしてリンカーン・カレッジに向っている」と、ジーザズ・カレッジの入口に隠れたジェイムズがいった。

「よし」ロビンは答えて、二人の息子を振りかえった。七歳と九歳の息子たちは、着なれないイートンの制服を着て、お小姓の役割をつとめるために固くなって立っていた。父親がなにを企《たくら》んでいるかは知らされていない。

「用意はいいか？」

「いいよ、パパ」兄と弟は声を揃《そろ》えて答えた。

スティーヴンはゆっくりとリンカーンのほうへ歩き続けた。入口から数歩のところまできたとき、副総長の式服、垂れ襟《ふ》、カラー、白タイその他で正装したロビンが玄関から姿を現わした。年よりも十五歳ほど老けたつくりをして、できるだけ副総長のハバクック氏に似せてあった。ただ、少し髪の毛が多すぎるきらいがある、とスティーヴンは思った。

「副総長を紹介しましょうか？」と、スティーヴンがいった。

「それも悪くないな」と、ハーヴェイ。

「こんにちは、副総長、ハーヴェイ・メトカーフ氏をご紹介します」

ロビンは帽子を脱いで一礼した。そしてスティーヴンが言葉を続ける前に質問した。

「というと、ハーヴァードの後援者の？」

ハーヴェイは顔をあからめて、副総長のガウンの裾《すそ》を持つ二人の少年を見た。ロビンが続けた。

「お目にかかれて光栄です、メトカーフさん。オクスフォード訪問を楽しんでいただきたいものですな。なにしろノーベル賞受賞者に学内を案内してもらうチャンスは、そうめったにはありませんよ」

「大いに楽しませていただいております、副総長閣下。そこで、できればこの大学のためになにかお役に立ちたいと思っているんですが」

「おやおや、それはありがたい話ですな」

「どうでしょう、わたしはこのランドルフ・ホテルに泊っております。今日の午後でもお二人をお茶に招待できれば光栄ですが」

ロビンとスティーヴンは一瞬虚をつかれた。敵はまたしても予想外のことをいいだした。創立記念祭の当日、副総長はお茶に招《よ》ばれている暇などないことがわかりそうなものだ。

ロビンが先に立ちなおった。

「それはちょっと無理でしょうな。今日のような日には仕事が山ほどありましてね。それよりあとでクラレンドン館のわたしの部屋へおいでになりませんか？　そうすれば膝《ひざ》をまじえてお話ができますよ」

スティーヴンがすかさずそのあとを受けていった。

「いいですね。四時半でどうですか、副総長？」

「結構、大いに結構」

ロビンはこのまま一マイルも走って逃げたい気持を抑えるのに必死だった。たった五分間そこに立っていただけなのに、一生にも匹敵する長い時間がたったような気がした。新聞記者やアメリカの外科医に化けるのはあえて辞さなかったが、副総長だけは心底勘弁してもらいたかった。いつだれが目の前に現われて、にせものであることを見破るかもわからない。大部分の学生が前の週に帰省してしまったことがせめてもの救いだった。一人の観光客が彼の写真を撮りはじめたので、ますます居心地が悪くなった。

彼らの計画はハーヴェイにめちゃくちゃにされてしまった。スティーヴンはこの大芝居の弓を構成する最も優秀な二本の糸、ジャン＝ピエールとジェイムズのことを思った。今ごろ彼らは仮装服を身にまとって、トリニティ・カレッジのガーデン・パーティ会場のテントの後ろをうろついていることだろう。

「どうでしょう、副総長、学籍部長と財務部長にも同席していただいたら？」

「それはいい思いつきだね、教授。彼らにも部屋へくるようにいっておこう。有名な慈善家の訪問を受けるという機会は、めったにあることじゃないですからな。では、わたしはそろそろ失礼して、ガーデン・パーティへ出なくてはなりません。お近づきになれて光栄です、メトカーフさん、四時半にまたお目にかかるのを楽しみにしてますよ」

彼らは心のこもった握手をかわし、スティーヴンがハーヴェイをエクセター・カレッジのほうへ案内する間に、ロビンは前もって用意してあるリンカーン・カレッジの小部屋へ脱兎《だっと》のごとく駆け戻った。そしてぐったりと椅子《いす》に身を沈めた。

「だいじょうぶなの、パパ？」と、長男のウィリアムがきいた。

「ああ、だいじょうぶだよ」

「ぼくたちは一言も口をきかなかったから、約束のアイスクリームとコカコーラを買ってくれる？」

「もちろんだ」と、ロビンは答えた。

ロビンはガウン、帽子、蝶《ちょう》ネクタイ、垂《た》れ襟《えり》といったわずらわしい小道具を脱ぎすてて、スーツケースにしまいこんだ。ちょうど彼が外の通りに出たとき、本物の副総長ハバクック氏が向い側のジーザズ・カレッジから出てくるのが見えた。明らかにガーデン・パーティに出かけるところだった。ロビンは時計をのぞいた。五分遅れていたらなにもかもぶちこわしになるところだった。

一方スティーヴンは大きく迂回《うかい》して、オクスフォードの教授服を一手に引き受けている仕立屋、シェパード・アンド・ウッドワードに向いつつあった。しかし頭のなかはジェイムズと連絡をとることでいっぱいだった。スティーヴンとハーヴェイはウィンドーの前で立ちどまった。

「みごとなガウンだな」

「あれは文学博士のガウンです。よかったらちょっと着てみませんか？」

「いい気分だろうな。しかし、店の者が承知するかね？」と、ハーヴェイがいった。

「文句はいわないでしょう」

彼らは店内に入った。スティーヴンは依然哲学博士の正装のままだった。

「わたしの連れが文学博士のガウンを見せてもらいたいそうだ」

「かしこまりました」と、店員が答えた。大学のフェローのいうことは絶対だった。

店員はいったん店の奥に引っこんで、グレーで縁どりしたみごとな赤のガウンと、ゆったりした黒いヴェルヴェットの帽子を持って戻ってきた。スティーヴンが鉄面皮にもハーヴェイをそそのかした。

「試しに着てみたらどうです、メトカーフさん？　あなたが学者らしく見えるかどうかテストしてみましょうよ」

店員はいささか驚いて、昼食に出かけたヴェナブルズ氏が早く帰ってきてくれればいいと思った。

「試着室へどうぞ」

ハーヴェイが奥のほうへ姿を消した。スティーヴンはこっそり外へ脱《ぬ》けだした。

「ジェイムズ、聞えるか？　おい、頼むから応答してくれ、ジェイムズ」

「落ちつけよ、スティーヴン。今このばかげたガウンを着るのに苦労しているところだ。それに、約束の時間までまだ十七分もある」

「それは中止だ」

「中止だって？」

「そうだ、ジャン＝ピエールにもそう伝えてくれ。二人とも無線でロビンと連絡をとって、できるだけ早く彼と会ってくれ。彼が新しい計画を教えてくれる」

「新しい計画だって？　だいじょうぶなのか、スティーヴン？」

「ああ、これ以上は望めないほどうまくいっている」

スティーヴンは無線を切って店内に駆け戻った。

ちょうどハーヴェイが文学博士になりすまして、試着室から出てくるところだった。およそ不似合いな取合せだった。

「とてもりっぱですよ」

「いくらぐらいかかるかな？」

「たぶん百ポンドぐらいでしょう？」

「いやいや、これを着るためにはどれぐらい寄付したら……」

「さあ、わたしにはわかりません。ガーデン・パーティのあとで副総長と相談しましょう」

鏡に映る自分の姿をしげしげと眺《なが》めてから、ハーヴェイは試着室へ戻って行った。スティーヴンは店員に礼をいって、ガウンと帽子を包んでクラレンドン館に届け、サー・ジョン・ベッチマンの名前でポーターにあずけるように頼んだ。そして現金で代金を支払った。店員はますますけげんそうな顔をした。

「承知しました」

こうなればヴェナブルズ氏が帰ってきてくれることを祈るほかはなかった。

彼の祈りは十分ほどして叶《かな》えられたが、スティーヴンとハーヴェイはすでにガーデン・パーティに出るためにトリニティ・カレッジへ行く途中だった。

「ヴェナブルズさん、たった今文学博士のガウンをクラレンドン館のサー・ジョン・ベッチマンに届けるようにいわれたんですが」

「おかしいな。今朝の儀式のために、数週間前に一式届けたはずなんだがね。どうしてまた新しいのが必要になったんだろう？」

「しかも現金で払って行きましたよ」

「とにかく、クラレンドン館へ届けてくれ、ただし間違いなく彼の名前で依頼されたものかどうかを確かめるようにな」

スティーヴンとハーヴェイは三時三十分を少しまわったころトリニティ・カレッジに着いた。クローケーの門柱を取り除いた美しい緑の芝生には、すでに千人以上の出席者がひしめいていた。大学のメンバーはとっておきのスーツかシルクのドレスの上にガウンを羽織り、頭巾《ずきん》や帽子をかぶるという奇妙な格好をしていた。お茶とストローベリとキューカンバー・サンドイッチが見る間に減っていった。

「すてきなパーティじゃないか」と、ハーヴェイが無意識のうちにフランク・シナトラの口調を真似《まね》ながらいった。「実際ここではなにをやるにしても品がいい」

「ええ、ガーデン・パーティは毎年の楽しみの一つなんですよ。これはもう終り近い大学年度の主な社交行事で、教授たちの半数は答案の採点の暇を見て、午後からここでくつろいでいるんです。最終学年の試験が終ったばかりですからね」

スティーヴンは副総長と学籍部長と財務部長を目で捜して、彼らの姿が見えないところまでハーヴェイを引っぱって行き、大学の長老たちのだれかれなしに彼を紹介してまわった。内心では彼らがじきにハーヴェイとの出会いを忘れてくれることを祈りながら。そして人ごみのなかを移動しながら四十五分ほどそこで過した。スティーヴンは、口を開けば外交問題を惹《ひ》きおこしかねない無能な高官の口を封じるために、ぴったりついてまわる副官にでもなったような気がした。彼の心配をよそに、ハーヴェイは明らかに生涯《しょうがい》の最良の時を過しつつあった。

「ロビン、ロビン、聞えるか？」

「聞えるよ、ジェイムズ」

「今どこにいる？」

「イーストゲート・レストランだ。ジャン＝ピエールと一緒にこっちへきてくれ」

「了解。五分したらそっちへ行く。いや、十分待ってくれ。この格好じゃ、あまり急ぐと人目につく」

　ロビンは勘定を払った。息子たちへのごちそうも済んだので、イーストゲートから連れだして待たせてあった車に乗せ、この日のために特に雇った運転手に託してニューベリへ連れ帰ってもらうことにした。子供たちの役目はすでに終り、あとは足手まといになるだけだった。

「パパは一緒に帰らないの？」と、ジェイミーがきいた。

「そうだ、パパは夜になったら帰る。ママに帰りは七時ごろになるといっといてくれ」

　ロビンがイーストゲートへ戻ると、ジャン＝ピエールとジェイムズが足を引きずりながらやってくるのが見えた。

「なぜ計画を変えたんだ？」と、ジャン＝ピエールがいった。「この変装に一時間以上もかかったんだぞ」

「心配するな。万事順調にいっている。思いがけない幸運に恵まれてね。ぼくが通りでハーヴェイと話していたら、あのうぬぼれ屋がぼくをランドルフ・ホテルへお茶に招待したんだ。それは無理だから、クラレンドン館へ会いにこいと答えた。そしたらスティーヴンがきみたち二人も同席させるほうがいいといいだしたんだよ」

「なるほどうまい手だ」と、ジェイムズがいった。「ガーデン・パーティで細工をする必要もなくなる」

「話がうますぎやしないか？」と、ジャン＝ピエールがいった。

「少なくとも閉ざされた扉《とびら》のなかで取引ができる」と、ロビン。「そのほうがずっと簡単だろう。彼と一緒に外を歩くことを考えただけでぞっとするよ」

「ハーヴェイ・メトカーフが相手じゃ、何事も簡単じゃないよ」と、ジャン＝ピエールがいった。

「ぼくは四時十五分までにクラレンドン館へ行く」と、ロビンが続けた。「ジャン＝ピエール、きみは四時三十分を少しまわったらきてくれ。それからジェイムズ、きみは四時三十五分ごろだ。いいかい、最初の計画どおりガーデン・パーティで出会って、一緒にクラレンドン館まで歩くつもりで、きちんと打合せどおりにやってくれよ」

　スティーヴンが副総長との約束の時間に遅れては失礼だから、そろそろクラレンドン館へ行こうとハーヴェイをうながした。

「それもそうだ。おや、もう四時三十分じゃないか」

　彼らはガーデン・パーティの会場をあとにして、ブロード・ストリートのはずれにあるクラレンドン館へ急いだ。途中スティーヴンが、クラレンドン館には大学の役職者たちの部屋があって、いわばオクスフォードのホワイト・ハウスのようなところだと説明した。

　クラレンドン館は十八世紀にできた堂々たる大建築で、部外者からしばしばカレッジの一つと間違えられる。数段の階段を昇ったところに荘厳《そうごん》な玄関があって、一歩なかに入ると、最小限の手を加えてオフィスとして使うために改造された壮麗な古い建築物のなかにいることがわかる。

彼らの到着をポーターが出迎えた。

「副総長にお目にかかる約束だ」と、スティーヴンがいった。

ポーターは十五分前にロビンが現われて、ハバクック氏に部屋で待つようにいわれたと告げたとき、少なからず驚いた。副総長も彼のスタッフも少なくともあと一時間はガーデン・パーティから戻ってくるはずがないので、ロビンが式服で正装していたにもかかわらず、目を丸くして彼を見守ったところだった。そこへ今度はスティーヴンが到着したので、いくぶん安心した。以前クラレンドン館の内部を案内してやったときに、スティーヴンから一ポンドもらったことをまだ忘れていなかった。

ポーターはスティーヴンとハーヴェイを副総長室へ案内し、またポケットに一ポンドしまって帰って行った。

その部屋はいたって簡素なたたずまいで、ベージュの絨毯《じゅうたん》と淡色の壁は、大理石の煖炉《だんろ》の上のウィルスン・スティーアのすばらしい絵さえなければ、中級公務員の部屋を思わせた。

ロビンがボドリーアン図書館を見おろす大きな窓の外を眺めていた。

「お邪魔します、副総長」

「やあ、いらっしゃい、教授」

「メトカーフさんをおぼえていますね？」

「もちろん。またお目にかかれてうれしいですな」ロビンは身震いした。今はただひたすら家へ帰りたかった。しばらく四方山話《よもやまばなし》をしているうちに、またノックの音がして、ジャン＝ピエールが入ってきた。

「こんにちは、学籍部長」

「こんにちは、副総長、それにポーター教授」

「ハーヴェイ・メトカーフさんをご紹介します」

「はじめまして」

「どうだね、学籍部長……」

「そのメトカーフという男はどこじゃな？」

茫然《ぼうぜん》として立ちつくす四人の前に、九十歳にはなろうかという老人が杖《つえ》にすがって現われた。彼は足を引きずりながらロビンに近づくと、ちらとめくばせをし、お辞儀をしてから、とてつもなく大きな、すっとん狂な声でうやうやしくいった。

「こんにちは、副総長。お邪魔しますよ」

「こんにちは、ホーズレー」

ジェイムズはハーヴェイに近づいて、生きているかどうかを確かめようとでもするように杖で彼を突いた。

「あんたのことをどこかで読みましたぞ、お若い方」

ハーヴェイがお若い方と呼ばれるのは三十年ぶりだった。ほかの連中はジェイムズに感嘆のまなざしを注いだ。大学の最後の年に、ジェイムズが『守銭奴』を演じて絶賛を博したことを、彼らは知らなかった。財務部長は要するにそのときの再演だった——作者のモリエールでさえこの名演には満足したことだろう。ジェイムズは続けた。

「ハーヴァードにはたいそう貢献しておられるとか」

「おほめにあずかって恐縮です、閣下《サー》」と、ハーヴェイはかしこまって答えた。

「サーは抜きにしましょう、お若い方。あんたの顔つきが気に入った——わしをホーズレーと呼んでくだされ」

「はい、ホーズレー、さん」

ほかの三人はふきだしたくなるのを必死でこらえた。

「ところで、副総長」と、ジェイムズは続けた。「老体のわしをわざわざ呼び寄せたからには、なにか特別の話でもあるんでしょうな？　いったい何事です？　その前に、わしのシェリーは？」

スティーヴンはジェイムズが少しやりすぎではないかと不安になって、ハーヴェイのようすをうかがったが、敵は明らかにこの場の雰囲気《ふんいき》にのまれていた。一つの分野であれほど抜目なく慎重な人間が、別の分野ではこうもあっさり騙《だま》されるなどということがありうるのだろうか？　過去に少なくとも四人のアメリカ人がウェストミンスター・ブリッジを売りつけられた事情が、どうやらわかるような気がしはじめた。

「メトカーフさんに当大学の業績に関心を持っていただけそうなので、財務部長のあなたにも同席してもらうほうがよいと思ったんですよ」

「財務部長というと？」と、ハーヴェイがきいた。

「いわば大学の金庫番というところですかな」と、ジェイムズが説得力のある老人らしい大声を張りあげた。「まあこれを読んでみなさい」彼はブラックウェルズ書店で二ポンドで売っているオクスフォード案内を、ハーヴェイの手に押しつけた。実はジェイムズ自身ブラックウェルズでそれを買ってきたのである。

スティーヴンがつぎにどんな手を指そうかと迷っていると、ありがたいことにハーヴェイのほうから切りだした。

「みなさん、わたしは今日ここにお招きいただいたことをまことに光栄に思っております。今年はわたしにとって実にすばらしい年でした。ウィンブルドンでアメリカ人が勝つのをこの目で見たし、念願のヴァン・ゴッホをとうとう手に入れました。また、モンテ・カルロでは高名な外科医のおかげで命拾いをし、今またここオクスフォードで歴史に囲まれております。みなさん、わたしはこのすばらしい大学とおつきあいさせていただくことを、この上ない喜びと感じるものであります」

ふたたびジェイムズが水を向けた。

「で、あんたの考えておられることは？」と、補聴器をなおしながらハーヴェイに向って声を張りあげた。

「みなさん、わたしはお国の女王陛下からキング・ジョージ・アンド・エリザベス・ステークスのトロフィーをいただいて、年来の宿願を叶えることができました。そこでその賞金ですが、わたしは全額この大学に寄付しようと思うのです」

「しかし賞金は八万ポンド以上ですよ」と、スティーヴンがあえぎながらいった。

「正確には八万一千二百四十ポンドです。だが、いっそ二十五万ドルではいかがでしょう」

スティーヴン、ロビン、ジャン＝ピエールの三人は口がきけなかった。当然今日の主役はジェイムズにまわってきた。彼の曾祖父《そうそふ》がウェリントン麾下《きか》の最もすぐれた将軍の一人であった理由を示すには、今が絶好のチャンスだった。

「結構なお話だ。しかし、これはあくまでも匿名《とくめい》でなければいかんでしょうな」と、ジェイムズはいった。「もちろん副総長からハロルド・マクミラン氏と週間会議に報告してもらうのはかまわんが、外部に噂《うわさ》が拡《ひろ》がるのはちと困る。むろん、名誉学位の問題は考慮してもらえるでしょうな、副総長？」

ロビンはジェイムズがいたって冷静なことに気づいていたので、この場はすべて彼にまかせることにした。

「どんな方法がいいと思うね、ホーズレー？」

「メトカーフさんと大学の関係をだれにも知られないようにするには、現金小切手がいいでしょうな。噂を聞きつけたケンブリッジの連中に一生追っかけまわされたんでは、メトカーフさんもさぞご迷惑だろう。サー・デイヴィッドのときと同じように――隠密裡《おんみつり》に運ぶことじゃな」

「わたしも賛成です」と、ジャン＝ピエールがいった。もとよりジェイムズがなんの話をしているのかわかるはずもない。その点はハーヴェイも同様だった。

ジェイムズがスティーヴンに向ってうなずくと、スティーヴンは副総長室を出てポーターの部屋へ行き、サー・ジョン・ベッチマン宛《あ》ての包みが届いているかどうかとたずねた。

「はい、届いております。どうしてここに置いていったのかわかりませんが」

「いいんだよ」と、スティーヴンは答えた。「わたしが受け取っておくように本人から頼まれたんだ」スティーヴンが副総長室に戻ってみると、ジェイムズが今回の寄付をハーヴェイと大学との間の絆《きずな》として今後も保ち続けることの重要性を、ハーヴェイに向って説いているところだった。

スティーヴンは包みを開いて、いかめしい文学博士のガウンを取りだした。きまり悪さと誇らしさで顔を真っ赤にしているハーヴェイの肩に、ロビンがガウンをかけてやり、出身校のモットーにすぎないラテン語をもっともらしく唱えた。授与式は数秒間で終った。

「おめでとう」と、ジェイムズが咆《ほ》えたてた。「今日の儀式の一環として名誉学位を授与できなかったのは残念だが、あんたの気前のよい申し出を前にしては、来年の創立記念祭まで待つわけにもいくまい」

すばらしい名演技だ、とスティーヴンは思った、ローレンス・オリヴィエといえどもこれ以上の名演は望めまい。

「わたしは充分満足ですよ」ハーヴェイは腰をおろして小切手を切った。「このことは決して口外しないことを約束します」

四人はだれ一人としてその言葉を信じなかった。

彼らが無言で立っていると、やがてハーヴェイが立ちあがって小切手をジェイムズに渡した。

「それはいかん」ジェイムズは眼光鋭く彼をにらみつけた。

ほかの三人は啞然《あぜん》とした。

「副総長がいますぞ」

「なるほど。これは失礼しました」

「ありがとう」ロビンは震える手で小切手を受けとった。「すばらしい贈物です、有効に費《つか》わせてもらいますからどうぞご安心ください」

ドアをノックする音が響きわたった。ジェイムズを除く三人がぎょっとして振り向いたが、ジェイムズだけは事ここにいたってくそ度胸をきめこんでいた。ノックをしたのはハーヴェイの運転手だった。ジェイムズは以前からこの奇を衒《てら》った白の制服制帽が気にくわなかった。

「やれやれ、メラー君は時間に几帳面《きちようめん》だからな」と、ハーヴェイはいった。「みなさん、彼はきっと今日一日のわれわれの行動をずっと見張っていたんですよ」

四人は一瞬ぎょっとしたが、運転手はべつにその言葉から不吉な結論を引きだしたようすもなかった。

「お迎えにあがりました。夕食のお約束に間に合うように、七時までにクラリッジズへ帰りたいとおっしゃいましたので」

「きみきみ」と、ジェイムズがどなった。

「はい」と、運転手が震えあがって答えた。

「きみは知っとるのかね、この方は当大学の副総長だぞ」

「存じませんでした。たいへん失礼をいたしました」

「すぐに帽子を脱ぎたまえ」

「はい」

運転手は帽子を脱いで、こっそり悪態をつきながら引きさがった。

「副総長、途中で失礼しなければならないのはまことに残念ですが、お聞きのとおり今晩約束がありまして……」

「ええ、ええ、わかっております。副総長として、あなたの多額のご寄付にもう一度礼をいわせてもらいますよ。この金は多くのりっぱな研究者たちのために費われることになるでしょう。アメリカへ無事にお帰りになれるよう祈ります。われわれはいつまでもあなたのことを忘れないでしょう、どうぞわれわれのこともお忘れなく」

ハーヴェイはドアのほうへ行きかけた。

「わしはここで失礼しますぞ」と、ジェイムズが叫んだ。「なにしろあの階段をおりるのに二十分はかかりますんでな。あんたはいい方だ、心から礼をいいますぞ」

「いやいや、なんでもありませんよ」と、ハーヴェイは鷹揚《おうよう》に答えた。そうだろうとも、とジェイムズは思った。あんたにとってはこれぐらいなんでもないはずだ。

スティーヴン、ロビン、ジャン＝ピエールの三人がクラレンドン館を出て、ロールス＝ロイスまでハーヴェイを見送った。

「教授」と、ハーヴェイがいった。「あのじいさんのいってることがわしにはさっぱりわからなかったんだが」そういいながら、彼はどっしりしたガウンの重みをもてあまして、もじもじしていた。

「いや、彼はひどく年をとっていて耳もほとんど聞えないが、とても親切な人ですよ。彼がいわんとしたのは、あなたの寄付を匿名にしておく必要があるということです。とはいっても、もちろん、オクスフォードのお偉方の耳にはいずれ入ります。もしもこのことが世間に知れわたれば、これまで教育になんの貢献もしていない好ましからざる連中が、金で名誉学位を買いたくてどっと押しかけてくるおそれがありますからね」

「なるほど、なるほど、よくわかった。わしとしては文句はないよ」と、ハーヴェイはいった。「あんたのおかげで今日はすばらしい一日をすごせた、ではみなさんの将来のご発展を祈りますよ。友達のワイリー・バーカーがここにいないのは残念だった」

ロビンが顔を赤らめた。

ハーヴェイはロールス＝ロイスに乗りこんで、ロンドンに向けてなめらかに滑りだした車を見送る三人に夢中で手を振った。

スリー・ダウン、残るは一つ。

「ジェイムズのやつ、みごとだったよ」と、ジャン＝ピエールがいった。「最初はだれが入ってきたのかわからなかったぜ」

「まったくだ」と、ロビン。「彼を救出に行こう――本日のヒーローだからな」

彼らは五十歳から六十歳ぐらいの扮装《ふんそう》をしていることをつい忘れて、階段を駆けあがり、ジェイムズに讃辞《さんじ》を呈するために大急ぎで副総長室に戻った。ところが本人は副総長室の床に長々とのびていた。気を失ってしまったのだ。

一時間後、モードリンで、ジェイムズはロビンの手当と大きなグラス二杯のウィスキーの助けをかりて、ようやくふだんの状態に戻った。

「みごとだったよ」と、スティーヴンがいった。「ちょうどぼくが緊張に耐えられなくなりかかったときにきみが助けてくれた」

「あの場面を映画に撮ったらきみはアカデミー賞ものだよ」と、ロビンがいった。「あの名演技を見たら、きみのお父さんも舞台に立つことを許してくれるだろう」

ジェイムズはこの三カ月間ではじめて晴れがましい思いにひたっていた。一刻も早くこのことをアンに報告したかった。

「アンか」彼は急いで時計を見た。「しまった、六時三十分だ！　すぐに出かけなくちゃ。八時にアンと会う約束なんだ。来週の月曜日にスティーヴンの部屋で夕食をするときにまた会おう。それまでにぼくのプランを用意しておくように努力するよ」

ジェイムズはあたふたと部屋からとびだして行った。

「ジェイムズ」

ふたたび彼の顔がドアのかげからのぞいた。三人は声を揃《そろ》えていった。「すばらしかったよ！」

彼はにやりと笑って、階段を駆けおり、アルファ・ロメオにとび乗ってフル・スピードでロンドンに向った。これでどうやら車を手放さずに済みそうだと思いながら。

オクスフォードからキングズ・ロードまで五十九分かかった。新しい高速道路のおかげで、彼の学生時代からすると所要時間が大幅に短縮された。当時はハイ・ウィカムかヘンリー経由で一時間半から二時間はかかったものである。

彼がなぜこうも急いでいるかといえば、今夜はアンの父親と会う約束だったからで、したがってどんなことがあっても約束の時間に遅れてはならなかった。アンの父親についてジェイムズが知っているのは、ワシントンの外交団の長老だということだけだった。外交官は例外なく時間に几帳面である。彼はなんとしても父親によい印象を与えたかった。アンがタスウェルで過した週末が大成功だったのだからなおさらである。伯爵《はくしゃく》はアンを一目見て気に入り、ぴったりそばにくっついてはなれなかった。若い二人は、もちろんアンの両親の承諾が得られたらという条件づきだが、結婚式の日取りまで決めていた。

ジェイムズは大急ぎで冷たいシャワーを浴びて、メーキャップを落し、およそ六十歳ほど若返った。メイフェアのレ・ザンバサドゥール・クラブでアンと落ち合って食事をする約束で、ディナー・ジャケットを着ながら、キングズ・ロードからハイド・パーク・コーナーまで十二分で行けるだろうかと気がかりだった。モンテ・カルロを再現する必要があるかもしれなかった。車にとび乗って、すばやくギヤを入れ、スローン・スクエアからイートン・スクエアを抜け、セント・ジョージ・ホスピタルの前を通り、ハイド・パーク・コーナーをまわってパーク・レーンに乗り入れ、八時二分前に到着した。

「いらっしゃいませ」と、クラブの経営者ミスター・ミルズが彼を迎えた。

「こんばんは。ミス・サマートンと食事をする約束なんだが、時間がないので車を二重駐車したまま置いてきた。あとをよろしく頼むよ」とジェイムズはいい、ドアマンの白手袋に車のキイと一ポンド紙幣を握らせた。

「承知しました。ブリグズリー卿《きょう》を個室へご案内してくれ」

ジェイムズはヘッド・ポーターの案内で赤い階段をあがり、三人分の夕食が用意された摂《せっ》政時代《しょうじだい》様式の小ぢんまりした部屋に入った。隣の部屋からアンの声が聞えてきた。彼女は新調のミント・グリーンのドレスをひらひらさせながら、ふだんよりもいちだんとあでやかな姿をのぞかせた。

「いらっしゃい、ダーリン。さあ、パパを紹介するわ」

ジェイムズはアンのあとから隣の部屋に入った。

「パパ、こちらがジェイムズ。ジェイムズ、わたしの父よ」

ジェイムズは顔を真っ赤《レッド》にし、つぎは真っ青《ホワイト》になり、最後におれはなんて間抜け《グリーン》なんだと思った。

「やあやあ、いらっしゃい。きみのことをロザリーからさんざん聞かされて、一日も早く会いたいと思っていたんだよ」

17

「ハーヴェイと呼んでくれ」と、アンの父親はいった。

ジェイムズは茫然《ぼうぜん》として立ちつくしたまま声もなかった。アンが沈黙のなかに割りこんだ。

「ウィスキーをもらいましょうか、ジェイムズ？」

ジェイムズはやっとの思いで答えた。

「ありがとう」

「きみのことを洗いざらい知りたい」と、ハーヴェイは続けた。「きみがどんなことをやっているか、なぜわしがこの数週間自分の娘とほとんど会えなかったか、もっともあとのほうの答えはきみと会ってみてわかったような気がするがね」

ジェイムズがウィスキーを一気に飲みほすと、すぐにアンがおかわりを注《つ》いだ。

「パパが娘とめったに会えないのは、わたしがモデルの仕事をしていて、ほとんどロンドンにいないからよ」

「わかってるよ、ロザリー……」

「ジェイムズはアンという名前でわたしを知ってるのよ、パパ」

「わしたちはお前にロザリーという名前をつけた。ママもわしもいい名前だと思っているし、お前にとっても悪い名前じゃないと思うがね」

「パパったら、ロザリー・メトカーフなんていう名前のヨーロッパのトップ・モデルなんて聞いたことある？　わたしのお友達はみんなアン・サマートンで知っているのよ」

「きみはどう思う、ジェイムズ？」

「ぼくは彼女を全然知らなかったような気がしてきましたよ」と、ジェイムズは徐々にショックから立ちなおりながら答えた。ハーヴェイは明らかに露ほども疑っていなかった。ラマン画廊では面と向ってジェイムズと会っていないし、モンテ・カルロとアスコットでは直接顔を合わせていない。今日の昼間オクスフォードで会ったジェイムズは九十歳の老人だった。彼はどうやらその点は心配なさそうだと思った。しかし月曜日の会合で、最後の計画はハーヴェイ・メトカーフではなくて義理の父親を騙《だま》すことだなどと、どうしてほかの三人にいえようか。

「では食事を始めるかね？」

ハーヴェイは返事を待たずに食事室のほうへ立った。

「ロザリー・メトカーフ」ジェイムズは小声で嚙《か》みつくようにいった。「ぼくに釈明することがあるはずだぞ」

アンはジェイムズの頰《ほお》にやさしくキスをした。

「わたしに父を騙すチャンスを与えてくれた人はあなたがはじめてよ。わたしを許して……愛してるわ……」

「二人とも早くこいよ。人が見たらきみたちは初対面だと思うぞ」

アンとジェイムズはハーヴェイと一緒に食卓についた。ジェイムズはシュリンプ・カクテルを見て内心おかしかった。スティーヴンがハーヴェイをモードリンの夕食に招待したとき、シュリンプ・カクテルのことをきかれてあわてたことを思いだしたのだ。

「ところで、ジェイムズ、きみとアンはもう結婚式の日取りをきめたそうだな」

「ええ、あなたのお許しが得られればですが」

「もちろんわしに異存はないよ。キング・ジョージ・アンド・エリザベス・ステークスに勝ったら、アンをチャールズ殿下と結婚させたいと思っていたが、伯爵さまなら一人娘の婿《むこ》として申し分ない」

二人は声を揃えて笑ったが、どちらも内心は全然おかしいと思わなかった。

「今年はお前がウィンブルドンへこられなくて残念だったよ、ロザリー。考えてもみろ、レディズ・デイのわしの連れといったら、退屈なスイスの銀行屋だけだったんだからな」

アンはジェイムズと顔を見合せて、にやりとした。

ウェイターたちがテーブルの上を片づけて、純白の紙飾りのついたクラウン・ラムのワゴンを押してきた。ハーヴェイはもの珍しげにじろじろ見た。

「しかし、モンテ・カルロへ電話をもらったときはうれしかったよ。あのときはほんとに死ぬかと思った。ジェイムズ、きみは信じないだろうが、わしは野球ボールほどの胆石を腹から取りだしたんだよ。さいわい世界でも一流の外科医が手術をしてくれてな。ワイリー・バーカーはわしの命の恩人だよ」

ハーヴェイはいきなりシャツの前を拡《ひろ》げて、太鼓腹の四インチの傷痕《きずあと》をジェイムズに見せた。

「こいつをどう思うね、ジェイムズ？」

「いや、驚きました」

「パパったら、これからお食事をするのよ」

「そううるさくいうな。ジェイムズだってはじめて男の腹を見るわけじゃあるまい」

この腹だってはじめてじゃない、とジェイムズは思った。

ハーヴェイはシャツをズボンのなかに押しこんで、言葉を続けた。

「とにかく、電話をもらってうれしかったよ」彼は身を乗りだして娘の手を撫《な》でた。「わしはおとなしくしとったよ。お前のいうことを聞いて、あのバーカー先生を一週間引きとめておいた。万一傷が悪化したら困ると思ってね。それにしても、ああいう医者の払いときたら……」

ジェイムズは思わずワイングラスを取り落した。クラレットがテーブルクロースに赤いしみをつくった。

「失礼しました」

「だいじょうぶかね、ジェイムズ？」

「ええ、だいじょうぶです」

ジェイムズは無言の非難をこめてアンをにらみつけた。ハーヴェイは平然としたものだった。

「テーブルクロースを取りかえて、ブリグズリー卿にワインのおかわりを頼む」

ウェイターが新しいグラスにワインを注いだ。ジェイムズは今度は自分が少し楽しむ番だと思った。アンはこの三カ月間ずっと彼を笑い続けてきたのだ。せっかくハーヴェイがチャンスを与えてくれたのだから、仕返しに彼女を少しばかりいじめてやらないでどうする？

ハーヴェイがしゃべり続けていた。

「きみは競馬が好きかね、ジェイムズ？」

「ええ、あなたがキング・ジョージⅥ・アンド・クイーン・エリザベス・ステークスに勝ったのは、あなたの想像以上にぼくにとってもうれしいことでしたよ」

ウェイターたちがテーブルを片づけている隙《すき》を見て、アンが小声で話しかけた。

「あんまり調子に乗りすぎちゃだめよ――父はみかけほどばかじゃないんだから」

「ところで、きみは彼女をどう思うね？」

「えっ、なんとおっしゃいました？」

「ロザリーだよ」

「ああ、すばらしい馬です。ぼくも単複を五ポンドずつ買いましたよ」

「そう、あの日はわしの晴れ舞台だった。お前がこられなくて残念だったよ、ロザリー。女王陛下と、オクスフォード大学のポーター教授というすばらしい男に会えるチャンスをのがしてしまったんだからな」

「ポーター教授ですか？」ジェイムズがワイングラスに顔を伏せながらきいた。

「そう、ポーター教授だ。知合いかね、ジェイムズ？」

「いや、知合いというわけじゃないんですが、たしかノーベル賞をもらった人物じゃなかったですか？」

「そうとも。そのポーター教授のおかげで、わしはオクスフォードですばらしい時間を過してきたよ。あんまり楽しかったもんで、なにかの研究の足しにと二十五万ドルの小切手を置いてきた。彼もきっと喜んでいることだろう」

「パパ、そのことはだれにも話さないって約束でしょう」

「わかってる、しかしジェイムズはもう身内だよ」

「なぜほかの人間に話してはいけないんですか？」

「それが、話せば長くなるんだよ、ジェイムズ。しかしわしにとってはこの上なく名誉なことだ。いいか、この話は極秘だぞ。実はわしはポーター教授の客として創立記念祭に招待されたんだ。オール・ソウルズ・カレッジできみたちの元首相ハリー・マクミランと一緒に昼食をとってから、ガーデン・パーティに出席して、そのあと副総長室で副総長と会った。学籍部長と財務部長を同席させてな。きみもオクスフォード出身かね、ジェイムズ？」

「そうです。ザ・ハウスです」

「ザ・ハウス？」

「クライスト・チャーチのことですよ」

「どうもオクスフォードというところはわからんことが多いな」

「まったくです《ノー・サー》」

「サーはやめてハーヴェイと呼んでくれ。さて、その顔ぶれがクラレンドン館で会ったんだが、連中ときたらなにをいってるのかさっぱり要領を得なかった。ただそのなかに少なくとも九十歳にはなろうかというおかしなじいさんがいて、こいつだけはよくしゃべったな。連中は億万長者に金をねだるこつを知らないらしかったんで、見るに見かねてこっちから助け船を出してやった。あの調子じゃ愛するオクスフォードについて、くどくどと一日じゅうごたくを並べかねないんで、連中を黙らせるために二十五万ドルの小切手を書いて渡したというわけさ」

「ずいぶん気前がいいんですね、ハーヴェイ」

「なあに、彼らがほしいといえば五十万ドルだってくれてやったところだ。おいジェイムズ、少し顔色が悪いようだが、だいじょうぶかね？」

「すみません。だいじょうぶです。あなたのオクスフォードの話に夢中になっていたもんですから」

アンが口をはさんだ。

「パパ、パパはこの寄付を大学とパパ自身の絆《きずな》として秘密にしておくことを副総長に約束したのよ。もうだれにも話さないって約束してちょうだい」

「この秋のハーヴァードの新しいメトカーフ図書館の開館式に、あのガウンを着て出席しようと思うんだが」

「いや、それはいけません」ジェイムズがあわてていった。「ガウンを着ていいのはオクスフォードの儀式のときだけです」

「そうか、そいつは残念だな。もっとも、きみたちイギリス人がエチケットを重視する国民だということはわしも知っている。そうそう、それで思いだしたが、きみたちの挙式の相談をしなくちゃな。二人ともイギリスに住むつもりなんだろうね？」

「そうよ、パパ。だけど毎年パパを訪問するつもりだし、パパがヨーロッパへきたときはわたしたちの家に泊ってくれてもいいのよ」

ウェイターたちがふたたびテーブルを片づけて、ハーヴェイの好物のストローベリを運んできた。アンはなるべく話題を家庭の問題に引きつけておいて、父親が過去二カ月の話題に戻るのを防ぎとめようとしたが、ジェイムズは逆にそちらのほうへ話題を引き戻そうとした。

「コーヒーになさいますか、リキュールになさいますか？」

「いらん」と、ハーヴェイは答えた。「勘定を頼む。クラリッジズのわしの部屋で一杯どうだ、ロザリー？　実は二人に見せたいものがある。あっと驚くような贈物だ」

「早く見せて、パパ。そういうの大好きよ。さあ行きましょう、ジェイムズ」

　ジェイムズは彼らと別れて、父親と娘がしばらく二人だけでいられるように、先にクラリッジズの駐車場までアルファ・ロメオを運転して行った。父と娘は腕を組んでカーゾン・ストリートを歩きだした。

「彼ってすてきでしょう、パパ？」

「ああ、いい青年だ。はじめは少しぼんやりしているように見えたが、食事が進むにつれて元気がでてきた。考えてもみろ、わしのかわいい娘が本物のイギリス貴族の奥さんになろうというんだからな。ママは大喜びだし、わしもお前と仲なおりできてうれしいよ」

「それもみなパパのおかげよ」

「そうかね？」

「わたしもこの数週間いろんなことを反省したのよ。ところで、パパのびっくりするような贈物っていったいなんなの？」

「まあそう急《せ》かしなさんな。お前の結婚祝いだよ」

　ジェイムズがクラリッジズの入口で待っていた。アンの表情から、ハーヴェイが父親として結婚に承認を与えたことがわかった。

「お帰りなさい。いらっしゃいませ、閣下」

「やあ、アルバート。わしの部屋にコーヒーとレミ・マルタンを一本運ばせてくれんか？」

「かしこまりました。すぐに運ばせます」

ジェイムズはロイヤル・スイートを見たことがなかった。小さな入口の間の右手が寝室、左手が居間になっていた。ハーヴェイは二人をまっすぐ居間に案内した。

「子供たちよ、今すぐ結婚の贈物を見せてやるぞ」

彼が芝居がかったしぐさでドアをあけると、正面の壁にゴッホの絵がかかっていた。若い二人は驚きのあまり口もきけなかった。

「わしだって同じだった」と、ハーヴェイがいった。「やっぱり口がきけなかったよ」

「パパ」アンが気をとりなおしていった。「ヴァン・ゴッホじゃない。昔からパパがほしがっていたヴァン・ゴッホよ。パパは彼の絵を所有することをいつも夢見ていたし、いずれにしろわたしはこんな貴重なものを家に置いとけないわ。だって保管の問題があるでしょう、パパと違ってわたしたちにはこの絵を安全に保管する方法がないわ。パパのコレクションの自慢の種をいただくわけにはいかないでしょう、ジェイムズ？」

「そうとも、絶対にいけないよ」と、ジェイムズは万感をこめていった。「こんな高価なものを家に置いといたら、心配でおちおち眠れない」

「ボストンに飾っておいてよ、パパ、そのほうがずっとこの絵にふさわしいわ」

「しかし、お前がこの絵を気に入ってくれると思ったんだがな、ロザリー」

「もちろん気に入ったわよ、パパ。ただ責任が重すぎて心配なのよ。それにボストンにおいとけばママだって見られるじゃない。パパが要らなくなったときにジェイムズとわたしにくれればいいのよ」

「それはいい考えだな、ロザリー。そうすればお前たちもわしもともにこの絵を楽しめるというもんだ。さて、そうなると新しい結婚祝いを考えなきゃいかんな。わしは二十四年間ではじめてこいつにいい負かされたよ、ジェイムズ」

「あら、パパを負かしたのはこれで二度目か三度目だわ。それに、あと一度だけ負かしてやるつもりよ」

ハーヴェイはアンの言葉を無視して続けた。

「あれはキング・ジョージ・アンド・エリザベスのトロフィーだ」と、蹄《ひづめ》と四等分された帽子にダイヤモンドを埋めこんだ、みごとな馬と騎手のブロンズの彫刻を指さした。「大レースなので毎年新しいトロフィーをくれる、だからこのトロフィーは一生わしのものだ」

ジェイムズは少なくともこのトロフィーだけは本物であることを感謝した。

コーヒーとブランディが運ばれ、彼らは腰をおろして結婚式の細かい打合せにとりかかった。

「さて、ロザリー、お前は来週リンカーンへ帰って、お母さんを手伝ってくれ。さもないとあいつはうろうろするだけで、式の準備がいっこうにはかどらんだろう。それからジェイムズ、きみは何人ぐらいの客をアメリカまで招待するか知らせてくれ。お客さんにはリッツに泊ってもらうとしよう。式はコプリー・スクエアのトリニティ・チャーチで挙げて、そのあとリンカーンのわしの邸《やしき》で本式の英国スタイルの披《ひ》露宴《ろうえん》をやろう。それでいいかな、ジェイムズ？」

「たいへん結構です。あなたは実に手《て》際《ぎわ》のいい方ですね、ハーヴェイ」

「昔からこうだったよ、ジェイムズ。長い目で見ればそのほうが得だからな。ではきみとロザリーとで細かいことを話しあってくれ。あれは来週帰国するし、きみは知らんだろうがわしは明日飛行機に乗る予定だからな」

ジェイムズとアンはさらに一時間ほど式の打合せをしてから、十二時ちょっと前にハーヴェイの部屋を出た。

「明日の朝いちばんに会いにくるわ、パパ」

「おやすみなさい」

ジェイムズはハーヴェイと握手をかわして別れた。

「ほらね、すてきな人でしょう？」

「りっぱな青年だ、お母さんもきっと大喜びだろう」

ジェイムズはエレベーターのなかでなにもいわなかった。ほかに二人の男が乗りあわせて、無言で一階に着くのを待っていたからである。そのかわりアルファ・ロメオに乗りこんだとたんに、アンの首根っ子をつかまえて膝《ひざ》の上に腹這《はらば》いにさせ、思いっきりお尻《しり》をぶった。アンは笑っていいのか泣いていいのかわからなかった。

「なんでぶったの？」

「結婚してからどっちが主人かを忘れないようにさせるためさ」

「なんて横暴なの、わたしはただあなたを助けてあげようとしただけなのに」

ジェイムズはものすごいスピードでアンのアパートまで飛ばした。

「きみの身上話はいったいどうなるんだ――『両親はワシントンに住んでいて、父は外交官なの』」ジェイムズはアンの声色を真似《まね》た。「まったく大した外交官だよ」

「だって、あなたの相手がだれだかわかったから、仕方なく嘘《うそ》をついたのよ」

「仲間にはいったいどう言い訳すればいいんだ？」

「なにもいわなくていいわよ。三人を結婚式に招待して、わたしの母がアメリカ人だからボストンで式を挙げることになったと説明すればいいわ。あなたの義父がだれかということに気づいたとき、彼らがどんな顔をするかみものだわ。いずれにしろあなたはまだこれから計画を考えなきゃならないし、絶対に彼らの期待を裏切るべきじゃないわ」

「しかし事情が変ったんだぜ」

「いいえ、変ってなんかいないわ。要するに彼らは成功したけどあなたはまだだってこと、だからアメリカへ着くまでにはしっかりしたプランを立てておかなくちゃ」

「今になってきみの助けがなければぼくらの計画が成功しなかったことがわかったよ」

「とんでもない。わたしはジャン＝ピエールの計画と無関係だったわ。ただ背景をちょこちょこ塗ってあげただけじゃない――ねえ、もう二度とお尻をぶたないって約束してくれる？」

「いや、ぶつよ。あの絵のことを思いだすたびに。だけど今は……」

「ジェイムズったら、まるで色気ちがいよ！」

「わかってるよ、ダーリン。わがブリグズリー一族がどうやって代々子供を作ってきたと思っているんだ？」

アンは父親と一緒にすごすために翌朝早くジェイムズと別れ、正午のボストン行きに乗る父親をジェイムズと一緒に空港まで見送った。帰りの車のなかで、アンはほかの連中にどう話すことにきめたかと、ジェイムズに質問せずにいられなかった。答えはこれだけだった。

「まあ見ててくれ。知らない間にすっかり変えられてしまうのはいやだからな。きみが月曜日にアメリカへ発《た》つことになってよかったよ！」

18

月曜日はジェイムズにとって二重の地獄だった。第一に、朝のボストン行きTWA便に乗るアンを見送らなければならなかったし、第二に、夜のチームの顔合せのための準備をしなければならなかった。ほかの三人はそれぞれの作戦を完了して、彼がどんなプランを考えついたかと、首を長くして待っていることだろう。目ざす獲物が未来の義父だとわかった以上、困難は倍加したわけだが、アンの言い分は正しく、それが口実にはならないことを彼も認めていた。彼は依然としてハーヴェイから二十五万ドルまきあげなければならなかった。オクスフォードで五十万ドルと吹っかけていればわけなくその二十五万ドルが手に入ったのだが、それもチームのメンバーには明かすわけにいかない秘密だった。

オクスフォードにおけるスティーヴンの勝利を記念して、チームの夕食はモードリンでおこなわれることになり、ジェイムズはラッシュ・アワーの直後にロンドンを出発して、ホワイト・シティ・スタジアム経由でM40号線をオクスフォードへと急いだ。

「きみはいつもしんがりだね、ジェイムズ」と、スティーヴンがいった。

「すまん、なにしろぎりぎりまで……」

「すばらしいプランを考えていたんだろうな」と、ジャン＝ピエールがひやかした。

ジェイムズは答えなかった。今やこの四人はおたがいを知りつくしている、と彼は思った。わずか十二週間で、二十年来の友人よりもこの三人のことをよく知っているような気がした。父親がしばしば戦時中にふつうならば会うこともない男たちとの間に生れた友情に言及したわけが、今にして彼にも理解できた。スティーヴンがアメリカへ帰ってしまったらどんなに淋《さび》しくなることだろう。計画の成功はとりもなおさず四人が別れわかれになることを意味しており、ジェイムズも二度とプロスペクタ・オイルのような苦い経験を味わいたくないという点ではだれにも負けないが、それはそれで災難を埋合せる一面も持っていた。

スティーヴンはどんな場合でもお祭り気分にはなれない性分らしく、召使たちがファースト・コースの給仕をおえて引きさがると、スプーンでテーブルを叩《たた》いて開会を宣言した。

「一つ約束してくれ」と、ジャン＝ピエールがいった。

「なんだい？」と、スティーヴン。

「最後の一ペニーまでとり返したあかつきには、ぼくをテーブルの上座に坐《すわ》らせて、こちらから話しかけるまできみは一言も口をきかないでくれ」

「いいとも」と、スティーヴンは答えた。「ただしそれは全額とり返したあとのことだ。われわれはこの時点まで七十七万七千五百六十ドルとり返した。このたびの作戦の経費は五千百七十八ドルだから、経費の総計は二万七千六百六十一ドル二十四セントになる。したがって、メトカーフにはまだ二十五万百一ドル二十四セントの貸しが残っている」

スティーヴンは現時点でのバランス・シートのコピーを各自に手渡した。

「このバランス・シートを六十三ページCとして諸君の資料に加えてくれ。なにか質問は？」

「オクスフォード作戦にこんなに費用がかかった理由は？」と、ロビンが質問した。

「それは、明白ないくつかの理由に加えて」と、スティーヴンが答えた。「ポンド対ドルの為替レートの変動の影響を受けたというのが真相だ。この作戦を開始した時点では一ポンドが二ドル四十四セントだった。今朝はそれが二ドル三十二セントにさがっている。ぼくは経費をポンドで支払って、メトカーフには現行レートで換算したドルで請求しているためにこういう結果になったんだ」

「たとえ一ペニーだってまけてやる気はないんだろうね？」と、ジェイムズがいった。

「当然だ。さて、つぎの議題に移る前に、記録にとどめておきたいことが……」

「一回ごとにますます下院の審議に似てくるよ」と、ジャン＝ピエール。

「黙れよ、フランス野郎」と、ロビン。

「まあ聞けったら、ハーレー・ストリートの淫売屋《いんばいや》のおやじ」

大騒ぎが持ちあがった。これまで何度かカレッジ内の騒々しい会合にぶつかったことのある使用人たちは、そのうち助けを呼ぶ声が聞えるのではないかと考えた。

「静かにしたまえ」スティーヴンの議員ばりの鋭い声が秩序を回復した。「きみたちが大いに張りきっているのはわかるが、われわれにはまだ二十五万百一ドル二十四セントをとり返す仕事が残っているんだ」

「端数《はすう》の二十四セントを絶対に忘れちゃいかんよ、スティーヴン」

「きみは最初にここで食事をしたとき、こんなにうるさくなかったぞ、ジャン＝ピエール。

一度ライオンの皮を売った人間は
ライオンが生きているかぎり、
それを仕止めようとして命を落す

というじゃないか」

一同は沈黙した。

「ハーヴェイは依然としてわがチームに借りを残しているが、最後の四分の一をとり返すのも最初の四分の三をとり返すのも、むずかしさにおいてはまったく変りがない。しかしジェイムズにバトン・タッチする前に、クラレンドン館における彼の演技が比類のないものであったことを記録にとどめておきたい」

ロビンとジャン＝ピエールがテーブルを叩いて、賞讃《しょうさん》と同意を示した。

「さあ、ジェイムズ、きみの計画を早く聞かせてくれ」

ふたたび部屋のなかが静かになった。

「ぼくのプランはほぼ完成している」と、ジェイムズが切りだした。

ほかの連中は信じられないといった顔をした。

「ただし一つだけ断わっておきたいことがある。それを話せば、ぼくのプランを実行に移す前に短期間の猶予《ゆうよ》をもらえると思うんだが」

「結婚するんだろう」

「そのとおりだよ、ジャン＝ピエール、あいかわらず勘がいいな」

「きみが入ってきた瞬間にわかったさ。いつ彼女に会わせてくれるんだ、ジェイムズ？」

「彼女が心変りしようにももう手遅れだというときまではだめだよ、ジャン＝ピエール」

スティーヴンは自分の予定表をのぞいた。

「どれぐらいの猶予期間がほしいのかね？」

「アンとぼくは八月三日にボストンで式を挙げる——アンの母親がアメリカ人なんだ」と、ジェイムズは説明した。「アンはイギリスに住んでいるが、アメリカで式を挙げれば母親にも喜んでもらえるというわけなんだ。そのあとハネムーンに出かけて、八月二十五日にイギリスへ戻る予定だ。ミスター・メトカーフに対するぼくのプランは、九月十五日、すなわち株式取引所の清算日に実行されなければならない」

「ぼくは異存なしだ。みんなもいいだろうな？」

ロビンとジャン＝ピエールがうなずいた。

ジェイムズはプランの具体的な説明に入った。

「この計画にはテレックスと七台の電話が必要だ。いずれもぼくのアパートにとりつけられる。ジャン＝ピエールにはパリの株式取引所《ブールス》に、スティーヴンにはシカゴの商品取引所に、ロビンにはロンドンのロイズ組合にいてもらわなければならない。詳しい資料はハネムーンから戻りしだい提出することにする」

三人は感嘆のあまり口もきけず、ジェイムズはドラマティックな効果を狙《ねら》って一呼吸おいた。

「わかったよ、ジェイムズ」と、スティーヴンがいった。「楽しみに待っている——ほかになにか指示は？」

「まず、スティーヴン、きみはこれから一カ月間、ヨハネスブルグ、チューリヒ、ニューヨーク、ロンドンの金の始め値と終り値を毎日欠かさず調べておいてくれ。ジャン＝ピエール、きみには同じ期間ドルに対するドイツ・マルク、フラン、ポンドの値段を毎日調べてもらう。ロビンは九月二日までにテレックスと八回線構内交換電話《ピー・ビー・エクス》の操作をマスターしておいてくれ。国際交換手に劣らないぐらいの腕前になってもらいたいんだ」

「きみはいつも楽な仕事ばかりだな、ロビン、そうだろう？」と、ジャン＝ピエール。

「こいつめ……」

「二人とも、黙ってくれ」と、ジェイムズがたしなめた。

二人の顔には驚きと畏敬《いけい》の表情がうかんだ。

「みんなのためにメモを作っておいた」

ジェイムズはチームの各メンバーにタイプした二枚の紙を渡した。

「これを七十四および七十五ページとして資料に加えてくれ。少なくとも一カ月間はみんなこれで手いっぱいだろう。最後に、きみたちは全員アン・サマートンとジェイムズ・ブリグズリーの結婚式に招待される。時間がないから正式の招待状は出さないが、八月二日午後の７４７機に四人分の席をとってあるし、ボストンのリッツに部屋を予約しておいた。新郎側の案内役をきみたちに引き受けてもらいたい」

ジェイムズ本人すら自分の手際のよさに感心していた。ほかの三人は驚きの表情をうかべて飛行機の切符と細かい指示を受けとった。

「午後三時に空港で落ちあって、機内で資料のメモについてきみたちをテストすることにする」

「わかりました」と、ジャン＝ピエールがいった。

「ジャン＝ピエール、きみは国際電話を使って二カ国語で話し、外国為替のエキスパートらしく見せかける必要があるから、きみのテストはフランス語と英語の両方でおこなう」

その晩はもはやジェイムズをからかう言葉はだれの口からも聞かれず、彼は生れ変ったような気分でロンドンへと車を走らせた。彼はオクスフォード計画のスターであったばかりか、今度はほかの三人に命令をくだす立場になったのだ。いずれおやじにも目に物見せてやる。

19

いつもと違ってジェイムズがヒースロー空港に一番乗りし、ほかの三人があとからやってきた。一度手に入れた主導権を失いたくなかったからである。ロビンが新聞を山のように抱えて最後に到着した。

「たった二日間留守にするだけだぜ」と、スティーヴンがいった。

「わかってるさ、だけどぼくはイギリスの新聞がないと落ちつかないんだ。だからあした読む分も持って行くんだよ」

ジャン＝ピエールがフランス人らしく肩をすくめて、とてもつきあいきれないというしぐさを見せた。

彼らは三番ターミナルで荷物をチェック・インして、ローガン国際空港行きのブリティッシュ・エアウェイズ７４７機に乗りこんだ。

「まるでフットボール・グラウンドだな」と、ロビンがはじめて見るジャンボ機の内部を見まわしながらいった。

「定員は三百五十名。きみたちイギリス人のクラブのメンバー数とほぼ同数というところさ」と、ジャン＝ピエールがいった。

「やめたまえ」と、ジェイムズが鋭くたしなめた。彼は気がつかなかったが、二人とも神経質になっていて、緊張をやわらげるために軽口を叩きあっているのだった。やがて離陸の間は二人とも本を読むふりをしていたが、高度三千フィートに達して、「シート・ベルト着用」の小さな赤いランプが消えると同時に、すっかり元気を取り戻した。

チームはプラスチック食器のコールド・チキンとアルジェリアン・レッド・ワインの味気ないディナーを平らげた。

「ジェイムズ」と、ジャン＝ピエールがいった。「きみの義理の父親はもう少しましなものをごちそうしてくれるんだろうね」

食事のあと、ジェイムズは彼らに映画を見ることを許可したが、そのかわり映画が終りしだいテストをやるといいわたした。ロビンとジャン＝ピエールは『スティング』を見るために十五列後方にさがった。スティーヴンは席にとどまってジェイムズの質問を受けることになった。

ジェイムズはスティーヴンに、世界じゅうの金の価格と、過去四週間の市場動向に関する四十の質問をタイプした紙を渡した。スティーヴンは二十二分ですべての答えを記入したが、ジェイムズの予想どおり全問正解だった。スティーヴンは終始チームのバックボーンであったし、ハーヴェイ・メトカーフを真に打ち負かしたのは彼のすぐれた頭脳だった。

スティーヴンとジェイムズがうとうとしているうちに、ロビンとジャン＝ピエールが戻ってきたので、彼らにも四十の質問が手渡された。ロビンは三十分かかって四十問中三十八問正解した。ジャン＝ピエールは二十七分で三十七問正解だった。

「スティーヴンは満点だったぞ」と、ジェイムズがいった。

「彼なら当然だろう」と、ジャン＝ピエール。

ロビンは少し恥ずかしそうな顔をした。

「きみたちも九月二日までに全問正解できるようにしておいてくれ。わかったか？」

二人はうなずいた。

「きみは『スティング』を見たかい？」と、ロビンがきいた。

「いや」と、スティーヴンは答えた。「映画はめったに見ないからね」

「あの連中はぼくらとは違うな。大きな作戦を一回やっただけで、しかも手に入れた金をすぐになくしちまうんだから」

「いいから眠れよ、ロビン」

食事と映画とジェイムズのテストで、六時間の飛行はあっというまに終った。ようやく最後の一時間をまどろみかけたとき、とつぜんアナウンスの声で起された。

「こちらは機長です。間もなくローガン国際空港に到着の予定ですが、予定より二十分遅れております。着陸はおよそ十分後の七時十五分の予定です。快適な空の旅をお楽しみいただけたことと思います。次回もまたブリティッシュ・エアウェイズをご利用ください」

三人とも結婚の贈物を持っていて、なにを買ったかジェイムズに知られまいとしたために、税関手続きにふだんより少し手間どった。二個のピアジェの時計のうち一個の裏蓋《うらぶた》に、「プロスペクタ・オイルからの不正利得——計画を遂行した三人より」という文字が刻まれている理由を、税関吏に説明するのに少なからず苦労した。

ようやく税関から脱出すると、彼らをホテルへ送りとどけるために大型キャディラックを自分で運転して迎えにきたアンの姿が入口に見えた。

「きみが計画を考えるのに手間どったわけがやっとわかったよ。おめでとう、ジェイムズ、こんな美人の恋人がいたんじゃ無理もない」とジャン＝ピエールはいい、フランス人ならではの大袈裟《おおげさ》なゼスチャーでアンを抱きしめた。ロビンは自己紹介をして、彼女の頰《ほお》に軽くキスした。スティーヴンは形式ばって握手をかわした。彼らはどやどやと車に乗りこみ、ジャン＝ピエールが抜目なくアンの隣に坐った。

「ミス・サマートン」と、スティーヴンが吃りながら呼びかけた。

「アンと呼んでください」

「披露宴《ひろうえん》の会場はホテルですか？」

「いいえ」と、アンが答えた。「両親の家ですわ。でも式のあとみなさんを車が迎えに行きます。みなさんの役目はジェイムズを三時三十分までに教会へ行かせることだけ、あとはなにもご心配には及びませんわ。そうそう、ジェイムズ、あなたのお父さまとお母さまが昨日お着きになって、今両親の家にいらっしゃるのよ。母がすっかり興奮してばたばたしているから、あなたは今夜うちに泊らないほうがいいだろうということになったんだけど」

「きみのいうとおりにするよ」

「あなたが今から明日までの間に心変りするようなら」と、ジャン＝ピエールがいった。「ジェイムズに代ってぼくがお役に立ちますよ。ぼくは貴族の出じゃないけど、われわれフランス人はそれを補って余りある取柄《とりえ》の一つや二つは持っていますからね」

アンはにっこり笑った。「ちょっと遅すぎたわ、ジャン＝ピエール。それにわたし、ひげは好きじゃないの」

「しかし、ぼくはただ……」

ほかの連中がジャン＝ピエールをにらみつけた。


ホテルに着くと、彼らはアンとジェイムズを二人だけにして荷物をほどきにかかった。

「彼らは知ってるの、ダーリン？」

「全然知りやしないさ」と、ジェイムズは答えた。「明日はびっくり仰天するぜ」

「あなたの計画はとうとう完成したの？」

「まあ見ててくれ」

「わたしも一つ考えたのよ。あなたのはいつの予定なの？」

「九月十五日だ」

「それじゃわたしの勝ちね――わたしのは明日の予定だから」

「なんだって、まさかきみは……」

「心配しないでいいのよ。あなたは結婚のことだけ考えていればいいわ……わたしとの」

「どっかへ行こうよ」

「だめよ、せっかちね。明日まで待ちなさい」

「愛してるよ」

「おやすみなさい、おばかさん。わたしも愛してるわ、けどもう家へ帰らなくちゃ。そうしないと準備もなにもできやしないわ」

ジェイムズはエレベーターで七階へあがって、仲間とコーヒーを飲んだ。

「だれかブラックジャックをやらないか？」と、ジャン＝ピエールがいった。

「きみとはご免だね、海賊め」と、ロビンがいった。「きみは世紀の大悪党に仕込まれたんだからな」

チームは大いに張りきって翌日の結婚式を楽しみにしていた。時差疲れにもかかわらず、それぞれの部屋に引きあげたときは十二時をまわっていた。ジェイムズは部屋へ帰ってからも、しばらく目をあけたまま同じ質問を頭のなかで繰りかえしていた。

「アンのやつ、今度はいったいなにを企《たくら》んでいるのかな？」

20

八月のボストンはアメリカのいかなる都市にも劣らず美しい。チームはジェイムズの部屋で盛りだくさんの朝食を楽しんだ。

「この役は彼には似合わないと思うな」と、ジャン＝ピエールがいった。「スティーヴン、きみはチームのキャプテンだ。ぼくが彼の代役を買って出るよ」

「そのかわり二十五万ドル払ってもらうぞ」

「いいとも」

「きみは二十五万ドル持っていない。きみが持っているのは、われわれがこれまでとり返した分の四分の一、つまり十八万七千四百七十四ドル六十九セントだけだ。だからぼくの決定は、花婿《はなむこ》はやっぱりジェイムズだ」

「そいつはアングロ＝サクソンの陰謀だ」と、ジャン＝ピエールが抗議した。「ジェイムズの計画が成功して全額取り戻したあとで、ぼくは交渉を再開するからな」

彼らはトーストとコーヒーで時間をつぶしながら冗談をいって笑い興じた。スティーヴンは親愛の情をこめて彼らをみつめながら、ひとたび――いや、もしもだ、と彼は律儀《りちぎ》に訂正した――ジェイムズの作戦が完了すれば、もうこの四人もめったに顔を合わせることがあるまいと、淋《さび》しい思いに駆られていた。もしもハーヴェイ・メトカーフがこういうチームを敵ではなく味方に持っていたら、彼は世界一富める男になっていただろう。

「なにをぼんやりしてるんだ、スティーヴン？」

「いや、すまん。アンにいいつかった大切な役目を忘れたら大変だ」

「そらまた始まった」と、ジャン＝ピエール。「われわれは何時に出頭するんだい、教授？」

「今から一時間後に、正装してジェイムズを点検してから、彼を教会へ連れて行く。ジャン＝ピエール、カーネーションを四本買ってきてくれ――赤を三本に白一本だ。ロビン、きみはタクシーの手配をしてくれ、ぼくはジェイムズの世話を引き受ける」

ロビンとジャン＝ピエールはちぐはぐな音階で勇ましく『ラ・マルセイエーズ』を歌いながら出て行った。ジェイムズとスティーヴンがそれを見送った。

「どんな気分だい、ジェイムズ？」

「申し分ないよ。ただ、ここまでくる前に計画を完成できなかったことだけが心残りだ」

「そんなことはいいさ。九月十五日でも遅くはない。息抜きも悪くないよ」

「きみがいなかったらとてもここまでは漕《こ》ぎつけられなかった。そうだろう、スティーヴン？　みんな破産していたろうし、ぼくもアンに会えなかったろう。みんなきみのおかげだよ」

スティーヴンはどう答えてよいかわからずに、窓の外を凝視し続けた。

「赤を三本に白を一本」と、ジャン＝ピエールがいった。「注文どおりに買ってきましたよ。

白はぼくの分だろうな？」

「いや、ジェイムズにつけてやってくれ。手荒くするなよ、ジャン゠ピエール」

「りっぱな花婿ぶりだ、それにしてもぼくにはよくわからないんだが、アンはいったいきみのどこが気に入ったのかな？」といいながら、ジャン゠ピエールはジェイムズのボタン穴に白いカーネーションをつけてやった。四人とも出かける準備は整ったが、タクシーが迎えにくるまでまだ三十分余裕があった。ジャン゠ピエールがシャンペンを一本あけた。彼らはジェイムズの健康を、つぎにチーム全員の健康を、それから女王陛下、アメリカ大統領、そして最後にあまり気乗りしないようなふりをしながらフランス大統領の健康を祈って乾杯した。壜《びん》が空っぽになったところで、スティーヴンはもう出かけるほうがいいと判断して、三人をタクシーのところまで引っぱっていった。

「笑顔を絶やすなよ、ジェイムズ。ぼくらがついているからな」

彼らはジェイムズをバックシートに押しこんだ。

タクシーは二十分かかってコプリー・スクエアのトリニティ・チャーチに辿《たど》りついたが、運転手は四人組を厄介《やっかい》ばらいしてせいせいしたような顔をした。

「三時十五分だ。アンはぼくが約束を守ったことを喜んでくれるだろう」と、スティーヴンはいった。彼は花婿をエスコートして教会の右側前列の席につかせ、ジャン゠ピエールは娘たちのなかのいちばんの美人にウィンクした。ロビンはウェディング・シートを配るのを手伝った。一千人の着飾りすぎた客が花嫁の到着を待っていた。

スティーヴンがロビンを手伝うために教会の階段のところへ戻り、そこへジャン＝ピエールがやってきてそろそろ席につくようにいったちょうどそのとき、ロールス＝ロイスが到着した。彼らはバレンシアガのウェディング・ガウンを着たアンのあまりの美しさに、階段の上に釘《くぎ》づけになった。続いて彼女の父親が車からおりた。アンは父親の腕をとって階段をのぼりはじめた。

三人は大蛇《だいじゃ》ににらまれた羊のように、棒立ちになったまま身動きもできなかった。

「あいつめ！」

「騙《だま》したのはどっちだ？」

「彼女ははじめから知っていたんだ！」

ハーヴェイは彼らにかすかな笑いを見せて、アンと腕を組みながら通りすぎた。

「なんてこった！」と、スティーヴンは心のなかで叫んだ。「彼はわれわれに気がつかなかったぞ」彼らは教会の後ろのほうの、おびただしい参列者の耳に話し声が届かない席に坐《すわ》った。アンが祭壇の前に達すると同時にオルガンの演奏がやんだ。

「ハーヴェイは知ってるはずがない」と、スティーヴン。

「どうしてだ？」と、ジャン＝ピエール。

「だってジェイムズ自身がすでにテストにパスしていなけりゃ、ぼくらをこんな目にあわせるはずがないだろう」

「さすが、頭がいい」と、ロビンが囁《ささや》いた。

「わたしはあなた方二人に命じます、すべての人の心の秘密が明かされる恐るべき審判《さばき》の日に答えるように……」

「こっちにもいくつか知りたい秘密がある」と、ジャン＝ピエールがいった。「まず第一に、いったい彼女はいつから知っていたんだ？」

「ジェイムズ・クラレンス・スペンサー、あなたはこの女を妻とし、神の定めに従って夫婦の神聖なる縁を結ぶことを誓いますか？　ともに命あるかぎり彼女を愛し、慰め、敬い、病めるときも健やかなるときもともに見捨てることなく、他の女性には目もくれず、彼女にのみ添うことを誓いますか？」

「誓います」

「ロザリー・アーリーン、あなたはこの男を夫とし……」

「考えてみれば」と、スティーヴンがいった。「彼女は間違いなくチームのりっぱなメンバーだったんだ。さもなきゃモンテ・カルロでもオクスフォードでもあんなにうまくゆくはずがなかったんだよ」

「……ともに命あるかぎり……誓いますか？」

「誓います」

「この女を妻としてこの男に与えたのはだれですか？」

ハーヴェイがせかせかと進み出て、アンの片手をとり、それを牧師にあずけた。

「わたくしジェイムズ・クラレンス・スペンサーは、ロザリー・アーリーンを妻として……」

「しかも彼はわれわれと一度ずつしか会っていない、おまけにそのときはみんな変装していたから、今会っても気がつかなかったんだ」と、スティーヴンが続けた。

「……あなたに誓います」

「わたくしロザリー・アーリーンは、ジェイムズ・クラレンス・スペンサーを夫として……」

「しかしこんなところでうろうろしてたら、彼に逆襲のチャンスを与えるようなもんだ」と、ロビンがいった。

「そんなことはない」と、スティーヴン。「とにかくあわてちゃだめだ。われわれの成功の秘訣《ひけつ》は敵をホーム・グラウンドから引っぱりだすことだったじゃないか」

「しかしここは彼のホーム・グラウンドだぜ」と、ジャン＝ピエール。

「それは違う。今日は娘の結婚式だ、つまり彼にとってはまったく未知の経験ということになる。もちろん披露宴ではできるだけ彼を避けるが、避けていることがあまり目立ちすぎてもいけない」

「ぼくの手をしっかり握っててくれよ」と、ロビン。

「いいとも、引き受けた」と、ジャン＝ピエール。

「いいか、ごく自然に振舞うことを忘れるなよ」

「……あなたに誓います」

アンは消え入りそうな声で誓いを立てた。恐慌《きょうこう》をきたして後ろのほうで小さくなっている三人には、ほとんど聞きとれないほどだった。ジェイムズの声は逆に力強く、明瞭《めいりょう》だった。

「この指輪をもってあなたを娶《めと》り、この身をもってあなたを敬い、すべての地上の富をあなたに与えます……」

「そのなかにはわれわれの分も含まれているんだぞ」と、ジャン＝ピエールがいった。

「父と、子と、聖霊の御名《みな》において。アーメン」

「さあ、一緒に祈りましょう」と、牧師が歌うようにいった。

「なにを祈るかはわかってる」と、ロビンがいった。「われわれの敵の力と、われわれを憎むすべての人間の手から解放されんことを」

「おお、永遠なる神よ、人類の創造者にして保護者なる者よ……」

「そろそろ終りだぞ」と、スティーヴンがいった。

「そう聞いただけでぞっとする」と、ロビン。

「静かにしろよ」と、ジャン＝ピエール。「ぼくはスティーヴンの意見に賛成だ。こっちはメトカーフの手の内を見抜いている、安心しろよ」

「神の結びたまいし二人を、人の手によって引き裂くことのなかるべし」

ジャン＝ピエールがなにかぶつぶついい続けたが、とてもお祈りとは聞えなかった。

オルガンがヘンデルのウェディング・マーチを高らかに奏《かな》でると、三人ははっとわれにかえった。結婚式は無事に終了し、ブリグズリー卿《きょう》夫妻は微笑をたたえた二千の目に見守られながら、中央の通路を進んでいった。スティーヴンは笑顔をうかべ、ジャン＝ピエールは羨《うらや》ましそうな顔をし、ロビンは心配そうだった。ジェイムズは至福の笑みをたたえて彼らの前を通りすぎた。

教会の階段の上で十分間の記念撮影がおこなわれたあと、ロールス＝ロイスが新婚のカップルをリンカーンのメトカーフ邸へ運んで行った。ハーヴェイとラウス伯爵《はくしゃく》夫人が二台目の車、伯爵とアンの母親のアーリーンが三台目に乗りこんだ。スティーヴンとロビンとジャン＝ピエールは、敵の本拠に乗りこむべきか否《いな》かについてなおも議論を戦わせながら、およそ二十分後にメトカーフ邸へ向った。

ハーヴェイ・メトカーフのジョージ王朝様式の邸宅は壮麗このうえなく、湖に通じる東洋庭園と、広大なバラ園と、彼の誇りであり喜びである貴重な蘭《らん》のコレクションを収容した温室を持っていた。

「まさかこの家を見ることになるとは思わなかったな」と、ジャン＝ピエールがいった。

「ぼくもだよ」と、ロビン。「こうして目の前に見ると、あんまりいい気はしないな」

「さあ、いよいよ試練のときがきた」と、スティーヴンがいった。「挨拶《あいさつ》の列に加わるときは、はなればなれのほうが安全だろう。ぼくが最初に行くよ。ロビン、二番手はきみだ、少なくともぼくより二十人あとに並んでくれ。ジャン＝ピエール、三番手はきみだが、やはりロビンから二十人あとに並んで、ごく自然に振舞ってくれ。ぼくらはイギリスからきたジェイムズの友人というだけのことだ。いいか、列に加わるときは人の話によく注意して、ハーヴェイの親友らしい人物を見つけたらそのすぐ前に割りこむんだ。そうすれば握手の番がきたとき、ハーヴェイは見も知らぬきみたちを素通りしてつぎの人に目を向けるだろう。この方法でなんとか無事に切り抜けられると思う」

「天才的だね、教授」と、ジャン＝ピエールがいった。

行列ははてしなく長かった。一千人の客がメトカーフ夫妻、ラウス伯爵夫妻、アンとジェイムズと握手をかわしながら通りすぎた。とうとうスティーヴンの番になり、無事に難関を切り抜けた。

「はるばるきてくださって、とてもうれしいわ」と、アンがいった。

スティーヴンは答えなかった。

「きみに会えてうれしいよ、スティーヴン」

「みんなきみのプランに感心しているよ、ジェイムズ」

スティーヴンは舞踏室へ入りこんで、中央の高層ウェディング・ケーキからできるだけ遠くはなれた奥の柱のかげに身をひそめた。

つぎのロビンはハーヴェイと視線を合わせないようにして通過した。

「遠いところからよくきてくださったわ」と、アンがいった。

ロビンはなにやら小声で呟《つぶや》いた。

「今日は充分楽しんでくれたろうね、ロビン？」

ジェイムズは明らかにこの瞬間をかつてないほど楽しんでいた。彼自身もアンによってこの苦境に陥《おとしい》れられたのだが、今チームのほかの連中も同じ立場に置かれてうろたえているのを見れば、悪い気はしなかった。

「ひどいやつだな、ジェイムズ」

「しっ、声が高いぞ。ぼくの両親が聞きつけるかもしれん」

ロビンは舞踏室にまぎれこみ、柱という柱のかげを残らず捜したあとでやっとスティーヴンを見つけた。

「無事だったかい？」

「どうやらね、しかし彼とはもう二度と会いたくないよ。帰りの飛行機は何時だ？」

「八時だよ。とにかく落ちついてジャン＝ピエールを見張っててくれ」

「あいつ、ひげをはやしていてよかったよ」

ジャン＝ピエールはハーヴェイと握手をかわした。ハーヴェイの視線はすでにジャン＝ピエールのつぎの客に注がれていた。ジャン＝ピエールがハーヴェイの親友らしいボストンの銀行家の前に、厚かましくも割りこんだからである。

「やあ、よくきてくれたな、マーヴィン」

ジャン＝ピエールは危地を脱した。彼はアンの両頰《りようほお》にキスして、耳もとで囁いた。「これでジェイムズもゲーム・セットだな」そしてスティーヴンとロビンを捜しに行きかけたが、花嫁の付添いと顔を合わせたとたんに、スティーヴンの注意をけろりと忘れてしまった。

「お式は楽しかったかしら？」と、付添いがたずねた。

「もちろん。ぼくは花嫁ではなく花嫁の付添いで結婚式を採点する主義なんですよ」

娘はうれしそうに顔を赤らめた。

「きっと費用がたいへんね」

「そうですよ、その金がどこから出たかぼくは知ってるけど」と、ジャン＝ピエールが彼女の腰に腕をまわしながら答えた。

四本の腕が抵抗するジャン＝ピエールをつかまえて、無理矢理柱のかげに引っぱりこんだ。

「頼むからやめてくれよ、ジャン＝ピエール。あの娘は十七歳にもなっていないんだぜ。窃盗だけならまだしも、幼女暴行のおまけまでついての刑務所行きはごめんだよ。これを飲んで行儀よくしてくれ」ロビンが彼の手にグラスを押しつけた。

シャンペンがふんだんに流れ、スティーヴンまで少しばかり飲みすぎた。みんないささか足もとが怪しくなって柱にしがみついていると、司会者が静粛を求めた。

「ご来席のみなさま。花婿《はなむこ》の伯爵嗣子、ブリグズリー卿のご挨拶です」

ジェイムズは堂々たるスピーチをおこなった。彼のなかの役者が優勢を占めた結果だったが、アメリカ人にはそれが大受けに受けた。彼の父親さえ息子を感嘆の目で眺《なが》めた。司会者はつぎにハーヴェイを紹介した。彼は大声を張りあげて、娘をチャールズ殿下と結婚させようと思ったという例のお気に入りのジョークを長々とやってのけたが、集まった客は結婚式の常でこのつまらないジョークにも盛大な拍手を送った。彼はしめくくりに新郎新婦のための乾杯の音頭《おんど》をとった。

拍手が鳴りやんでふたたびがやがやと話し声が聞えはじめたとき、ハーヴェイがポケットから一通の封筒を取りだして娘の頬にキスをした。

「ロザリー、これはわしからのささやかなお祝いだ、ヴァン・ゴッホの埋合せに受けとってくれ。お前のことだからきっと有効に費《つか》ってくれるだろう」

ハーヴェイは白い封筒を彼女に渡した。中身は二十五万ドルの小切手だった。アンは心からなる愛情をこめて父親にキスを返した。

「ありがとう、パパ、このお金を生かして費うことを約束します」彼女は急いでジェイムズのあとを追った。彼は年配のアメリカ婦人たちにとりかこまれていた。

「女王陛下の縁続きとうかがいましたけど、ほんとですの？」

「本物の貴族にお目にかかるのははじめてですわ」

「一度お城の見物に招待していただけませんこと？」

「キングズ・ロードには城はないんですよ」ジェイムズはアンを見つけてほっとしたようすだった。

「ダーリン、一分だけ時間をさいてくださらない？」

ジェイムズは婦人たちに言い訳してアンについて行ったが、客の群れからのがれることはほとんど不可能だった。

「これを見て」と、彼女はいった。「早く」

ジェイムズは小切手を受けとった。

「おいおい――二十五万ドルじゃないか！」

「わたしがこれをどうするかわかってるわね？」

「わかってるよ、ダーリン」

アンはスティーヴンとロビンとジャン＝ピエールを捜しまわったが、なにしろ彼らはいちばん遠い柱のかげに隠れているものだから、容易に見つからなかった。ようやく部屋のはずれから流れてくる『百万長者になりたい人は？』の静かだが調子のよいメロディーに導かれて、彼らのいる場所に辿《たど》りついた。

「ペンを貸してくださらない、スティーヴン？」

間髪を入れず三本のペンが差しだされた。

彼女は花束のなかから小切手を取りだして、裏面に「ロザリー・ブリグズリーからスティーヴン・ブラッドリーに支払い」と書き、スティーヴンに渡した。

「さあ、これをどうぞ」

三人は目を丸くして小切手をみつめた。三人とも一言も口をきけないでいるうちに、彼女は身をひるがえして立ち去った。

「ジェイムズはすごい女と結婚したもんだ」と、ジャン＝ピエールがいった。

「きみは酔っぱらってるぞ」と、ロビン。

「なんだと、いやしくもフランス人に向ってシャンペンで酔っぱらったとはなんたるいぐさだ。こうなったら決闘だ。武器を選べ」

「シャンペンのコルクにしよう」

「静かにしろ」と、スティーヴンがいった。「見破られるぞ」

「ところで教授、これで帳尻《ちょうじり》はどうなった？」

「今それを計算しているところだよ」と、スティーヴンが答えた。

「なんだって？」ロビンとジャン＝ピエールが異口同音に驚きの声を発したが、あえて異議をさしはさむ気になれないほど有頂天になっていた。

「まだ百一ドル二十四セント貸しが残っている」

「けしからん」と、ジャン＝ピエールがいった。「この家を燃やしてしまえ！」

アンとジェイムズは着替えのために引きさがり、一方スティーヴンとロビンとジャン＝ピエールはまたひとしきりシャンペンを流しこんだ。司会者がおよそ十五分後に新郎新婦が出発することを告げて、客を玄関と庭に召集した。

「さあ、二人を見送ろう」と、スティーヴンがいった。酒の酔いで度胸がすわった三人は、車の近くに寄って行った。

ハーヴェイの声を聞きつけたのはスティーヴンだった。「やれやれ。なにからなにまでわしが面倒見なきゃいかんのか？」そして周囲を見まわした目が三人組の上にとまった。ハーヴェイが人差指で自分を招くのを見て、スティーヴンの両脚がふにゃふにゃに萎《な》えた。

「おいきみ、きみは案内役じゃなかったかな？」

「そうです」

「ロザリーがもうすぐ出発するというのに、花がひとつもない。いったいどうなってるんだ？　車でひとっ走り頼む。半マイル先に花屋が一軒ある。急いでくれよ」

「はい」

「はて、きみとはどっかで会ったような気がするが」

「ええ――その、いや、とにかく花を買ってきます」

スティーヴンがさっと回れ右して逃げだした。ついにハーヴェイに見破られたかと、恐怖の目で見守っていたロビンとジャン＝ピエールが、急いであとを追った。建物の裏手に達すると、スティーヴンは華麗なバラ園の前で立ちどまった。ロビンとジャン＝ピエールは鉄砲玉のように彼のそばを走り抜け、急ブレーキをかけてＵターンすると、よろめきながら引き返してきた。

「なにを考えてるんだ――自分の葬式の花でも摘むつもりか？」

「メトカーフのだよ。アンの花を用意するのを忘れたやつがいて、ぼくが花を買いに行くところだが、まだ五分ある。さあ、手分けしてバラを摘むんだ」

「わが子ら《メ・ザンファン》よ、あれが見えるか？」

二人はジャン＝ピエールの視線を追った。ジャン＝ピエールは恍惚《こうこつ》とした表情をうかべて、蘭の温室を凝視していた。

スティーヴンはみごとな蘭を両手に抱え、ロビンとジャン＝ピエールを従えて建物の正面に戻ってきた。それをハーヴェイに渡した直後に、ジェイムズとアンが家のなかから出てきた。

「みごとな花だ。わしはこの花が好きでな、いくらした？」

「百ドルです」と、スティーヴンが出まかせに答えた。ハーヴェイが五十ドル札を二枚渡した。スティーヴンは冷汗をかきながら後ろにさがり、見送りの人垣《ひとがき》の後方にいるロビンとジャン＝ピエールのところへ戻った。人々の目は美しいアンの上に釘《くぎ》づけになっていた。

「まあ、きれいな蘭ね、パパ」アンはハーヴェイにキスした。「パパのおかげで今日はわたしの一生でいちばんすてきな日になったわ……」

ロールス＝ロイスがゆっくり人垣をはなれ、建物の裏手にまわって空港のほうへ走り去った。ジェイムズとアンはサン・フランシスコ行きに乗り、そこでひと休みしてからハワイでハネムーンを過す予定だった。ロールス＝ロイスが滑るように裏にまわったとき、アンは空っぽの温室に目を丸くし、それから自分の腕のなかの花をみつめた。ジェイムズはなにも気がつかなかった。頭のなかはほかのことでいっぱいだったからである。

「あの連中はぼくを許してくれるだろうか？」

「きっとなんとか切り抜けるわよ。それよりひとつ質問があるんだけど。あなた、ほんとにプランを思いついたの？」

「いずれそうくるだろうと思っていたよ、実をいうと……」

ロールス＝ロイスはなめらかにハイウェイを走り、ジェイムズの答えを聞いたのは運転手だけだった。

スティーヴン、ロビン、ジャン＝ピエールの三人は、客がしだいに散ってゆくのを見守っていた。ほとんどの客はメトカーフ夫妻に別れの挨拶を述べて帰って行った。

「君子危うきに近寄らずといこう」と、ロビンがいった。

「賛成だ」と、スティーヴン。

「彼を夕食に招待しようよ」と、ジャン＝ピエール。

二人はあわてて彼の腕をとり、タクシーに押しこんだ。

「モーニング・コートの下になにを隠しているんだ、ジャン＝ピエール？」

「一九六四年のクリューグ・シャンペン二本さ。残してくるのはもったいないだろう。それにシャンペンだってほったらかしじゃかわいそうだよ」

スティーヴンは運転手にホテルの名を告げた。

「まったくなんていう結婚式だ。ところでジェイムズはほんとにプランを持っていたと思うかい？」と、ロビンがいった。

「わからんな。しかしかりに持っているとしても、とり返す金はあと一ドル二十四セントしかないよ」

「あいつがアスコットでロザリーに賭《か》けて儲《もう》けた金を取りあげておくべきだったな」と、ジヤン＝ピエールが感慨をこめて呟いた。

荷物をまとめてホテルを出た彼らは、またローガン国際空港までタクシーを走らせ、ブリティッシュ・エアウェイズのスタッフの手をわずらわせてどうにか機上の人となった。

「ちきしょう」と、スティーヴンがいった。「一ドル二十四セント取りはぐれたのが残念だ」

21

機内に乗りこむと、彼らはジャン＝ピエールが結婚式場から分捕ってきたシャンペンを飲んだ。スティーヴンでさえ満足そうだったが、ただときおり思いだしたように一ドル二十四セントの不足を口にした。

「このシャンペン、いくらすると思う？」と、ジャン＝ピエールがからかった。

「それとこれとは問題が違う。一ペニーも多くなく、一ペニーも少なくなくだよ」

ジャン＝ピエールは学者というやつはとうていつきあいきれないと思った。

「心配するなよ、スティーヴン。きっとジェイムズのプランで一ドル二十四セントはとり返せるさ」

スティーヴンはそれを聞いて笑いだしそうになったが、かわりに頭痛で顔をしかめた。

「それにしても、彼女はなにもかも知っていたんだよ」

ヒースロー空港では難なく通関を済ませた。旅行の目的がおみやげを持ち帰ることではなかったからである。ロビンはわざわざW・H・スミス書店までまわり道して、《ザ・タイムズ》と《イヴニング・スタンダード》を買ってきた。ジャン＝ピエールはセントラル・ロンドンまでのタクシー料金を値切ろうとして、運転手とやりあっていた。

「われわれは料金も道も知らないアメリカの観光客とは違うんだ、ごまかそうたってそうはいかんぞ」と、まだ酔いのさめきらない口調で運転手にからんでいた。

運転手はぶつぶついいながら黒塗りのオースチンをモーターウェイのほうに向けた。今日はついてねえや、と思いながら。

ロビンはしあわせそうに新聞を読んでいた。彼は走行中の車のなかでも新聞を読めるまれな人種の一人だった。スティーヴンとジャン＝ピエールは彼を羨《うらや》みながら、行き交う車を眺めるだけで満足した。

「ちくしょう！」

スティーヴンとジャン＝ピエールはびっくりした。ロビンはめったにそんな言葉を口にしない男である。そんな乱暴な言葉は彼の柄《がら》ではなかった。

「なんてこった！」

二人はさすがにあきれはてて、いったい何事かとたずねようとしたが、それより先に彼が新聞記事を声に出して読みはじめた。

「ブリティッシュ・ペトローリアムは北海において日産二十万バレルと推定される油田を掘り当てたことを発表した。サー・エリック・ドレーク同社会長は、これはきわめて大規模な油田の発見であると語っている。BP油田はまだ調査のおこなわれていないプロスペクタ・オイルの区画から一マイルの距離にあり、BPによる買収の噂《うわさ》がプロスペクタ・オイル株を終り値で十二ドル二十五セントの新高値に押しあげた」

「ちきしょう《ノン・ド・ディユー》！」と、ジャン＝ピエールが呻《うめ》いた。「いったいどうする？」

「やれやれ」と、スティーヴン。「今度はどうやって金を返すかを考えなくちゃ」

解説

永井淳

英語にコン・ゲームという言葉がある。コン＝confidence＝信用、つまり信用詐欺《さぎ》のことである。その最も単純な手口は、夜の街でいかにも女ほしげな男のそばに近づいて、いもしない女を世話し、前金をもらってドロンをきめこむやつで、これをマーフィ・ゲームというのだそうだ。もっともマーフィというのは、封筒に入った札束を相手の目の前で新聞とすりかえてしまう早業を得意としたアイルランド人の名前らしい。

日本語で詐欺といってしまえば、騙《だま》すほうも騙されるほうもなにやら眦《まなじり》を決した感があって、妙に切実さがつきまとうが、コン・ゲームのゲームの語感からくるのか、このほうはたがいに頭脳の限りをつくしてわたりあうといった、一種スポーティな爽快《そうかい》感がある。人を騙して金を巻きあげるのだから犯罪には違いないが、凶器も振りまわさないし人も殺さないこれらコン・マンたちは、どこか憎めないところがあって、思わず拍手を送ってやりたい気持にさえなる。コン・ゲームを扱った小説は、スパイ小説や推理小説などと同じく、一種の知的ゲームという点でイギリス人の嗜好《しこう》にぴったりくるらしく、過去にもたとえばヘンリー・セシルの『あの手この手』などという傑作がある。（そういえばこの小説に登場する二組の夫婦者のコン・マンたちも、われらが四人組と同じように、最後には巻きあげた金のつかい道に困るというおちがついていた）

本書に登場するコン・マンたちは、かたやウォール・ストリートのメッセンジャー・ボーイから成りあがって、もっぱらその道で巨富を築いたベテラン・コン・マン、対するはオクスフォードの数学教授、ハーレー・ストリートの医者、フランス人画商、イギリス貴族の御曹子《おんぞうし》という多彩な顔ぶれで、しかもこの四人組がそれぞれの専門を生かした名プランを持ちよって、騙しとられた百万ドルをそっくりとり返して帳尻を合わせようというのだから、これで話が面白くならないはずはない。

プロットの設定も巧みなら、四人の性格の描きわけも確かで、しかも悪役が魅力に富んでいる。新人の第一作にしてはよくできていると感心しながら読み終ったら、なんと驚いたことにこのジェフリー・アーチャーという人は小説はずぶの素人《しろうと》なのだという。この小説を書くにいたった動機というのがたいへん面白い。一九四〇年生れのオクスフォード卒で、一九六四年から六六年までイギリスを代表するランナーとして名をはせてから、六六年には二十六歳という史上最年少の大ロンドン市議会議員となる。そして三年後にはついに国会議員にまでなったが、一九七三年にカナダのある会社に百万ドル投資したところ、翌年になってその会社の株が紙屑《かみくず》同然だということを、スコットランド・ヤードから知らされる。かくて一夜にして無一文の身となったアーチャー議員は、再選を諦《あきら》めて、かわりにこの小説を書いたのだという。この小説が当って選挙資金ができればまた政界に復帰するのか、あるいは今後も小説を書き続けるのか、そこまではまだ明らかにされていない。猿は木から落ちても猿だが、代議士は落選すればただの人、という名言を吐いたどこかの国の代議士がいたが、アーチャー元議員はただの人どころか政治家にはもったいない才能の持主であることをこの作品で証明した。少なくとも金に困って暴露小説を書き、世の顰蹙《ひんしゅく》を買ったアグニュー元副大統領などよりは、このほうがはるかにスマートである。早く政治なんかに見切りをつけて、こういう楽しい、しゃれた小説を今後もどしどし書いてもらいたいものだ。

翻訳にははじめダブルデイから出たアメリカ版を使用した。そのときはハーヴェイ・メトカーフの幽霊会社は、ディスカヴァリー・オイルといういかにもインチキくさい名前になっていた。ところがあとから出たイギリスのジョナサン・ケープ版ではそれがプロスペクタ・オイルに変えられ、登場人物の名前や内容も一部書き改められている。ディスカヴァリーがプロスペクタに変ったのは、あとになってやはり北海で石油を掘っている同名の会社が実在することがわかったからだという。この一事や作者自身の体験などを考えあわせると、おそらくこの作品は、少なくとも四人組が網にかかるまでの前半は、かなりの程度まで現実に即して書かれたものではないかと想像される。ちなみに一九七五年のウィンブルドン女子シングルスではビリー・ジーン・キングが優勝しているし、アスコットのキング・ジョージⅥ・アンド・クイーン・エリザベス・ステークスでも、競馬通に調べてもらったところ、一着はダーリアという馬だが二着以下の出走馬は実名でこの作品に登場している。

余談になるがこの小説を訳している間、映画化されるとしたらハーヴェイ・メトカーフ役はオーソン・ウェルズをおいてほかにあるまいと思っていた。ところがその後のニュースによればワーナーが映画化権を買い、主演にはロッド・スタイガーとダスティン・ホフマンが有力候補にあがっているという。なるほどロッド・スタイガーなら肥満度においても最近はウェルズにさほど見劣りしないし、成りあがりの粗野なアメリカ人ならむしろ彼のほうが適役かもしれない。コン・ゲーム映画として、エイドリアンが飛行機の中でけなした『スティング』を凌《しの》ぐ面白い映画ができあがるのではないかと期待される。

（一九七七年六月）

訳者追記

本書は一九七七年の新潮文庫初版以来、すでに五十一版を重ねているが、今回の改版を機に多少の書きかえが行われたことをお断りしておく。その最たるものは四人組の一人、ハーレー・ストリートの医師の名前が旧版のエイドリアン・トライナーからロビン・オークリーに変ったことで、おそらくディスカヴァリー・オイルがプロスペクタ・オイルに変ったように、旧名が実在の人物に抵触したからだろうと思われる。もっとも原作者は、オクスフォード大学陸上競技部時代からの親友マイケル・ホーガン氏の実名を作中にまぎれこませたりする茶目っ気も見せているのだが。ほかにも数十か所にわたって細部の書きかえがおこなわれているが、『大統領に知らせますか？』の場合と違って、作品の性格を本質的に変えるような改変ではないので、あえて新版とは銘打たなかった。

なお、この作品の映像化は、一九九〇年にＢＢＣとパラマウント＝レヴコムの共同製作による約三時間のテレビ用映画として実現した。スティーヴン役はエド・ベグリー・ジュニア、メトカーフ役はエドワード・アズナーで、原作にほとんど手を加えることなく映像化され、ＣＩＣ・ビクターから全二巻のヴィデオが発売されている。

（一九九三年三月）

新潮文庫最新刊

塩野七生著
最後の努力
ローマ人の物語35・36・37（上・中・下）
ディオクレティアヌス帝は「四頭政」を導入。複数の皇帝による防衛体制を構築するも、帝国はまったく別の形に変容してしまった——。

遠藤周作著
十頁だけ読んでごらんなさい。十頁たって飽いたらこの本を捨てて下さって宜しい。
大作家が伝授する「相手の心を動かす」手紙の書き方とは。執筆から四十六年後に発見され、世を瞠目させた幻の原稿、待望の文庫化。

曽野綾子著
貧困の光景
長年世界の最貧国を訪れて、その実態を見続けてきた著者が、年収の差で格差を計る〝豊かな〟日本人に語る、凄まじい貧困の記録。

川上弘美著
此処彼処
太子堂、アリゾナ、マダガスカル。人生と偶然の縁を結んだいくつもの「わたしの場所」をのびやかな筆のなかに綴る傑作エッセイ。

林望著
帰宅の時代
豊かな人生は自分で作る。そのために最も大切な基地は「家庭」だ。低成長と高齢化の時代を、楽しく悠々と生きるための知恵と工夫。

齋藤孝著
偏愛マップ
ビックリするくらい人間関係がうまくいく本
アナタの最大の武器、教えます。〈偏愛マップ〉で家も職場も合コンも、人間関係が超スムーズに！　史上最強コミュニケーション術。

Title : NOT A PENNY MORE, NOT A PENNY LESS
Author : Jeffrey Archer

百万《ひやくまん》ドルをとり返《かえ》せ！

新潮文庫　　ア－5－1

Published 1977 in Japan
by Shinchosha Company

昭和五十二年八月三十日　発行
平成　五　年　九月十五日　五十二刷改版
平成二十一年八月二十五日　七十二刷

訳者　永《なが》井《い》淳《じゅん》
発行者　佐藤隆信
発行所　株式会社　新潮社
郵便番号　一六二―八七一一
東京都新宿区矢来町七一
電話　編集部（〇三）三二六六―五四四〇
　　　読者係（〇三）三二六六―五一一一
http://www.shinchosha.co.jp

価格はカバーに表示してあります。
乱丁・落丁本は、ご面倒ですが小社読者係宛ご送付ください。送料小社負担にてお取替えいたします。

印刷・東洋印刷株式会社　製本・加藤製本株式会社

ISBN978-4-10-216101-2 C0197